Mathias Wais

Töte, Lama, noch einmal

Mathias Wais

Töte, Lama, noch einmal

Karmathriller

MAYER

Mathias Wais, geboren 1948, studierte Psychologie, Judaistik und Tibetologie und schloß als Diplom-Psychologe ab, eine psychoanalytische Ausbildung und Forschungen schlossen sich an. Er leitet seit 1985 das Dortmunder Zentrum »Beratungsstelle für Kinder, Jugendliche und Erwachsene« und ist Autor zahlreicher Sachbücher.

Die Deutsche Bibliothek – CIP-Einheitsaufnahme

Wais, Mathias:
Töte, Lama, noch einmal : Karmathriller /
Mathias Wais. – Stuttgart ; Berlin : Mayer, 1999
ISBN 3-932386-25-6

ISBN 3-932386-25-6

Einband: Lothar Reher, Berlin
Gesamtherstellung: Clausen & Bosse, Leck

Hauptpersonen und Orte

Tsepa Sambhota:	Er hat es schwer und braucht die Hilfe des Lesers. Wer möchte schon als tibetischer Lama wiedergeboren werden?
Thubten Phala:	Tsepas Freund. Aber auch mit Freunden soll man nicht immer nachsichtig sein. Kann es gut mit Hunden.
Daddy Sherang:	Tsepas Mentor im tibetischen Kloster in Rikon. Spielt leidenschaftlich Badminton.
Der Abt:	Passionierter Espresso-Trinker. Ansonsten sehr weise.
Teshe:	Steht immer wieder staunend vor den Mirakeln der Technik.
Tashi:	Ein Sinnenmensch. Vernünftigerweise hat er erst gar nicht die Mönchsgelübde abgelegt. Neigt zu Übertreibungen.

Tendé Phulojang: Politischer Hitzkopf in Lhasa. Verdächtig chinesenfreundlich.

Tenzin Gyatso: Der 14. Dalai Lama. Aber der tritt in der Geschichte gar nicht auf. Trotzdem geht es um ihn.

Dölma: Eine Exiltibeterin in Rikon. Wer weiß, was sie, als sie noch in Tibet lebte, gemacht hat?

Saihtam Tsering Rinpoche: Tsepas Vorgänger in Lhasa. Der hat es auch nicht leicht gehabt. Wer möchte schon zaubern können? Zumal wenn es dann nicht so recht klappt.

Orte der Handlung

Gailingen: Liegt am Rhein, direkt an der Schweizer Grenze. Zollstation.

Lhasa: Hauptstadt von Tibet. Seit 1951 chinesisch besetzt.

Rikon bei Winterthur/Schweiz: Dort leben etwa 1500 tibetische Flüchtlinge. Ihr Zentrum ist ein kleines tibetisches Kloster am Dorfrand.

Inhalt

Vorwort

Jetzt, da sich die mir diesmal zugemessene Erdenzeit ihrem Ende zuneigt, da ich meine Stunde gekommen fühle, da mir nur noch bleibt, offen gebliebene Angelegenheiten abzurunden – jetzt habe ich mich doch noch entschlossen, die Niederschrift meines Klosterbruders Lama Tsepa Sambhota zu veröffentlichen. In kurzer Frist werde ich die Last meines brüchig gewordenen Leibes ablegen und mich nach zwei bis drei Jahren erfrischt wieder einfinden, in der brennenden Sehnsucht, wie ich hoffe, erneut von Kindesbeinen an unserer Religion zu dienen.

Der ebenso jugendliche wie ehrwürdige Rinpoche und Gelehrte der Alten Riten, unser Freund Tsepa Sambhota, hatte mir diese Niederschrift übereignet wenige Tage bevor er die Gestalt seiner Tage geändert hat. Das Kloster hinter sich lassend, hat er das Mönchsgewand abgestreift und führt nun, wie ich höre, eine bürgerliche Existenz – er ist, irgendwo in Süddeutschland, ein engagierter Hundezüchter geworden.

Sie, ehrsamer europäischer Leser, mögen sich nun bitte vorstellen, eines Tages klingeln zwei exotisch-asiatisch anmutende Gestalten, eingewickelt in dunkelrote und orange-gelbe Gewänder, an Ihrer

Tür und behaupten, Ihr Sohn sei die Wiedergeburt eines angesehenen Lama aus dem alten Tibet. Man habe ihn mit Hilfe von Orakeln, bedeutsamen Träumen und einigen andeutenden Hinweisen des ehrenwerten Verstorbenen hier, in Ihrem Hause, ausfindig gemacht.

Sie haben nun zwei Möglichkeiten: Entweder Sie vertiefen sich, nachdem Sie sich vom ersten Schreck erholt haben, in die Geheimnisse des tibetischen Lamaismus und versuchen, ein Bild und Verständnis unserer inzwischen in alle Himmelsrichtungen versprengten Kultur zu gewinnen. Das dauert.

Die andere Möglichkeit: Sie lesen diese Niederschrift und tauchen zusammen mit dem Verfasser, unserem sehr ehrwürdigen Tsepa Sambhota, ein in eine Welt, die Ihnen (und ihm) zunächst sehr fremd scheint. Scheint!

Stellen Sie sich nun bitte auch die andere Seite vor: Sie sind ein tibetischer Lama oder ein ganz normaler Nomade aus dem nördlichen Hochland Tibets; nachdem China Ihr Land in Schutt und Asche gelegt hat, fliehen Sie zum Beispiel nach Frankreich, nach England – vielleicht auch in die Schweiz. Sie sehen sich gezwungen, sich mit den Sitten und Gebräuchen Ihres Gastlandes auseinanderzusetzen, welche Ihnen geradezu außerirdisch fremd scheinen. Scheinen!

Und dann stirbt ein verehrter Lama. Man sucht mit Hilfe von Orakeln nach seiner Wiedergeburt. Sie erfahren, daß der ehrenwerte Betreffende sich mondänerweise zu einer Wiederkunft in der europäischen Bevölkerung entschlossen hat. Sie haben jetzt wiederum zwei Möglichkeiten: Entweder Sie lesen diesen Roman. Dann wissen Sie, was auf Sie zukommen kann. Oder Sie fragen das Orakel noch einmal.

Fremdheit und Vertrautheit sind heute Geschwister. Was heute selbstverständlich ist, kann uns morgen fremd sein. Was heute fremd erscheint, kann gestern, früher, damals vertraut gewesen sein. Einige Leserinnen und Leser werden meinen, bei aller Fremdheit des Stoffes, Vertrautes und Vertraute wiederzuerkennen – Örtlichkeiten, Personen, Handlungen. Sie täuschen sich. Einigen (vielleicht denselben, wer weiß) wird im Vertrauten Fremdes auffallen. Sie täuschen sich auch.

Auch meinen tibetischen Freunden wird manches bei näherer Betrachtung fremd erscheinen, was sie im ersten Moment zu kennen meinen, und manches vertraut werden, was sie zunächst als fremd empfinden.

Der Abt

Indianer?

»Hörst du das?«

Andy stieß mich mit dem Ellbogen an. Im selben Moment hatte ich schon den Kopf gehoben. Ich weiß noch, daß ich mich gestört fühlte durch das Geräusch und eher unwillig als neugierig hinüber sah zum anderen Rheinufer, zur Schweizer Seite.

Ein befremdendes Knattern hatte sich mit einem Mal in der Abendstille breit gemacht. Wir waren vertieft gewesen in unser altes, fast schon rituelles »Flitscher-Spiel«. Man muß dabei versuchen, Kieselsteine so flach auf das Rheinwasser zu werfen, daß sie möglichst mit einer ungeraden Zahl mehrmals hüpfen. Wir waren stolz auf diese Variante des alten Kinderspiels und hatten eine beträchtliche Fertigkeit darin erworben, die Form des Kiesels, den Auftreff-Winkel, die augenblickliche Strömung und Bewegtheit des Wassers so in eins zusammenzurechnen, daß eine ungerade Hüpfzahl des Kiesels entstand.

Die Oexle-Kiesgrube am Uferrand unseres Dorfes war ideal dafür. Flache Kiesel jede Menge und ein ausgetretener, breiter Uferstrand. Wir spielten im Sommer nahezu jeden Abend hier.

Ich glaube aber, daß wir hauptsächlich deswegen

die Oexle-Grube aufsuchten, weil wir dort in jene Stimmungsmischung eintauchen konnten, die wohl alle Jungs von neun oder zehn Jahren brauchen: Hier in der Verborgenheit verdichtete sich alles, was Heimat war, und zugleich durchwehte uns das große Gefühl, an der Schwelle zu einer unausdenkbaren Ferne zu stehen. Von hier aus hätten wir in die ganze Welt hinausfahren können. Natürlich kannten wir die Schweizer Seite, Dießenhofen, fast genau so intim wie unser eigenes Dorf, Gailingen. Was an diesem Ort die Sphäre der Schwelle anwesend sein ließ, war auch weniger die Tatsache, daß der Rhein hier Staatengrenze ist. Vielmehr war es der Rhein selbst, der uns von der weiten Welt trennte und zugleich Zugang zu ihr gab. »Der Rhein ist Niemandsland«, sagten wir immer und waren danach für einen Moment still, der Ungeheuerlichkeit dieser Vorstellung nachsinnend. Tagelang diskutierten wir darüber, wem wohl die alte, überdachte Zollbrücke gehört, den Schweizern oder den Deutschen, oder – gar nicht faßbar – niemand.

Wie oft träumten wir uns mit dem hier kraftvollen Fließen des Rheins auf weite Reisen – zu den Indianern, den Beduinen oder in den Dschungel des Amazonas.

Die Sonne hatte gerade den Rauhenberg berührt, der Gailingen zum Hinterland hin begrenzt. Das Dießenhofener Ufer lag schon im Abendschatten. Die Ziegeldächer und besonders das lackierte schwarze Holz der Fachwerkhäuser drüben glänzten noch einmal breit auf, gesättigt von der flachen

Sonneneinstrahlung. Ich mußte die Augen zusammenkneifen, um genau sehen zu können. Ein offensichtlich schon ziemlich abgetakelter VW-Käfer, mit Trittbrett und Brezelfenster, knatterte langsam und zögerlich die Straße zum Schweizer Zollposten herunter. Aus dem Mausgrau seiner mitgenommenen Karosserie leuchteten unbegreiflicherweise ein tiefes Dunkelrot und ein kräftiges Gelb hervor. Satt beides in der Farbe wie das hinter uns über dem Rauhenberg stehende Abendrot.

Unsinnigerweise, aber aus echter Überraschtheit, sagte Andy: »Du, da sitzen zwei Leute drin.« Als wäre zunächst zu erwarten gewesen, daß der Käfer ohne Insassen daherrollt. Jetzt sah ich sie auch. Zwei Männer mit kurzen, schwarzen Haaren und hohen Wangenknochen, eingehüllt in tiefrote und orange-gelbe Mäntel oder jedenfalls dicke Stoffe.

»Indianer«, flüsterte Andy.

»Quatsch, das sind keine Indianer. Sieh doch, wie die angezogen sind.«

Eindeutig war der nackte rechte Arm des Fahrers zu sehen. Außerdem fehlte die stolze Erhobenheit des Kopfes, wie sie schließlich jeden Indianer auszeichnete. Im Gegenteil duckten beide ihre Köpfe immer wieder unter dem oberen Fensterrand hervor, weil sie offensichtlich Orientierung suchten.

Ich glaube, daß wir auch deshalb etwas erschraken, weil wir für einen Moment das Bild hatten, daß da gleich etwas über die knarrige Holzbrücke herüberkommen würde, fremd und elementar von woanders her, das wir in unseren Phantasiereisen schon früher aufgerufen hatten. Und zwar, wie wir schon immer gefühlt hatten, unbefugt. Plötzlich drang es in die Realität ein.

Andy löste sich zuerst von dem Anblick. Er flitschte, so cool er konnte, den nächsten Kiesel. Jetzt war der Käfer unten am Zollposten angekommen. Der Motor wurde abgestellt. Zu sehen war jetzt nichts mehr. Man kann das Schweizer Zollhäuschen vom Gailinger Ufer aus nicht einsehen. Man hörte auch nur wieder das regelmäßige Aufklatschen des Wassers am Ufer.

Ich rieb meinen Kiesel in der Hand, als müßte er zu Sand zerfallen, und setzte mich, jetzt erst wieder zu mir kommend, wie nach einer kurzen aber äußerst heftigen Anspannung nieder.

»Was ist?« fragte Andy.

»Wir hätten das vielleicht nicht machen sollen.«

»Was hätten wir nicht machen sollen?« Er wußte genau, woran ich dachte. »Die Fahrten. In den Amazonas und so. Verstehst du?«

»Nö.«

»Für einen Moment dachte ich, jetzt sind sie hier, weißt du, die Amazonas-Leute.«

Andy nickte. Grinste dann aber so selbstbewußt er konnte.

»Was ist schon dabei? Selbst wenn ...«

»Wenn was?«

»Selbst wenn sie jetzt da wären, die Amazonas-Leute, also nur mal angenommen: Was haben wir damit zu tun?«

Heute kann ich natürlich mein damaliges schlechtes Gewissen anders einschätzen, aber einem Jungen von neuneinhalb Jahren fallen eben nur die aktuellen Sünden ein oder was er dafür hält. Ich wurde zunehmend angespannt und nervös. Das Rheinwasser schlug im immer gleichen Rhythmus auf das flache Kieselufer auf, zweimal kurz und schwach, einmal lang und kräftig. Dieses mir sonst so vertraute, meine kindlichen Träume verständnisvoll einhüllende Geräusch legte sich jetzt aufdringlich in mein Ohr. Ich empfand es wie einen Lärm, der sich herrisch vor alles Hörenswerte schob. Das war natürlich Unsinn. Aber ich versuchte die Ohren zu spitzen, um zu hören, was droben am Zoll gesprochen wurde. Das war auch Unsinn. Man kann nicht von drüben hören. Andy und ich hatten es schon mehrfach ausprobiert.

Jetzt wurde der Motor wieder angelassen. Wieder verstärkte sich das Knattern und hallte zurück, als der Käfer durch den Holztunnel der Brücke fuhr. Dazu das Rumpeln der querliegenden Dielenbretter. Am deutschen Zoll angekommen, stellten sie den Motor wieder ab. Andy beschäftigte sich angestrengt mit der Kieselsuche, was bei der jetzt einsetzenden Dunkelheit ja auch mindestens so viel Aufmerksamkeit verlangte, daß er sich um den VW nicht auch noch kümmern konnte.

Ich bin dann aufgestanden und quer übers Feld direkt nach Hause gegangen. Wir wohnten oben in der Brühlstraße am Hang. Meine Mutter war wieder einmal ganz Ironie: »Oh, der gnädige Herr kommt auch schon.«

Ich sagte etwas von »kein Hunger« und ging an ihr vorbei in mein Zimmer hinauf. Vom Balkon aus konnte ich einerseits hinunter zum deutschen Zollposten sehen und andererseits, weil es zum größten Teil am Hang liegt, fast das ganze Dorf überblicken.

Der VW stand noch immer am deutschen Zoll. Vom Berg herunter sah ich meinen Vater auf dem Fahrrad vom Dienst kommen. Er arbeitete als Zöllner bei der Gottmadinger Zollstation. Wie jeden Tag hielt er in der »Traube« an, um sich noch eben ein Bier zu genehmigen. Sobald er nach Hause gekommen war, schaltete er den Fernseher an, köpfte eine Bierflasche und setzte sie an den Mund, als sei es sein erstes Bier heute. Meine Mutter spielte dann immer mit und begleitete seine die verdiente Erfrischung anzeigenden »Ah's« lediglich mit einer ironisch hochgezogenen linken Augenbraue.

Der Käfer setzte sich wieder in Gang und fuhr nun langsam die Rheinstraße hinauf. Mein schlechtes Gewissen war nicht bereit zu weichen. Ich war in einer Stimmung, als hätte ich etwas angestellt und gleich würden meine Eltern dahinterkommen.

Andererseits war leicht zu erkennen, daß der Wagen nicht gezielt irgendwohin fuhr – zum Beispiel zur Hauptstraße, wie die meisten Touristen, die hier durchkommen –, sondern im Gegenteil herumirrte und etwas oder jemand suchte. So überwog doch bald meine Neugier, und ich vergaß das schlechte Gewissen. Tatsächlich kurvte der Käfer ausgesprochen hilflos durch das Dorf, fuhr in Richtung der Obergailinger Kapelle, also wieder aus dem Dorf heraus, tastete sich dann mit seinen zitternden Scheinwerfern in Richtung zum Ramsener Zoll, drehte wieder um, verschwand für drei oder vier Minuten im Neubauviertel und tauchte dann wieder oben am Klinikberg auf – kurz, es war offensichtlich, daß sie nicht nur etwas suchten, sondern sich auch nicht trauten oder nicht in der Lage waren anzuhalten und jemand zu fragen. Also doch Amazonas-Leute, sagte ich mir. Sie sprechen kein Deutsch, klar. Wie sprechen Amazonas-Menschen?

Mit dieser Frage bin ich dann auch irgendwann eingeschlafen. Ich weiß noch, daß ich im Wegdämmern ein nicht einzuordnendes Bild vor Augen hatte von zwei Straßenfegern mit Reisigbesen, in langen, schwarz-blauen Mänteln, mit einem korbartigen Hut der eine, der andere mit einem Tuch auf dem Kopf, wie sie, tief gebückt, mit schnellen Pendelbewegungen vor einer Häuserzeile mit dunkelroten Holzvorsprüngen an den Fensterstürzen entlang fegten.

Das konnte ich damals natürlich noch nicht verstehen. Ich dachte nur, in Amazonien, da haben die noch richtige Straßenfeger.

Tibeter!

Ich bin sicher, daß ich sofort aufwachte, beim ersten Klingeln. Erst rührte sich nichts bei uns. Es klingelte noch einmal. Dann hörte ich meinen Vater zur Türe schlurfen. Der Fernseher lief noch. Und nun hörte ich den ruhigen, humorvollen Tonfall von Lama Sherang, der mir dann so rasch vertraut werden sollte. Ich öffnete geräuschlos meine Zimmertür und lauschte nach unten.

Mein Vater und meine Mutter, die inzwischen hinterher gekommen war, sagten offenbar gar nichts. Das war ungewöhnlich, denn sonst schnatterten sie stereo durcheinander, wenn spät abends noch jemand kam oder mein Vater zu einer Fahndung geholt wurde. Ich konnte vom Inhalt nahezu nichts verstehen, denn die humorvolle, warme Stimme sprach zwar Deutsch oder eher Schwyzer Dütsch, aber mit einem ganz fremden Akzent. Ich verstand nur »herüber gefahren« – »angekündigt« – »prüfen müssen bitte« und dazwischen viele Entschuldigungen für die späte Störung.

Sie gingen dann alle ins Wohnzimmer, und erst nach einer halben Stunde rief mich meine Mutter herunter. Seit ein paar Monaten schon hatte ich ihre Stimme als fremd empfunden, irgendwie nicht mehr mütterlich, nicht mehr wie meine eigene Mutter. Überhaupt hatte ich seit einiger Zeit ein gewisses Fremdheitsgefühl, wenn ich mit meinen Eltern im Wohnzimmer oder bei Tisch saß. Mir fielen ihre körperlichen Eigenarten, bestimmte Gesten auch, fast aufdringlich ins Auge. Ich hatte schon mit Andy darüber gesprochen. Er lachte mich dann nur aus und sagte: »Dann such dir doch andere Eltern.«

Als ich ins Wohnzimmer trat, standen meine Eltern und die beiden exotischen Figuren mit ihren roten und gelben Gewändern, die den rechten Arm frei ließen, um den Couchtisch herum. Auf dem Tisch war ein Durcheinander von höchst fremden Gegenständen: ein altertümliches Notizbuch, eine verzierte Glocke mit Griff, wild bemalte Seidenstoffe, eine etwas größere Glocke sowie Dutzende von opulent mit Steinen besetzten Ringen. Die beiden Herren verneigten sich, als ich eintrat, was ich nur deswegen unpassend fand, weil ich im zerknitterten Polter erschien. Sie hielten jeder ein weißes langes Stück Stoff in beiden Händen. Wahrscheinlich um mich der Fremdheit des Anblicks und der Überraschung zu entziehen, ging ich frech auf den Couchtisch zu. Ich nahm die kleine Glocke in die Hand und probierte sie aus. Ich strich langsam mit der Hand über den zerknitterten Ledereinband des Notizbuches. Die beiden Männer lächelten zufrieden und machten eine Geste, die mich zu weiteren Erkundungen dieser Art ermuntern sollte.

Meine Mutter sah meinen Vater bedeutungsvoll an. Ich wußte immer noch nicht, ob das hier ein amazonisches Weihnachtsfest oder den Beginn eines Strafgerichts darstellte. Ich nahm noch einen der Seidenstoffe aus dem Knäuel, auf dem ich eine Art schwarzen Drachen mit angewinkeltem rechtem Bein erkennen konnte, und legte ihn mir spielerisch um die Schulter.

»Frau sehen«, sagte der, den ich dann als Teshe kennenlernen sollte, »Junge ganz sicher.«

Und Daddy Sherang, wie ich ihn zu seinem großen Vergnügen noch bis heute nenne, nickte und sagte: »Der ehrwürdige Lehrer hatte es genauso gesprochen vor seinem Tode: Im Westen, im Dorf am Fluß, der aus dem großen See kommt und der zwei Länder voneinander trennt, wenn ihr über eine Holzbrücke kommt, werdet ihr mich finden bei dem Manne, der die Grenze bewacht.«

Und er legte den weißen dünnen Schal über die Sessellehne, faßte mich mit beiden Händen an den Schultern und drehte mich zu sich hin, so daß er mir in die Augen sehen konnte.

»Wann hast du uns gesehen?«

Meine Mutter sah mich jetzt tatsächlich an, als hätte ich etwas angestellt.

»Wie, du hast die Herren schon gesehen?« Dabei zog sie wieder die linke Augenbraue hoch in ihrer typischen Mischung aus Spott und Verärgerung.

Ich nickte.

»Erzähl ruhig«, sagte Lama Sherang.

»Ich hab sie unten am Rhein gesehen, als sie zum Zoll herunterfuhren.«

Teshe und Sherang sahen sich befriedigt an. Sherang wandte sich jetzt an meine Eltern: »›Und ich werde euch wiedersehen, bevor ihr mich wiederseht.‹ – Auch das hat der ehrwürdige Lehrer gesagt.«

»Immer Rätsel wir«, fiel Teshe rasch ein, »über Wort von ehrwürdigen Lehrer. Jetzt gut.«

»Ja, jetzt ist gut geworden«, sagte Sherang.

Ich verstand nur Bahnhof. Mein Vater stand mit offenem Mund da, und meine Mutter wechselte zwischen ängstlichem Blick und Stolz. Sie waren offensichtlich konsterniert, und doch ließen sie alles geschehen und die beiden Lamas gewähren.

»Frau Geburt geträumt?« fragte Teshe sie.

»Ob ich bei seiner Geburt ... einen Traum, meinen Sie? Ich weiß nicht ...«

»Doch, doch, Linda. Erinnere dich«, mein Vater schien heilfroh, wieder an das ihm Vertraute anknüpfen zu können. »Der Kranich.«

»Gott ja. Ich träumte die Nacht vor seiner Geburt, ein Kranich würde mir eine Schale mit Milch oder Butter oder so etwas reichen.«

»Wir haben damals noch lange über den Blödsinn gelacht, den die Hormone bei einer Hochschwangeren hervorbringen.« In der jetzt etwas knödeligen Stimme meines Vaters lag die dringende Hoffnung, die Lamas würden das auch lustig finden.

»Es ist gut so«, sagte Sherang lächelnd und legte mir den weißen Schal um den Hals. Teshe legte seinen meiner Mutter um. Mein Vater gab sich selbstsicher und wippte kurz auf die Fußballen. Er wollte damit die kleine Verärgerung darüber überspielen, daß er ohne Schal ausging.

Ahnend, daß ihre Erziehungsaufgabe in wenigen Stunden zu Ende sein würde, herrschte mich meine Mutter ungewohnt barsch an: »Geh jetzt schlafen. Morgen früh erklären wir dir alles.«

Natürlich schlief ich nicht. Ich hatte meine Türe offen gelassen, um vom Bett aus vielleicht mithören zu können. Hauptsächlich hörte ich aber nur meinen Vater, der etwas von »Schulamt« und »Aufenthaltsgenehmigung« sagte. Meine Mutter schien, mit Unterbrechungen, zu weinen. Und zwischendurch immer wieder der humorvolle, fast fröhliche Tonfall von Sherangs Stimme.

Ich selbst, das weiß ich noch genau, war völlig ruhig. Wenn ich heute, nach über zwanzig Jahren, auf diese Nacht zurückblicke, ist mir das Wichtigste eben diese Ruhe. Es war immerhin ein Schicksalsmoment, *der* Schicksalsmoment überhaupt. Und dennoch so unspektakulär, nachdem der erste Schreck beim Anblick des alten VWs, als er drüben herunterknatterte, vorbei war.

Ich will es nicht überhöhen. Ich kann wirklich nicht sagen, ich hätte darauf gewartet, eines Tages von zwei tibetischen Lamas aus dem tibetischen Flüchtlingskloster in Rikon bei Winterthur abgeholt zu werden, weil ein hoher Lama vor seinem Tode vorausgesagt hatte, er werde sich in einem Grenzdorf mit einer Holzbrücke wieder inkarnieren. Aber vor dem Hintergrund der Fremdheit meinen Eltern gegenüber und nach dem Moment, als Andys und mein vertrautes Flitscher-Spiel durch das Knattern unterbrochen – und das heißt, ein für alle Mal abgebrochen – wurde, schien es mir irgendwie nur logisch, ab jetzt ein anderer zu sein. Es fehlte bei allem Staunen das Element der Überraschung. Es schien auch meinen Eltern zu fehlen. Natürlich waren sie überrascht und sogar erschrocken. Aber sie waren ganz augenscheinlich ohne diese Abwehr, die wir der Überraschung und dem Erschrecken gegenüber empfinden. Sie fügten sich ganz einfach.

Daddy Sherang erzählte mir später, daß mein Vater zwar sehr genau besprochen haben wollte, wann und wie sie mich wiedersehen könnten. Aber auch er habe keine Anzeichen von Widerstand gezeigt. Nun, das sei immer so, sagte er noch. Und dies war seine Lieblingsformulierung, und er war noch fröhlicher als sonst, wenn er das sagen konnte.

Im alten VW zum Kloster

Ich schreibe dies auf, nicht um eine eitle Autobiographie abzufassen, sondern um Klarheit zu gewinnen über mein Tun, wie es sich später als notwendig gezeigt hat. Und um die Leser zu bitten, mir bei eben diesem Tun zu helfen. Denn es hat sich herausgestellt, daß die Aufgabe für einen Einzelnen zu groß ist. Nicht, daß ich die Verantwortung für mein Handeln ablehne, aber es gibt Aufgaben, die einer, sagen wir, seelisch-geistigen Unterstützung durch die Mitmenschen bedürfen. Wer immer meinen Bericht liest, wird mir helfen.

So exotisch in meinen Augen Lama Sherang und Lama Teshe damals aussahen, so stellte sich doch auf der circa zweistündigen Fahrt von Gailingen nach Rikon in dem alten VW ein kameradschaftliches Verbundenheitsgefühl ein, besonders zu Sherang, obwohl er etwas älter als Teshe ist.

Teshe steuerte den Wagen etwa so, wie meine damals zweiundachtzigjährige Oma den Toaster bediente – letztlich ungläubig und im tiefsten Inneren fassungslos darüber, daß das Gerät überhaupt etwas machte, und ohne näheres Verständnis für den

Zusammenhang zwischen Hebel- und Schalterbetätigung einerseits und den Reaktionen der Maschine andererseits. Die ersten Minuten blickte ich vom Rücksitz her gebannt auf Teshe und sein unbeholfenes Hantieren an der Gangschaltung, dem Blinker und der Bremse. Vor allem die Bremse schien ihn zu beunruhigen, weil der Wagen nicht sofort stehenblieb, wenn er sie antrat. Dagegen grunzte er zufrieden, wenn der Blinker im selben Augenblick tickte, in dem er den Blinkerhebel drückte. Andy und ich hatten auf dem Schrottplatz hinter Randegg schon einige Autos auseinandergenommen, und ich kannte mich einigermaßen aus.

Dieses Fahrzeug zu fahren, war für Teshe offenbar eine neue Form von Magie, deren spirituelle Hintergründe ihm noch verborgen geblieben waren.

Erst als Sherang, der neben mir saß und mich unentwegt stolz und fröhlich ansah, mich ansprach, konnte ich mich entspannt zurücklehnen. Ich sah in sein offenes Gesicht mit den kleinen glitzernden Augen und den großen Augenhöhlen, die am äußeren Rand von tausend Lachfalten zerklüftet waren.

»Nun haben wir Zeit, mein Freund. Ich möchte uns jetzt vorstellen. Das ist Teshe, der ehrwürdige Gelehrte der Gelbmützen und Fahrer unseres sehr ehrwürdigen Abtes. Ich bin Sherang Tsangpo und werde in den nächsten Jahren dein Lehrer und Spielkamerad sein.« Dabei lächelte er so verschmitzt, daß nicht klar war, auf welche der beiden Aufgaben er sich mehr freute.

Nun wollte ich mich vorstellen, aber es kam mir

zugleich unpassend vor. Schließlich mußten sie ja wissen, wer ich war. Sie hatten mich ja gesucht. Während ich noch darüber nachdachte, ob und wie ich mich vorstellen sollte, sagte Sherang: »Und du bist jetzt wieder bei uns. Du warst einmal ein großer und alter weiser Mann in unserem fernen Land. Du wurdest sehr verehrt, denn du warst ein Gelehrter der Schule der Alten. Sie trugen rote Mützen, weißt du.«

Aha. Das alles sagte mir nichts. Wichtig war mir aber Sherangs Stimme, die mir eine zuvor nie gekannte Sicherheit gab.

»Jetzt kommst du als Junge wieder zu uns, und wir werden dich begleiten auf deinem Weg zu weiteren Weisheiten.«

»Herr Sherang, was war das mit dem Kranich, von dem meine Mutter geträumt hat?«

»Eine wichtige Frage, mein Freund. Aber bevor ich sie beantworte, möchte ich bitten, daß du mich als deinen Diener ansprichst.«

Das sagte er ganz ernst und dennoch mit heiterer Selbstverständlichkeit. Es hatte nichts Unterwürfiges. Ich lachte verlegen.

»Aber Sie sind doch ..., du bist doch so eine Art Vater, ein Freund-Vater.«

»Sehr gut«, Sherang strich sich vergnügt durch die schwarzen Stoppeln auf seinem Kopf, »so könntest du mich Daddy Sherang nennen. in Ordnung?«

»In Ordnung«, sagte ich, und ich glaube, ich errötete dabei.

»Nun zu deiner Frage wegen des Kranichs. Sieh,

der Kranich kommt aus großen Weiten zu uns ins Schneeland, das man im Westen Tibet nennt. Er ist der weiseste aller Vögel, denn er durchmißt den gesamten Luftraum dieser Erde. Wenn er einer Frau Joghurt bringt, dann fordert er sie auf, ihre Mutterschaft zurückzustellen zugunsten der großen Aufgabe, die ihr Kind einst übernehmen wird.«

Ich schwieg und versuchte mir vorzustellen, wie ein Kranich wohl eine Schale Joghurt transportieren könnte. Sherang klopfte sich vor Vergnügen auf die Schenkel und sagte: »Streng dich nicht an der überflüssigen Stelle an. Nur der Kranich weiß, wie er das macht. Das eben ist ein Zeichen seiner Weisheit.«

»Und warum hast du meine Mutter danach gefragt? Warum ist so ein Traum wichtig?«

»Der Traum ist das Tor zur Realität, und immer wenn die Realität sich verändert, ist dieses Tor für einen Moment geöffnet.«

Das konnte ich verstehen. Ich dachte an unsere imaginären Ausflüge auf dem Rhein bis nach Amazonien. Es war genau so, wie Sherang sagte. Wir träumten uns in andere Welten, und das war wichtiger als wirklich im Urlaub dorthin zu fahren. So jedenfalls verstand ich es damals.

Zugleich aber legte sich ein gewisser Druck um meinen Hals und meine Schultern. Ich meinte, der dünne weiße Schal, den Sherang mir am Morgen bei der Abfahrt wieder umgelegt hatte, drücke auf einmal schwer. Dies Gefühl war entstanden, als Sherang das mit der Aufgabe sagte.

Teshes dunkel- oder braunrotes Gewand erinnerte mich plötzlich an geronnenes Blut. Ich versuchte mich dagegen zu wehren, wischte mir auch über die Augen, aber der Eindruck war kaum zu vermeiden.

»Aus alten Aufgaben wachsen neue«, sagte Sherang leichthin und sah zum Fenster hinaus.

Mein Herz klopfte plötzlich wie rasend. Ich traute mich dennoch, brachte es aber nur sehr leise hervor: »Und was ist meine Aufgabe?«

Er legte den Arm um mich. »Wir brauchen dich, weißt du. Wir leben in einem kleinen Kloster hier in der Schweiz. Ein großer Teil unseres Volkes ist vor einiger Zeit aus unserem Land geflohen. Die Chinesen beanspruchten es. Wir sind glücklich, daß wir jetzt hier leben dürfen. Andere von uns leben in Amerika, in Indien« – also doch Indianer, dachte ich kurz – »andere in Deutschland und Frankreich. Überall.«

»Wie der Kranich«, sagte ich, mehr um mitzuhalten mit seinem Gesprächsniveau als aus einer Überlegung heraus.

»Nur, daß der Kranich frei ist zu kommen und zu gehen. Du wirst einer von uns werden und wichtige Aufgaben in unserem religiösen Leben übernehmen, die eben nur du übernehmen kannst.«

Oje, dachte ich, Religion hat mir noch nie Spaß gemacht. Und ich mußte an unseren Religionslehrer denken, Professor Uhl, der während des Unterrichts Wein trank und an den Fingernägeln knabberte.

Sherang sah mich jetzt fast sorgenvoll an. »Keine Angst. Du wirst spielen, essen, trinken, schlafen, neugierig sein wie jeder Junge auf der ganzen Welt.«

»Und Schule?« fragte ich zaghaft.

»Du wirst auch Unterricht haben. Dies wird vor allem meine Aufgabe sein.« Dann konnte es nicht so schlimm sein wie bei Fräulein Auer, deren spitze Stimme mir regelmäßig Kopfweh verursachte.

»Und ...«

»Ja?«

»Sagen Sie, Daddy Sherang«, es war das erste Mal, daß ich ihn damit ansprach, und er grinste bis über beide Ohren vor Vergnügen, »sag mal, Herr Sherang, der Mann da, der euch da gestorben ist, war der schon alt?«

»Jetzt nicht mehr«, und Sherang holte seine Hand aus den Falten des Gewandes, spreizte die Finger ab und hantierte mit Hilfe des Zeigefingers der anderen Hand damit, als wollte er mir Rechenunterricht geben.

»Der sehr ehrenwerte Saihtam Tsepa Rinpoche lebte noch in Lhasa. Das ist die Hauptstadt unseres Heimatlandes. Er war einer der wenigen Meister der Schule der Alten. Er gehörte zu den Rotmützen, war aber weit und breit der einzige, der sehr wirksame heilige Worte, Gesten und Töne kannte, welche noch aus der alten Weisheit aus den Anfängen unseres Volkes stammen. Man erzählt sich, er sei so heilig gewesen, daß die Hunde und die Vögel sich vor ihm verneigten. Er hatte eine große Macht dadurch, daß er die alten Geheimnisse kannte. 1959 ist er, wie viele von uns, geflohen. Die Chinesen kamen und wollten alle töten, die nicht wie sie sein wollten. Er ist in drei Monaten alleine auf verschlungenen, nie bekannt gewordenen Wegen über den großen Berg nach Nepal gegangen, und dort ist er vor etwas über zehn Jahren gestorben.«

»Und der kannte auch Gailingen?« Ich dachte mir, das muß ein besonders heiliger Mann sein, der einen so kleinen Ort kennt.

»Er hat beschlossen, von dort aus seine Aufgabe erneut anzutreten.«

Ich fand das spannend, hätte allerdings gewünscht, daß Daddy Sherang nicht schon wieder von »Aufgabe« sprach. Sofort fiel mir wieder die Farbe trockenen Blutes an Teshes Gewand ins Auge. Durch die Baumkronen drang für einen Moment ein Sonnenstrahl und streifte kurz über Teshes Gewand. Und ich meinte, etwas wie ein schweres Messer aufblitzen zu sehen, aber mit vier Schneiden, die im rechten Winkel vom Schaft her aufeinander zuliefen. Ich traute mich nicht, Sherang zu bitten, von etwas anderem zu reden.

»Licht und Schatten, die wir jetzt sehen, mein Freund, das wirst du bald lernen, kommen aus der Vergangenheit und aus der Zukunft. Nur ihre Gegenwart ist kurz.«

Hatte er es auch gesehen? Und als wollte er mit Absicht nicht auf meinen insgeheimen Wunsch eingehen, fing er noch einmal von der »Aufgabe« zu sprechen an.

»Unsere Aufgaben sind selten das, was sie im Moment zu sein scheinen. Ich bin für den Moment dein

Lehrer, aber in Wahrheit bin ich dein Diener. Teshe ist jetzt der Fahrer, aber in Wahrheit ist er ein großer Gelehrter der tibetischen Sprache.« Das leuchtete mir allerdings ein – so wie er fuhr. »Deine Mutter ist in Wahrheit ein Werkzeug des Kranichs.«

Sherang mußte es klar sein, daß ich seine Worte als ein einziges Rätsel empfand. Dennoch sprach er über diese Dinge mit einer gelassenen Selbstverständlichkeit und auch feinen Leichtigkeit. Er sprach nicht zu mir wie zu einem Schüler. Er wollte mich nicht belehren. Ich glaube, daß mir deshalb seine Worte auch keine Angst machten. Er sprach vielmehr zu mir, als könne er davon ausgehen, daß ich in Kürze ein ebenbürtiger Gesprächspartner sei. Erst heute weiß ich, daß er mir damals schon andeutete, was heute Anlaß meiner Niederschrift ist.

Ein bißchen traurig war ich dann doch, weniger wegen meiner Eltern, als weil ich mich von Andy nicht hatte verabschieden können.

»Du wirst Gelegenheit haben zu schreiben«, sagte Sherang und strich mir über den Kopf. »Und wer weiß, vielleicht bekommst du eines Tages Besuch von Freunden, und du empfängst sie in den gleichen Gewändern, in denen du uns jetzt siehst.«

»Warum sind sie so rot, Sherang?«

»Wir kochen die Wurzeln der Rhabarberstaude. Du wirst es lernen. Wichtig ist, daß man es viele Stunden kochen läßt.«

Diese Vorstellung beruhigte mich, und ich sah Sherang ins Gesicht und lächelte ihn an.

»Wir sind gleich da«, sagte er.

In den letzten Minuten war Teshe sehr schnell gefahren. Am Ortsrand von Rikon spielten einige Kinder, die auch solche tief schwarzen Haare hatten. Teshe trat auf die Bremse, wiederum ärgerlich nach unten zum Bremspedal blickend, weil der Wagen nicht sofort stehenblieb.

Der Wagen hielt an. Die Kinder schienen Sherang und Teshe zu kennen. Sie hatten die gleichen hohen Wangenknochen, waren aber ganz normal gekleidet. Sherang sprach ein paar Worte mit ihnen in der für mich damals fremdesten Sprache, die sich denken ließ. Als zwei Jungs ihren schwarzen Schopf ins Auto hereinsteckten, mich neugierig musterten und anlachten, war ich auf alles gefaßt, nur nicht darauf, daß sie mich in sattestem Schwyzer Dütsch anreden würden:

»Bisch du dr nöi Rinpoche?«

Sherang sagte auf Tibetisch etwas zu ihnen.

»Mir hän vo dir ghört. Us Gailinge bisch, odr? Chümsch nochher no Mürmeli spiele?«

Teshe scheuchte sie freundlich zurück und fuhr, jetzt mit aufgerichtetem Oberkörper, ohne die Rükkenlehne zu berühren, durchs Dorf, bog rechts ab, vorbei an kleinen Gruppen von Tibetern, die am Straßenrand standen und winkten. Auf einer kleinen Nebenstraße, schon außerhalb des Dorfes, hielt er energisch an. Da der Wagen fast ruckartig stehenblieb, strahlte er vor Zufriedenheit. Er schien sich seiner Geistesmacht wieder sicher. Daddy Sherang zeigte zum Hang hinüber. Ich muß leichenblaß geworden sein. Teshe, der sich zu mir umgedreht hatte, gefror das Lächeln auf den Lippen, und mit einem Mal blickte er mich sorgenvoll an.

»Wie wenn man zwei Fotonegative übereinander legt.« Darin hatte ich Erfahrung, denn in der Dunkelkammer von Andys Vater hatten wir eine Menge Experimente gemacht – mehr konnte ich im Augenblick nicht denken. Ich rieb mir die Augen, nicht weil mir der Anblick des kleinen weiß getünchten Klostergebäudes besonders märchenhaft erschienen wäre. Es ist ja im Gegenteil ein etwas nüchterner Bau, und das einzig Exotische sind die tief liegenden Fenster, welche dem Gebäude den Anschein meterdicker Mauern geben. Nein, ich hatte gleichzeitig ein anderes Bild vor Augen: Ein riesengroßes Bauwerk erstreckt sich treppenartig vom Tal bis zum Gipfelplateau des Berges hinauf. Goldene Dächer glänzen oben. In der Mitte des Baues, oben, thront dunkelrot hervorgehoben ein Gebäudekomplex. Auf den offenen Treppen, die zu dem roten Mittelbau führen, wuseln Hunderte von Menschen hinauf, bleiben stehen, falten die Hände über dem Kopf und dann vor der Brust, werfen sich nieder, steigen weiter hinauf …

Stolz und bescheiden zugleich sagte Sherang leise: »Ein wenig wie der Potala in Lhasa. Ein wenig.«

»Der was?«

»Das ist das Kloster und der Regierungssitz des Dalai Lama, unseres Oberhauptes. Er lebte dort bis zu seiner Flucht.«

»Po-ta-la«, sagte ich langsam. Ich mußte auf einmal lachen. Dieses kleine, nüchterne Gebäude sollte ein Kloster sein? Ich kannte Andechs von einem Urlaub mit meinen Eltern und das Kloster in Donaueschingen.

Teshe fuhr jetzt langsam weiter. Eher amüsiert als fasziniert besah ich mir das Gebäude genauer. Auf dem Flachdach war eine kleine goldene Spitze zu erkennen, und daneben waren zwei Stangen aufgerichtet, deren Spitzen ebenfalls vergoldet und zwischen denen bunte Stoffe aufgereiht waren.

»Was ist das da oben, Daddy Sherang?«

»Die Fahnen? Da haben wir Gebete draufgeschrieben, und wenn der Wind uns hilft, schicken wir damit unsere Gebete in die Heimat der Götter.«

Das oberste Stockwerk war in demselben Braunrot gestrichen, in dem auch Teshes und Sherangs Gewänder gefärbt waren. Es war etwas zurückgesetzt, so daß sich auf dem Dach des darunter liegenden Stockwerks ein umlaufender Balkon ergab. Über den tief nach innen gesetzten Fenstern dieses zweitobersten Stockwerks hingen kurze Vorhangbänder aus rotem, gelbem und grünem Stoff. Nach unten hin saß das Gebäude waldseitig noch auf dem untersten Rand des Hangs auf. Talseitig stand es wie auf Stelzen.

Schon nach kurzer Zeit lernte ich damals das Gebäude bei meinen Streifzügen durch den Wald lieben. Allerdings mochte ich am liebsten den Anblick vom Wald her. Vielleicht weil nach dorthin die meisten Gebetsfahnen hängen. Man hat einfach eine Schnur vom Balkonrand zu einzelnen Bäumen gezogen und daran die Gebetsfahnen befestigt.

Teshe drohte nun, den VW in eine Parklücke zu bugsieren. Er war den kleinen Weg hinauf zur waldseitigen Rückseite des Hauses in einem solchen Tempo gefahren, daß Sherang ihm begütigend, wenn auch fröhlich lachend, von hinten die Hand auf die Schulter gelegt hatte. Wohl hatte ich die Menschenmenge entdeckt, die auf dem kleinen Vorplatz vor dem Eingang stand. Aber zunächst war mir die lebhafteste Frage, wie Teshe nun in die Parklücke kommen würde. Offenbar war das auch für die kleine Menschenmenge vordringlich. Denn sie verstummten, als Teshe zum Einparken ansetzte, und blickten mehr gottergeben als gespannt auf das Manöver. Teshe rührte mit dem Schalthebel furchtbar aufgeregt in der Gangschaltung herum. Er trat die Kupplung durch und gab gleichzeitig Gas, so daß der Motor völlig sinnlos sein Äußerstes geben mußte.

Er schaffte es tatsächlich, wenn er auch ganz zum Schluß noch den Motor abwürgte. Er schnalzte zufrieden mit der Zunge, und die Menschengruppe fing ein vergnügtes Gejohle an, das sicher mindestens ebenso dem gelungenen technisch-magischen Schauspiel galt wie unserer Ankunft.

Haß

»Morgen ist es soweit.« Sherang legte mir noch ein Nomo auf den Teller. »Stärke dich.« Und seine Augen strahlten vor Freude darüber, daß er mir was Gutes tun konnte.

So verschlang ich auch den letzten Nomo noch. Ich hatte diese leckeren gebratenen Teigtaschen, die mit Hackfleisch und Zwiebeln gefüllt sind, in meiner ersten Woche im Rikoner Kloster gleich zu meiner Lieblingsspeise erklärt. Der Mönchskoch hatte sie eigens für mich zubereitet. Ab morgen würde ich diese Leckerbissen nicht mehr genießen dürfen, denn die Mönche essen kein Fleisch. Sherang sah mir verschmitzt zu.

»Können wir noch mal üben, wie man das Mönchsgewand anlegt, Daddy Sherang?«

Die erste Woche hatte darin bestanden, daß Sherang mich auf die Zeremonie meiner Aufnahme ins Kloster vorbereitete. Es würde eine öffentliche Zeremonie werden, denn zugleich sollte ich ja als zukünftiger »Meister der Geheimen Riten der Schule der Alten« inthronisiert werden. Viele Gäste, auch aus den anderen tibetischen Flüchtlingsdörfern, wurden erwartet.

Sherang hatte mir sehr viel erklärt über Sinn und

Bedeutung der zeremoniellen Vorgänge. Was mich aber wirklich beschäftigte, waren die praktischen Fragen, eben das Anlegen des roten Gewandes, das ich bei der Zeremonie selbst vornehmen mußte, oder die Handhabung der Ritualglocke links und des Ritualdolches rechts. Da ich Linkshänder bin, fürchtete ich, damit durcheinander zu geraten.

Sherang zeigte mir nach meinem endgültig letzten Nomo, wie man das rote Tuch anlegt. Er führte es mir zum wiederholten Male so liebevoll vor, daß ich richtig Lust bekam, es ihm nachzumachen. Der Dreh liegt darin, daß man die linke Hälfte zuerst um den Bauch wickelt und dann erst die andere Hälfte über die linke Schulter wirft, so daß der rechte Arm frei bleibt. Ich probierte es ein paar Mal, und es klappte gut.

Sherang weckte mich schon um 6 Uhr. Mit den Worten »Bist du aufgeregt? Bist du aufgeregt?« beugte er sich über mein Bett. Da ich ersichtlich bis zu dieser Sekunde tief geschlafen hatte, konnte ich logischerweise nicht aufgeregt sein.

»Ich nicht, aber du.«

Er lachte lauthals und wie befreit über meine Antwort, setzte sich auf die Bettkante und schlug vor Vergnügen mit der flachen Hand immer wieder auf die Bettdecke. Dabei rief er immer wieder: »Das ist gut so. Das ist gut so.«

Als ich mit Sherang ins Erdgeschoß herunterkam, warteten die Gäste schon, und der Abt und die andern Mönche saßen vor der kleinen Empore, auf der ich auf einem orangefarbenen Brokatkissen Platz nehmen sollte. Man hatte die Schiebetür zwischen Seminarraum und Kultraum zurückgeschoben, so daß ein großer Versammlungsraum entstanden war. Trotzdem mußte man auch die Flügeltüren zur Terrasse öffnen, denn eine ganze Reihe von Gästen hatte innen keinen Platz mehr gefunden.

Von der Empore her – Sherang hatte sich schräg hinter mich gesetzt – konnte ich die Versammlung gut überblicken. Ich war überhaupt nicht aufgeregt. In der ersten Reihe vor der Empore saßen der Abt, die Mönche des Klosters, Tashi, Zongtse, Samdup, ferner Thubten Phala, ein Tibeterjunge, Novize, drei oder vier Jahre älter, daneben Teshe und Legshe sowie Mönche aus anderen Exilklöstern. Thubten zwinkerte mir zu. Wir hatten uns in der ersten Woche schon etwas angefreundet. Er sprach ganz gut deutsch, und außer Sherang war er der einzige, mit dem ich bisher jedenfalls näheren Kontakt gehabt hatte.

Ich muß gestehen, daß mir diese für mich erste tibetische Zeremonie keineswegs den verwunderlichen und dramatischen Eindruck machte, von dem westliche Besucher immer wieder erzählen, wenn sie ein paar Tage unserem Klosterleben beiwohnen. Durch Sherangs Vorbereitung war ich zutiefst eingehüllt in das Gefühl, daß alles seine Richtigkeit hatte. Das Dröhnen der Trompeten, die aus einem ausgehöhlten Menschenknochen hergestellt werden, der Singsang der Mönche, immer wieder unterbrochen von der rituellen Glocke, das Schniefen des Abtes, um seinen Nasengang vor der Intonation bestimmter Götternamen zu reinigen – all das war für mich in diesem Augenblick eher Hintergrund. Mehr ins Zentrum meiner Aufmerksamkeit kam nur der Moment, als der Abt mir, bis auf ein kleines Haarbüschel auf der Schädelmitte, die Haare abrasierte. Aber gleich danach kam ich wieder in eine gelassene, mehr anschauende Haltung, als er zu seinem Platz zurückging und zu einer sehr langen Rezitation eines Lehrtextes ansetzte. Er stand dann noch einmal auf und ging, im Gegensatz zum ersten Mal, sehr freundlich lächelnd auf mich zu und schnitt mir auch das Haarbüschel noch ab.

Die Gäste auf der Terrasse, dann aber auch die Gäste im Innenraum, fingen an zu johlen und pfeifen. Auch die Mönche unterbrachen ihre Gebete oft durch einen kurzen Pfiff. – Sherang hatte mir zuvor erklärt, daß durch das Pfeifen die bösen Geister herbeigerufen werden, um sie dann durch das Gebet in hilfreiche zu verwandeln.

Tashi erhob sich, trat nach vorne und legte mir eine besonders schöne weiße Glücksschleife an, den Khatag, der, nur bei dieser Gelegenheit, von einem roten Faden durchzogen und in der Mitte geknotet ist. Dann trat Sherang vor mich hin. Durch ein leichtes Kopfnicken signalisierte er mir, daß ich bis jetzt meine Sache gut gemacht hatte. Dann sagte er auf deutsch: »Deine Seele ist Tsepa, Tsepa Sambhota. Dies ist dein Name als Mönch.« Dann wiederholte er es auf tibetisch. Die beiden Knochentrompeten tröteten wieder los.

Das war das Zeichen für die Gäste, nach vorne zu

treten und mir Khatags und kleine Geschenke zu überreichen. Sherang hatte mir eingeschärft, jeden, der vortrat, durch Auflegen der Hand auf seinen Kopf zu segnen, und mich darauf vorbereitet, daß dies ein ermüdender Teil der Zeremonie sein würde.

Erst jetzt nahm ich bewußt wahr, was schon seit ein paar Minuten unterschwellig begonnen hatte. Meine Haltung ruhigen Geschehen-Lassens und des Betrachtens wandelte sich in eine gezieltere Neugier, welche sich auf Thubten Phala richtete, der schräg vor mir direkt an der Empore saß. Ich ertappte mich dabei, wie ich zunehmend angespannt seine Gesichtszüge studierte. Das zarte, in der ersten Woche rasch aufgekeimte Freundschaftsgefühl verflüchtigte sich jetzt von Augenblick zu Augenblick, und ich betrachtete den Jungen mit zunehmend distanzierter Haltung.

Und während meine Hand Gast für Gast segnete, wobei Sherang für mich immer die Segnungsformel sprach, formte sich in mir eine gewisse Schärfe der Aufmerksamkeit. Thubtens Sitzhaltung, sein Gesicht, die Art, wie er die links und rechts am Emporenrand aufgestellten Butterlampen musterte, riefen bei mir eine Art Widerstand hervor. Ich spürte, wie ich zunehmend in Anspannung geriet. Ich versuchte, mein Bewußtsein auf die zu segnenden Gäste zu richten. Es gelang mir aber nicht. Jedesmal, wenn Thubten ein wenig mit dem Oberkörper wippte, schoß sich meine kritische Aufmerksamkeit wieder auf ihn ein. Ich mußte mir klarmachen, daß ich im Begriff stand, wütend zu werden.

Weil ich mich andererseits natürlich zu beherrschen versuchte, straffte ich meine Körperhaltung und saß so aufrecht wie möglich. Sherang bemerkte es dennoch.

Er versuchte, mich zu entspannen, indem er eine besondere Wärme und Tiefe in die Intonation der Segnungsformel legte. Ich registrierte es und schämte mich. Aber zugleich fühlte ich mich völlig machtlos gegenüber dem, was sich in mir zusammenbraute. Und schließlich war es nicht mehr zu leugnen: Ich war durchpflügt von einem unbändigen, irrationalen Haß. Und außer durch scharfe, schneidende Blicke zu Thubten hin, der von all dem überhaupt nichts bemerkte, konnte ich dieser Aufwallung einer Urgewalt ja keinen Ausdruck geben. Ich spürte, wie ich unaufhaltsam überwältigt wurde von einem abgründigen Vernichtungswillen.

Ich hatte keine Erklärung dafür. Aber das war im Moment auch nicht mein Hauptproblem. Was ich in diesem Stadium am meisten fürchtete, trat ein: Ich fing an zu zittern. Ich zitterte vor Haß.

Mein Kreislauf, ohnehin beansprucht durch das lange Stillsitzen in ungewohnter Sitzhaltung, spielte verrückt. Im Kopf, am Hals, an den Händen kribbelte es und zwackte mich. Es hätte mich nicht gewundert, wenn in diesem Augenblick irgend etwas explodiert wäre. Ich war zum Bersten voll von endgültigem Haß.

Trotz dieser Überwältigung von innen her hatte ich aber durchaus klare Gedanken. Ich konnte mir sagen, daß Thubten offensichtlich nicht nur nichts bemerkte, sondern eher unbeteiligt der Zeremonie beiwohnte. Ich *wußte*, daß mir Thubten keinerlei Anlaß zu solch vulkanischer Abwehr seiner Person gegeben hatte. Ich konnte mich in Gedanken an Sherang richten mit der paradoxen Bitte, doch bloß nichts zu bemerken von meinem aufgewühlten Zustand und mir andererseits zu helfen, mich zu fangen. Ich konnte registrieren, daß der Abt mitten in einem gesungenen Zeremonialgebet das Silberzepter und die Glocke aus der Hand legte und sich ausgiebig, prustend und ungeniert schneuzte.

Aber der plötzlich lodernde Haß war durch diese gedankliche Selbstdistanzierung in keiner Weise zu beeinflussen. Ich war hilflos. Ich wußte nicht, wie das enden könnte. Noch nie hatte ich solchen Haß empfunden, und auch später, als sich die Ereignisse zuspitzten, habe ich nichts Vergleichbares erlebt. Ich glaube, daß ein Kind von knapp zehn Jahren solchen archaischen Haß überhaupt nicht kennt. Natürlich kannte ich die eher verzweifelte Wut, wenn ich mich mit Andy gestritten hatte, oder die beleidigte Wut, wenn mein Vater mal wieder Boß spielen mußte (»Du machst jetzt erst die Hausaufgaben. Dann kannst du spielen gehen. Basta!«). Es war nicht so, daß ich Angst empfunden hätte; eher Ärger über das elementar Unpassende dieser Stimmungsentgleisung.

Thubten, der rein gar nichts mitbekam, zwinkerte mir zwischendurch nochmals zu. Die Gäste, die zum Segnen vortraten, vor allem die Frauen, strahlten mich liebevoll und verehrungsvoll an. Ich registrierte durchaus die wenn auch freudige so doch gelassene Atmosphäre, die über der ganzen Zeremonie lag. Dennoch beanspruchte mich die Haßaufwallung und zwar bis ins Körperliche hinein. Ich spürte, wie ich langsam an den Rand der Erschöpfung geriet. Das Zittern, besonders der Halsmuskeln, war kaum noch zu verbergen.

Meine Rettung kam dann durch den weiteren Ablauf der Zeremonie selbst. Nach der Inthronisation umrundet die ganze Gemeinde das Klostergebäude im Uhrzeigersinn. Als alle Gäste gesegnet waren, erhob der Abt sich und schritt, die vollordinierten Mönche in seinem Gefolge, zur Terrasse hinaus. Sherang und ich folgten, und dann reihten sich die Gäste in die Umgehungsprozession ein. Jetzt konnte ich wenigstens meine Glieder bewegen. Langsam schreitend legte der Abt, wie dann alle anderen, immer wieder die Handflächen erst über dem Kopf aneinander, führte die so gefalteten Hände an die Stirn, vor die Kehle und vor das Herz und beugte sich schließlich in den langgestreckten Verneigungskniefall. Ich reihte mich wie erlöst in dieses Gebetsritual ein. Vielleicht übe ich gerade wegen dieses damaligen Befreiungsmoments jenes Grundritual bis heute mit besonderer Inbrunst und Liebe aus. Jedenfalls wich meine zitternde Anspannung von Schritt zu Schritt. Allerdings war ich nicht in der Lage, obwohl ich auch dies mit Sherang ausführlich einstudiert hatte, den zugehörigen Text – »Ich nehme Zuflucht zum Buddha. Ich nehme Zuflucht zur Lehre, usw.« – zusammenhängend und koordiniert mit dem Ablauf der Gebetsgeste zu sprechen.

Einen kurzen Rückfall gab es nur noch in dem Moment, in dem ich bemerkte, daß Thubten zunächst in die falsche Richtung gehen wollte, der Blödmann. Aber was jetzt noch mal aufschoß, war schon nicht mehr Haß, sondern die Verachtung, welche nach dem Haß kommt.

Und als Tashi mich nach der Klosterumrundung zur Lehrversammlung führte, war ich bereits wieder in der friedvollen und betrachtenden Stimmung wie zuvor.

Ich mußte dort rituell einer Lehrdebatte beiwohnen, von der ich natürlich kein Wort verstand, die aber den Mönchen, besonders den auswärtigen, offenbar großen Spaß machte. Jeder trug sein Argument vor, klatschte danach bei ausgestreckten Armen in die Hände und machte einen auffordernden Ausfallschritt nach vorne seinem Diskussionsgegner entgegen. Thubten, der wenigstens sprachlich verstand, amüsierte sich augenscheinlich. Ich besah ihn mir wieder unbefangen wie am ersten Tag, wenn ich auch jetzt vollständig erschöpft war.

Danach sollte Sherang mich in den oberen Stock zu meiner Mönchszelle bringen. Ich war etwas in Sorge seinetwegen. Würde er jetzt enttäuscht sein? Oder gar ungehalten?

Nichts von dem. Daddy Sherang verneigte sich lachend vor mir. Auch er hatte augenscheinlich großes Vergnügen an der Debatte gehabt.

»Dein Mönchsgewand sitzt tadellos.« Aus seinem

Tonfall sprachen nur Anerkennung und Freundschaftlichkeit. »Den Khatag mit dem roten Faden behältst du heute an und wenn du Lust hast, auch das Gewand.«

Da ich ihn dennoch fragend anschaute, fügte er hinzu: »Ansonsten hast du frei heute.«

Hatte er nichts bemerkt?

»Erinnerst du dich, Tsepa?« Es gab mir eine sehr feierliche Empfindung, daß er mich jetzt mit meinem neuen Namen ansprach. »Als wir im Auto hierher fuhren, blitzten Sonnenstrahlen durch das Laub der Bäume und streiften Teshes Gewand.«

Ich senkte den Kopf. Er hatte nicht nur meine Haßaufwallung bemerkt, sondern auch meine Irritation in jenem Augenblick im Auto. Bevor ich mich aber in die Peinlichkeit dieser Erkenntnis verstrikken konnte, ging er mit seiner feinen Leichtigkeit zu einem anderen Thema über.

»Wie gefällt dir dein neuer Name?«

»Tsepa Sambhota – klingt jedenfalls gut.« Ich wußte, daß eine gewisse Frechheit in dem übertrieben anerkennenden Tonfall lauerte, mit dem ich das sagte. Aber ich konnte nicht schneller die Empfindung wechseln.

Sherang griff das Spiel auf. »Nicht wahr«, sagte er mit gespieltem Stolz, »da habe ich einen schönen Namen für dich ausgesucht.«

»Ich dachte, der Abt ...«

»Oh, ich dachte, wir spielen jetzt Abt und Sherang. Du wärst Sherang Tsangpo und ich der Abt. Gut?«

Jetzt mußte ich lachen. »Gut. – Und nun?«

Er ahmte die tiefe, ernste Sprechweise des Abtes nach: »Mein lieber Sherang Tsangpo, wir werden unserem künftigen Meister der Schule der Alten ein besonders langes Leben wünschen. Was denkst du? – Jetzt bist du dran«, sagte er dann in seinem normalen Tonfall.

»Oh, gut«, ich versuchte, Sherangs Stimme nachzuahmen, mußte dabei aber lachen, »das ist gut so. Nennen wir ihn also Tsepa: Bewahrer des Lebens.«

»Ich werde jetzt unten aufräumen. In einer Stunde komme ich zum Federballspielen. Gut?«

Und er brachte mir auf der Wiese vor dem Klostergebäude bei, wie man im Mönchsgewand Federball spielt.

Thubten Phala war immer mein Freund

Ich lege Wert auf die Feststellung, daß zwischen Thubten und mir bis zum Ende ein gutes und freundschaftliches Verhältnis bestanden hatte. Er war außerordentlich hilfsbereit. Während meiner Grundausbildung half er mir besonders beim Tibetisch lernen, beim Erarbeiten der Heiligen Texte und beim Auswendiglernen. Ich meinerseits konnte mich insofern revanchieren, als Rechnen nicht seine Sache war und er hierfür Nachhilfe brauchte.

Zum Teil hatten wir gemeinsam Unterricht. Sherang und Tashi hatten das in den ersten Jahren übernommen. Und ich verdanke es vor allem Daddy Sherang, daß mir der Unterricht nie eine Last war. Er konnte den Unterricht, gerade in den Heiligen Texten, mit einer solchen Selbstverständlichkeit gestalten, daß ich mich nie in der Situation sah, etwas lernen zu *müssen*.

Ab meinem fünfzehnten Lebensjahr, als die Höheren Studien begannen, schaltete sich auch der Abt vermehrt in meine Unterweisung ein. Bei ihm hatte ich allein Unterricht. Thubten war nicht für die Einweihung in die Alten Riten vorgesehen. Stets mürrisch flößte mir der Abt anfangs eine Menge Respekt ein. Andererseits konnte ich manchmal auch eine verspielte Seite an ihm erleben. Und er konnte derart herzhaft und dröhnend lachen, daß sich bei mir auch ihm gegenüber jenes Grundgefühl einstellte, das ich allen meinen Mönchskollegen gegenüber empfinde. Es ist die Atmosphäre einer großen Freiheitlichkeit, ja Freigeistigkeit. Gerade ich bin der größte Nutznießer hiervon. Denn ich hatte dort von vornherein eine Sonderrolle.

»Du bist hier die letzte Rotmütze«, pflegte Thubten zu frotzeln. Da mein verstorbener Vorgänger, Saihtam Tsering Rinpoche, zur Schule der Alten gehört hatte, welche noch den roten Kamm auf der Kopfbedeckung tragen, hatte ich mich in die gleiche Tradition zu stellen. Alle anderen Mönche in Rikon gehören zu den verschiedenen Richtungen der Gelbmützen, welche auch untereinander eine große Toleranz walten lassen. Jedenfalls jetzt im Exil.

Als ich Thubten einmal von einem kleinen Erlebnis mit dem Abt erzählte, verstand er nicht, was mich daran so beschäftigte. Der Abt hatte mich eingewiesen in Handhabung und Wirksamkeit des Ritualdolches.

Etwas zu sehr beladen mit der Tragweite dessen, was ich da erfuhr, stand ich auf, um auf dem kleinen Balkon etwas Luft zu schnappen. Da trat ich auf mein Gewand. Während ich die drei oder vier Schritte zur Balkontür ging, wickelte es sich, von mir gar nicht bemerkt, fast vollständig ab. Da brach der Abt in schallendes Gelächter aus. Er konnte sich kaum mehr fassen vor Lachen. Auch mich steckte er an, und so saßen wir schließlich beide, immer wieder losprustend, vor der Balkontüre und wischten uns die Tränen.

Thubten hörte nur mit halbem Ohr zu, als ich ihm davon erzählte. Er hatte sich neue Pfeilspitzen gehämmert und wollte sie jetzt ausprobieren.

»Laß uns Pfeil und Bogen spielen, Tsepa.«

Er war ein Meister darin. Er hatte es fertiggebracht, sich Yakhaare zu beschaffen, und daraus eine dünne, sehr belastungsfähige Schnur gezwirbelt, mit der er seinen Bogen bespannte.

»Fängst du an?« Es war mehr eine Aufforderung.

Ich traf natürlich daneben.

»Das Ziel gehorcht dir nicht«, sagte er beiläufig. Das Ziel! Nicht: Der Pfeil gehorcht dir nicht; oder: Der Bogen gehorcht dir nicht. Nein: Das Ziel gehorcht dir nicht.

Ich beobachtete ihn, wie er den Pfeil einlegte und den Bogen spannte. Er sah überhaupt nicht hin! Er blickte von vornherein nur auf das Ziel. Ich versuchte, es ihm nachzumachen. Aber mein Pfeil traf nicht nur nicht, sondern eierte noch dazu erbärmlich durch die Luft. Thubten griente.

Gespielt ärgerlich sagte ich, weil ich das tibetische Wort nicht kannte, auf deutsch: »Du bist schadenfroh.«

»Was ist das – ›schadenfroh‹?«

Ich wollte es ihm gerade erklären. Da kamen von der Dorfstraße her ein paar jüngere Tibeterkinder zu uns herübergeschlendert. Sie hatten uns beobachtet und wollten mitmachen.

»Häsch du de Boge chauft?« fragte ein Steppke.

»Selbst gemacht.« Thubten gab ihm den Bogen in die Hand. »Schau. Er ist mit Yakhaaren bespannt.«

»Das isch guat. Ui, isch de groß. Häsch en chlinere?«

»Klar doch, warte. Ich hol dir einen.« Thubten ging zum Heizungskeller und brachte einen kleineren Bogen. Der Kleine stellte sich gar nicht dumm an, und bald wurde ein Wettbewerb zu dritt daraus. Sherang kam dazu. Er stellte sich in einiger Entfernung auf und sah immer wieder von Thubten zu mir und wieder zu Thubten. Schließlich kramte er in den Falten seines Gewandes und brachte einen Bleistift und ein Stück Reispapier zum Vorschein. Er riß eine Ecke von dem Papier ab, ging in die Hocke und schrieb etwas darauf mit seinem Knie als Unterlage. Dann ging er geradewegs auf mich zu. Seine Augen funkelten listig.

Er heftete das Papier, auf das er ein kurzes Gebet für den Dalai Lama geschrieben hatte, um meinen Pfeil. Ich lachte überrascht und legte den Pfeil an. Wieder voll daneben. Ich mußte selbst lachen, und Thubten und Sherang glucksten im Chor.

Solcherart war oft sein Unterricht. Auch der Abt konnte, mitten in einer ernsten Diskussion über den richtigen Einsatz der Alten Riten, einen Ritualgegenstand in die Hand nehmen, die Schädeltrommel zum Beispiel, und ihn verspielt in die Luft werfen. Oder er machte ein kurzes Wurfspiel damit. Er hatte offenbar keine Angst um so einen alten und traditionsreichen Gegenstand wie gerade die Schädeltrommel. Sie hatte meinem Vorgänger gehört und war, zusammen mit anderen persönlichen Gegenständen des Rinpoche, nach Rikon verbracht worden, nachdem man beschlossen hatte, seine Wiedergeburt von hier aus zu suchen. Sie ist unser einziges Exemplar, das noch, wie früher, tatsächlich aus zwei an der Schädelmitte zusammengenieteten Schädeldecken gefertigt ist, über deren offene Seiten Yakhaut gespannt wird. Heute verwendet man Holzschalen.

Andererseits war der Abt dann wieder unvermutet ernst, als ich ihn zum Beispiel auf das Schwyzer Dütsch der hier aufgewachsenen Tibeter-Kinder ansprach. Unvermittelt und mit tiefem Ernst führte er mich in die tibetische Neumen-Notation für die Langtrompete ein.

Es ist im übrigen gerade dieser Zusammenhang des Musikunterrichts, daß ich die wärmsten Erinnerungen an Thubten habe. Denn wir beide wurden gemeinsam in das Spiel der zeremoniellen Oboe eingeführt.

Ein Mann huscht durch enge Gassen …

»Erwischst du ihn oder erwischst du ihn nicht?«

Sherang hatte einen höllischen Spaß daran, erst mehrmals nur so zu tun, als schlage er den Federball ab, um dann, wenn ich schon ungeduldig wurde, ihn plötzlich abzuschießen. Es war seine Revanche für meine Schmetterbälle. »Erwischst du ihn oder erwischst du ihn nicht?« rief ich, sobald ich zurückschlagen konnte. Sherang rannte lachend rückwärts, um den Ball noch zu treffen.

Eine andere Fopperei von ihm war, den Ball fallen zu lassen und den Schläger mit Wucht immer wieder an den Ball zu führen, im letzten Moment aber darüber hinweg zu schlagen. Einmal trieb er es so weit, daß ich zu ihm hin ging und nun mit meinem Schläger genauso verfuhr. So kebbelten wir einen Moment, mit unseren Schlägern schnell am Boden hin und her pendelnd, um den Ball.

In diesem Moment schaltete sich mein Gehör scheinbar aus. Und zum ersten Mal war ich vollständig absorbiert von konkreten, szenenartigen inneren Bildern. Sie liefen nicht tatsächlich ab, nicht zusammenhängend wie ein Film, sondern waren eher wie ausgeschnittene einzelne Fotos aus einem Filmstreifen.

Ein Mann tritt entschlossenen Schrittes, zügig, aus einem sehr niederen Haus. Er ist mit einem langen, schweren Mantel bekleidet, der nach oben in einen mit gelber Seide besetzten Stehkragen ausläuft. Der Eindruck der Schwere wird dadurch noch verstärkt, daß über dem Gürtel, vor dem Bauch, der Mantelstoff so überhängt, daß sich eine Art Tasche oder Beutel ergibt. Dieser Beutel wiederum ist ersichtlich voll beladen.

Das Gesicht des Mannes ist nicht zu erkennen. Mit einer eigenartigen Schärfe, fast schmerzend genau, sind aber die Tür und das Fenster daneben zu sehen. Die Tür, aus Holzlatten, bleibt hinter dem Mann offen. Das Fenster ist ohne Glas, vielmehr verhängt mit einem schweren dunklen Stoff. Türsturz und Fenstersturz sind von der Straße her überhängt mit je einem kurzen, vertikal sich wellenden, rot-grünen Vorhang. – Es ist ein Flachdachhaus. Auf dem Dach sind, akkurat am Dachrand entlang, dünne Holzscheite geschichtet.

Die Straße ist weder asphaltiert noch ist sie mit Kopfsteinpflaster belegt. Vielmehr besteht sie aus festgestampftem Lehm. Der Mann tritt in eine riesige Wolke aus Staub hinein, welcher von zwei Straßenfegern aufgewirbelt wird. Beide, tief gebückt, führen einen Reisigbesen rasch pendelnd über den Grund, die Häuserzeile entlang. Ein Trottoir ist da nicht. Die ganze Szene ist durchsetzt mit einer ganz fremden Mischung aus Dunkelheit und Licht. Es dürfte früher Morgen sein. Erste Sonnenstrahlen dringen ein. In diesem Mo-

ment sind sie aber wie totgeboren. Die riesige, lebhafte Staubwolke raubt ihnen ihre Kraft. Es ist einer sehr enge Straße. Der aufgewirbelte Staub kann sich nicht zur Seite hin verflüchtigen.

Schnitt.

Der Mann ist circa zehn oder fünfzehn Schritte weiter. Er hat die Straßenfeger jetzt überholt. Wieder ist sein Gesicht nicht zu sehen. Schräg vor ihm, an einer Hauswand, ein Tischgestell, beladen mit Fleischstücken. Daneben steht, halb abgewandt, ein kleiner, sehr verlumpt aussehender Mann. Lachend spricht er mit einer Person, die offenbar in dem Haus ist. Man sieht deutlich, daß diese nur einen einzigen Zahn im Mund hat, und die schwarzen Haare stehen vor Dreck. Diese Person ist in einen langen Mantel gehüllt, ebenfalls mit Stehkragen. Aber ohne Seidenrand am Kragen und ersichtlich von minderer Qualität und nachlässig gegürtet.

Wieder Schnitt.

Der Mann, der aus dem Haus getreten war, biegt in eine Szenerie ein, die wesentlich mehr Licht hat. Ein Hof oder Platz, aber leer. Eine etwas übermannshohe Säule im Hintergrund.

Sherang hörte im selben Moment mit der Fopperei auf.

»Bitte?« Dämlicherweise sagte ich »Bitte?« wie jemand, der merkt, daß er kurz weggetreten war, und jetzt vorsorglich so tut, als habe er nicht richtig verstanden, ohne genau zu wissen, ob überhaupt etwas gesagt wurde.

»Lassen wir es gut sein«, sagte Sherang. Ich war nicht sogleich wieder in der Lage, mich auf die Situation einzustellen, obgleich der ganze Vorgang bestimmt keine volle Sekunde in Anspruch genommen hatte.

Eine tiefe Trauer zog innerlich an mir. Bis ins Körperliche hinein fühlte ich mich schwer und hatte das dringende Bedürfnis, mich zu setzen.

»Setz dich«, sagte Sherang. Ob er auch traurig war, kann ich nicht sagen. Aber ein ungewohnter, wenn auch sehr wacher Ernst straffte seine Gesichtszüge.

»Es ist gleich vorbei.« Meine Stimme war heiser und verlegen. Umständlich, wie ein alter Mann, setzte ich mich auf die Erde nieder. Sherang, in kurzem aber betontem Abstand, ließ sich daneben nieder.

Es tat mir gut, wie er in aller Ruhe seine Hände in den Schoß legte. Einige Minuten verstrichen so. Schließlich räusperte sich Sherang ausführlich. »Der Rinpoche kommt morgen wieder zum Unterricht«, rief er zum Kloster hinauf. Dort oben stand der Abt auf dem umlaufenden Balkon. Die Unterweisung bei ihm hätte jetzt angestanden, aber ich fühlte mich tatsächlich nicht dazu in der Lage. Erst als Sherang mich so bei ihm entschuldigte, wurde es mir bewußt.

Sherang stand auf und ging durch den unteren Eingang ins Haus. Nach einigen Augenblicken raffte ich mich ebenfalls auf, um in mein Zimmer zu gehen. Auf dem Weg dorthin kam ich am Seminarraum vorbei. Die Tür stand offen. Dort hantierte der Abt an der Espressomaschine.

... zum Schlachter

Wieder derselbe Mann. Derselbe lange Mantel. Dieselbe Bauchtasche vor dem Gürtel. Derselbe mit Brokatseide besetzte Stehkragen. Und wieder diese kühle Lautlosigkeit. Wie kurze Filmausschnitte bei abgeschaltetem Ton. Es scheint diesmal eine Abendszene zu sein. Aus den alten Flachdachhäusern, die jetzt den Hintergrund bilden, schimmert mildes Licht.

Der Mann eilt aus einer engen Gasse kommend quer über ein Brachgelände auf eine Gruppe dicht stehender Hütten zu. Ein Elendsviertel offenbar. Deutlich zu sehen auch zwei kläffende Hunde im Hintergrund des Brachgeländes. Aber eben nur zu sehen. Ich höre sie nicht. Jenseits der eigentlichen Kernstadt, vom Brachgelände aus gesehen also auf der andern Seite der Stadt, viele Lichter von einem etwa hundert Meter hohen Berg her, eine Burg oder ein Palast.

Der Mann stolpert über nicht zu identifizierende Gerätschaften, die auf dem lehmigen Boden liegen. Er taucht sehr rasch in das Hüttenviertel ein, geht dort im Inneren mit großen Schritten hin und her. Er sucht. Er wehrt einen Hund ab, der an-

griffslustig immer wieder mit der Schnauze nach ihm schnappt.

Die Szene versinkt in völliger Dunkelheit. Nur einen Augenblick später legt sich das Bild eines nächtlichen Hinterhofes über die Dunkelheit. Schnell gewinnt das Bild an Deutlichkeit. Verschiedene Gerätschaften, die kreuz und quer über den Hof verstreut liegen, sind eindeutig als Schmiedewerkzeuge zu erkennen. An einer Holzwand des Hofes eine schmale Lattentür. Der Mann zwängt sich hindurch, bleibt stehen. Was auf den ersten Blick wie schlafende Tiere aussieht, zeigt sich im nächsten Moment als eine Ansammlung von vier oder fünf toten Schafen. Auf einer Holzleiste Schafsköpfe, nach unten hängend. Daneben auf einer Stange Schaffelle. Ohne es direkt zu sehen, weiß ich in diesem Augenblick, daß es eine Schlachterei ist.

An dieser Stelle der Bildsequenz, ich kann es nicht anders beschreiben, wird der Ton eingeschaltet. Ich höre plötzlich die Hunde kläffen, bösartig, tief und heiser. Und zwar höre ich Hunde sowohl vom Hintergrund her wie auch, in unmittelbarer Nähe, wahrscheinlich aus dem Hof der Schmiedewerkstatt nebenan. Satzfetzen schieben sich in die Aufmerksamkeit, als ob man langsam den Ton aufdrehen würde und als wäre, um einen technischen Vorgang zum Vergleich heranzuziehen, die Sprache auf einer anderen Tonspur als das aggressive Gekläff der Hunde, welches vom ersten Moment an sehr laut ist

Tibetische Worte, dennoch hier für mich unverständlich, obwohl ich zu diesem Zeitpunkt – ich muß etwa achtzehn Jahre alt gewesen sein – bereits ganz gut Tibetisch verstehe. Vertraut und dennoch unverständlich. Außerdem *sehe* ich niemanden sprechen. Der Mann im langen Mantel löst seinen Gürtel. Er holt Fleischstücke hervor. Ich erschrecke heute noch darüber, daß ich beim Anblick des Bildes nicht erschrak. Ich habe es völlig unbeteiligt und neutral festgestellt:

Er zieht einen menschlichen Arm, grob blutverschmiert, unter seinem Mantel hervor, dann den Teil eines menschlichen Oberkörpers. Der Hund, den ich im Hof nebenan vermute, heult fast vor Erregung. Ein kleiner Mann mit verfilzten Haaren nimmt die Leichenteile mit einem schmierigen Lächeln an sich und wirft sie auf eine lange Holzplanke, auf der zerstückelte Schafskadaverteile liegen.

Ein Surren. Dann das nächste Bild:

Der Mann mit dem langen Mantel verläßt das enge Gelände der Schlachterei, nicht durch die schmale Tür, durch die er hineingekommen war, sondern er zwängt sich zwischen zwei Hütten hindurch. Ich sehe ihn durch engste Gassen sich drücken, bis er wieder freieres Gelände betritt. Es ist das Brachgelände, nur jetzt von einer anderen Stelle her. Er geht zur Altstadt zurück.

Ich habe von Unfallopfern gehört, daß sie in der Zehntelsekunde des Unglücks *in vollkommener Ruhe* kommen sehen, was geschehen wird. Auch bei ihnen stellt sich das Entsetzen erst ein, wenn sie aus dem Schock oder der Bewußtlosigkeit wieder zu sich kommen. Ebenso emotionslos habe ich den beiden Männern zugesehen, wie sie sich an den Leichenteilen zu schaffen machten. Sachlich.

Mindestens ebenso rätselhaft wie diese betonte Unbeteiligtheit beim Anschauen solcher Bilder war mir die Perspektive. Prinzipiell sah ich alles aus einer etwas erhöhten Position. Als ob für jede Szenerie eine Zuschauertribüne errichtet wäre, von der aus ich einen Überblick über den Ablauf haben konnte. Und niemals sah ich jemanden von vorne, sondern entweder von hinten oder von schräg her. Von schräg oben. Immer.

Sherang sprach in dieser Zeit viel von der alten Heimat. Vom alten Lhasa, der Jokhang-Tempelanlage im Zentrum, dem Barkhor-Rundweg darum herum, dem Potala-Palast draußen vor der Stadt auf dem Roten Berg. Nun, ich hatte mir auch schon selbst erschlossen, daß diese Bilder, die mich immer wieder besetzten, aus dem alten Lhasa stammten. Auch bin ich nicht sicher, ob zum Beispiel einige Details wie die angriffslustigen Hunde nicht vielleicht aus meiner längst angelesenen Kenntnis und aus anderen Erzählungen über diese Stadt von mir dazugegeben waren. So hatte Teshe einmal erzählt, wie er als Junge am späten Abend in der großen Menge der Passanten und Pilger rechtsläufig, den

Jokhang umrundend, über den Barkhor schlenderte und wie zwei hungrige Hunde einem Schafmetzger fast die gesamte Auslage vom Tisch fraßen. Er selbst, der Metzger und auch die Passanten hätten hilflos dabei gestanden. Keiner habe sich getraut einzugreifen.

Entgegen der Gewohnheit, die sich zwischen uns gebildet hatte, beschloß ich, ihn nach einer seiner – übrigens immer sehr genauen und sachlichen – Erzählungen direkt zu fragen: »Was machst du mit unangenehmen Gedanken, wenn dir etwas einfällt, was du gar nicht willst?«

»Ich stelle mir das Ganze noch einmal vor, in allen Einzelheiten, und versetze mich dabei in die Stimmung, als hätte ich es gewollt.«

»Gewollt?«

»Ja.«

»Wozu?«

»Um zu verstehen. Man versteht etwas nur, wenn man in die Stimmung kommen kann, es zu wollen.«

»Nehmen wir an, ein Unglück geschieht, sagen wir ein Autounfall.«

»Keine Anspielungen auf unseren Doktor der Sprache.«

»Im Ernst. Nehmen wir an, ich kann nicht verstehen, wieso gerade dem Betreffenden das passiert. Dann soll ich mir vorstellen, ich hätte es gewollt?«

»Nicht vorstellen. Richtig in die Stimmung kommen, es zu wollen.«

»Den Autounfall?«

»Ja.«

Fast hätte ich dreist gefragt, ob er sich da sicher sei.

»Ich bin sicher«, sagte er.

So ist Sherang. Was du als Antwort bekommst, sind neue Fragen.

Geistesforscher besichtigen uns

»Sie benutzen doch auch den Begriff ›Karma‹?«

»Jeden Tag«, sagte der Abt trocken, ohne von der Espressomaschine aufzuschauen, in deren verstopftem Filter er mit einer Nadel herumstocherte. Es war an diesem Samstag die dritte Besuchergruppe, und der Abt hatte gleich nach Überreichung der Khatags gebeten, daß man ohne Umschweife zu den wesentlichen Fragen kommen möge. Dann hatte er sie aber in den Kultraum geführt und eine halbe Stunde allein gelassen. Jetzt war er wieder aufgetaucht mit den Worten »Wenn Sie mir nun folgen wollen …« und war nach nebenan in den Seminarraum gegangen. Dort machte er sich wieder an der Espressomaschine zu schaffen.

»Nun, wir …, wir meditieren natürlich sehr viel, um Erkenntnisse über unser früheres Leben zu erlangen.« Die Dame war begierig, ihre Gruppe damit sogleich als Leute vom spirituellen Fach vorzustellen.

»Warum?« Er drehte die Espressomaschine auf den Kopf und schüttelte sie. Die Besucherin kicherte unsicher. Und eine gewisse Unruhe und Ungeduld ergriff die Geistestruppe.

»Nun«, ein älterer Herr räusperte sich, »wir versuchen überhaupt Erkenntnisse zu erlangen über die höheren Welten.«

»Da haben Sie ein schönes Hobby«, sagte der Abt freundlich und klopfte auf die umgedrehte Espressomaschine.

»Also, äh, Hobby ... Das ist eigentlich zu wenig gesagt. Wir haben uns der Sache mit Haut und Haar verschrieben.«

»Was sagt Ihre werte Gedankenwelt zu diesem störrischen Gerät?« Jetzt sah der Abt dem geistigen Herrn direkt ins Auge. »Vielleicht könnten Sie mir diese Widerspenstige einmal halten?«

Der Geistesforscher hob würdig die Maschine hoch, und der Abt zielte mit einem kleinen Wasserstrahl aus einer Gießkanne in ein Loch an der Unterseite des Geräts.

Ein jüngeres Gruppenmitglied meldete sich aus dem Hintergrund: »Sie beschäftigen sich also auch mit weltlichen Dingen, Herr Abt. Das ist schön.«

»Sie nicht?« Der Abt nahm dem Herrn die Maschine aus der Hand, drückte den Daumen auf das Loch und schüttelte die Maschine.

»Oh, ja. Aber wenn es Ihre Zeit erlaubt, würden wir gerne noch etwas tiefer gehen.«

»Thubten und Tsepa, zeigt den Herrschaften doch bitte den Heizungskeller«, rief er zu uns herüber.

Ein anderer Mann, der vom ersten Moment an seinen Camcorder auf den Abt gerichtet hielt, ließ die Kamera resigniert sinken. Im Treppenhaus lächelte uns eine ältere Dame etwas zu wohlwollend an und fragte: »Na, und ihr, meditiert ihr auch fleißig?«

»Sie auch?« fragte Thubten zurück.

»Allerdings, mein Sohn. Jeden Abend nehmen wir Kontakt auf mit der geistigen Welt.«

»Wir spielen abends Badminton«, erwiderte Thubten.

»Nun ja, aber ihr habt doch eure Riten, eure Symbole, eure zeremonielle Musik ... Dieses Bild zum Beispiel«, sie zeigte auf ein Thangka im Treppenhaus, »was bedeutet es?«

»Nichts, wenn ich nicht hinschaue.«

Sie lächelte dünn und hart.

Als alle unten angekommen waren, erläuterte Thubten hingebungsvoll und ausführlich die Geräte, Leitungen und Rohre im Heizungskeller. Der visuelle Chronist ließ seine Kamera über die Rohre schweifen, schwenkte auf Thubten, wieder zurück zu anderen Rohren. Dann gab er auf.

In diesem Moment betrat Sherang von der Wiese her den Heizungskeller. Er hatte am Morgen seine Gewänder und die rituellen Kopfbedeckungen gewaschen und sie auf Leinen auf der Wiese trocknen lassen. Da er an den Gewändern schwer zu tragen hatte, trug er den gold-schwarzen Spitzhut und das Barett mit dem weit vorstehenden gelben Kamm übereinander auf dem Kopf herein.

Sofort brachte der Geistesforscher seine Kamera wieder in Anschlag.

»Entschuldigen Sie, Herr Lama. Sprechen Sie deutsch?« fragte eine alte Dame merkwürdig laut, als würde Sie davon ausgehen müssen, daß Sherang schwerhörig sei.

»Nicht gut«, Sherang schüttelte besorgt den Kopf über sich selbst.

»Wir haben da eine Frage. In den Klöstern von Gyutö und Gyümed war das rituelle Oberton-Singen besonders entwickelt worden. Können Sie das auch?« In Ihrer Frage schwang die Erwartung mit, daß er es nicht könne.

Sherang legte seine Trockenwäsche auf einem Heizungsrohr ab, setzte sich mitten unter den Besuchern auf den Estrich, räusperte sich umfangreich, so daß es schwierig wurde, plastische Vorstellungen von Rachenschleim zurückzuweisen, und setzte an, das »Gebet der Zuflucht« zu intonieren. Der Oberton stellte sich aber nicht ein. Er setzte noch einmal an. Es klappte wieder nicht. Zwei Damen warfen sich bedeutungsvolle Blicke zu. Als Sherang beim dritten Versuch erkannte, daß er auch diesmal scheitern würde, brach er in herzhaftes Lachen aus, höchst belustigt über seinen Mißerfolg. Einige Besucher lachten ein wenig mit.

Schließlich, Sherang kicherte immer noch über seine stimmliche Ungeschicktheit, rief eine Dame durch den Raum: »Der Versuch ist es, der zählt, nicht wahr?«

Alle nickten väterlich. Auch die Frauen. Und ein Herr im schwarzen Anzug erläuterte uns diesen Ausspruch: »Die geistige Welt blickt auf die Ehrlichkeit des Bemühens. Dieses ist es, was ihr zur Nahrung gereicht.« Und dann nickte er selbst, sehr zufrieden über seine Erklärung.

Eine in eine Art Wollsack eingehängte dürre

Dame ergänzte: »Es gäbe weniger Leid auf der Erde, wenn wir mehr von diesem tiefen Bemühen in der Welt hätten, wie wir es eben erleben durften.«

»Die Spirituellen – immer auf der Seite des Guten«, murmelte Thubten im Hintergrund. Sherang stand auf, immer noch belustigt seufzend über sein Mißgeschick. Er nahm seine Wäsche vom Rohr.

»Ich hätte vorhin den Schokoriegel nicht essen dürfen.« Dabei sah er schuldbewußt in die Runde. »Aber nun würde ich Sie gerne noch zu einer Runde Buttertee einladen.«

»Oh, Buttertee!« Die meisten Ausrufe klangen etwas kehlig.

»Oh ja«, rief die dürre Frau, und zwar etwas zu laut, »Buttertee. Ein echt tibetischer Brauch – Warum nicht?« setzte sie etwas leiser hinterher.

»Aber machen Sie sich keine Umstände«, flötete jemand von hinten.

»Kein Problem. Wir haben immer einige Thermoskannen davon vorrätig.«

Ein nachdenkliches Element kam in die Bewegungen der Besucher, als sie Thubten zum Versammlungsraum folgten. Ich stellte die Teeschalen auf und goß den Buttertee ein. Ein Schweigen legte sich über die Geistesgruppe. Als erwartungsfroh konnte man es nicht bezeichnen.

»Etwas Tsampa dazu?« rief Thubten aufmunternd.

»Nun, doch, ja«, sagte der Herr mit dem Camcorder, und seine Stimme war durchwoben von echter Demut.

»Was ist das?« fragte eine junge Frau.

»Getrocknetes Gerstenmehl, versetzt mit etwas Buttertee.«

»Oh ja«, sagte sie schnell. Mehr Information brauchte sie gar nicht. Dann herrschte wieder Stille, und alle nippten bescheiden an ihrer Teeschale.

»Die Gerste stammt aus biologischem Anbau, nehme ich an?« Eine ebenfalls etwas ältere Frau durchbrach die Andacht.

»Tsepa. Weißt du, ob der Migros seine Gerste aus biologischem Anbau bezieht?« rief Thubten zu mir herüber.

»Tsepa. Welch schöner Name«, flötete dieselbe Dame, »du bist ein Novize nicht wahr?«

Es war mir schon zuvor auf die Nerven gegangen, daß sie uns duzte. Während ich noch überlegte, wie ich ihr diese Dreistigkeit austreiben könnte, rettete mich Thubten: »Der Kleine ist ein wiedergeborener hoher Lama.«

Sofort riß der Geistesseher seine Videokamera hoch und richtete sie auf mich. Thubten, der jetzt gefährlich in Fahrt kam, ging auf ihn zu.

»Oh ja. Geben Sie doch mal. Sie sollen doch auch auf den Film.« Damit nahm er bestimmend und unabweisbar die Kamera und schwenkte über die Besuchergruppe. »Damit können Sie jetzt zu Hause beweisen, daß Sie es sind, die hier waren.« Dabei lachte er entwaffnend und goß dem Besitzer der Kamera die Teeschale randvoll mit Buttertee.

Wie stirbt man?

Aus meiner damaligen Sicht der Dinge schien es mir keinen besonderen Scharfsinn zu erfordern, die inneren Bilder als Erlebnisse meines Vorgängers, Saihtam Tsering Rinpoche, zu identifizieren. Er war offensichtlich, so meine Schlußfolgerung, heimlich beseitigt worden – eine Intrige wahrscheinlich, eine politische Rankühne. Ich wußte, daß Saihtam im damaligen Lhasa als eine Art heiliger Narr galt oder närrischer Heiliger. Sherang hatte mir erzählt, daß Saihtam sich über das gesunde Maß hinaus mit den alten magischen Riten der nur äußerlich dem Lamaismus eingegliederten tibetischen Urreligion, der Bön, befaßt hatte. Er galt als Zauberer, und gleichzeitig belächelte man seine abergläubischen Praktiken. Offiziell nur geduldet und außerdem ohne Zugehörigkeit zu einem der Klöster, wurde er von den »aufgeklärten«, »reformierten« Gelbmützen-Lamas durchaus herangezogen. So soll er Dämonen besiegt haben, die den Potala bedrohten, mit denen sich auseinanderzusetzen selbst hohe Gelbmützen sich nicht getraut hatten. Er soll mit seiner intimen Kenntnis, ja Identifikation mit den archaischen Ritualen sogar in den Kashag eingegriffen haben, die Regierungsversammlung. Sherang erzählte vielsagend – und ich weiß nicht wirklich, was er davon hielt –, daß Saihtam einmal einem hohen Regierungsbeamten mit magischen Mitteln zu einem Ministerposten verholfen habe. Er habe Haare des Rivalen dieses ehrenwerten Herrn rituell verbrannt und auf einen Zettel einen Fluch geschrieben. Den sollte der karrieresüchtige Regierungsbeamte in seinen linken Schuh legen, so daß er also bei jedem Auftreten den Fluch in die Erde rammte. Die Erdgeister hätten daraufhin den Rivalen besetzt. Er sei krank geworden und trotz des Einsatzes der gesamten Medizinschule elend verendet.

Andererseits habe man den Rinpoche belächelt, wenn er in dem blauen Gewand der alten Bön-Priester durch Lhasa eilte. Kurzum, es schien mir nicht verwunderlich, daß dieser Mann – ich konnte zu diesem Zeitpunkt noch nicht »ich« sagen – beseitigt wurde. Die Bilder, die mich immer wieder so unvermittelt heimsuchten, waren »Out-of-body-Erlebnisse«, wie man heute sagt.

Es schien mir einleuchtend, daß ich von Saihtam Eindrücke aufnahm, die er im Zusammenhang mit seinem Tod gehabt haben mußte. Dazu paßte ja auch die Perspektive von schräg oben auf die jeweilige Szenerie.

Einmal fragte ich Sherang, wie der Rinpoche eigentlich gestorben sei. Er wies mich ernst darauf hin, daß dieser ja im Exil, zwei Jahre nach der Flucht, gestorben sei. Das stand nur scheinbar im Widerspruch zu meinen Bildern. Wußte ich doch, daß gerade solche inneren Bilder, ähnlich wie

Traumbilder, Kontaminationen von verschiedenen Erlebnissen und Informationen waren. Wahrscheinlich also wurde er im Exil beseitigt, und ich hatte das Bild nach Lhasa verlegt, von dem er ja schließlich die lebhaftesten Eindrücke gehabt haben mußte.

In diesem Gespräch gebrauchte Sherang auch zum ersten Mal das Sanskrit-Wort »Satyagraha«, die »Ewige Wiederkehr der Wahrheit«. Es wird auch im Tibetischen verwendet, so wie man im Deutschen Fremdwörter französischer oder englischer Herkunft verwendet. Im Tibetischen heißt es etwa: »Die Wahrheit wird siegen«. »Und um die Wahrheit zu kennen, muß man den Tod kennen«, hatte Sherang noch gesagt. »Ich werde dich künftig zur Bardo-Zeremonie mitnehmen.«

Schon ein paar Tage danach ergab sich die Gelegenheit. Eine alte Tibeterin, die etwas außerhalb von Rikon mit ihrer Familie wohnte, lag im Sterben.

Sherang und ich fuhren hin. Nachdem er die reformierten, knappen Riten vollzogen hatte, flüsterte er ihr einige Stunden lang den Bardo Thödol ins Ohr. Ich erfaßte sofort das Orientierung Gebende dieses rituellen Textes. Der Sterbende beziehungsweise Verstorbene wird darin durch seine unmittelbar nachtodlichen Erfahrungen geführt. Es wird ihm angekündigt, daß er auf gute und auch böse Geister treffen wird, und er wird daran erinnert, daß dies alles Früchte seiner Taten sind.

Es ist gefährlich, und wird im Bardo-Text auch so formuliert, diese Geister nicht als die eigenen zu erkennen. Im ungünstigsten Fall kann dies zu einer sehr niederen Wiedergeburt führen, als Hund, als Schneeleopard, als Regenwurm. Was der Tibeterin im Bardo-Text berichtet wurde, das schien sich auf ihren Gesichtszügen abzuspielen. Besonders deutlich war der unterschiedliche Gesichtsausdruck der linken und der rechten Gesichtshälfte. Während die linke eher Schrecken, jedenfalls Anspannung zeigte, lag auf der rechten Gesichtshälfte eine ganz außerirdische Ruhe und Milde.

In jener Nacht habe ich auch zum ersten Mal das charakteristische kurze Pfeifen gehört, mit dem die Seele von der Mitte der Schädeldecke aus entweicht. Sherang sah mich befriedigt an. Die Sterbende hatte das Bardo angenommen und trat nun, unter seiner Anleitung, den Weg in der neuen Welt an. Und man kann annehmen, daß die eben verstorbene Seele ihren Körper, überhaupt die ganze Szenerie nun auch von schräg oben mitverfolgte, und zwar ohne jede irdisch-menschliche Regung von Trauer oder Beklommenheit.

Es war auch in jener Nacht, daß ich mir vornahm, mich ausführlicher mit den archaischen Riten auseinanderzusetzen, und zwar über das Maß hinaus, das der Abt in seinen Unterweisungen für mich vorgesehen hatte. Ich überblickte natürlich nicht, daß dies zu einem gewissen Riß zwischen mir und den anderen Mönchen in Rikon führen mußte. Als Reformierte verachteten sie die archaischen Riten. Sicher hätte mir niemand verboten, mich damit zu beschäftigen. Aber eine gewisse beobachtende Distanz meiner Person gegenüber wäre unweigerlich entstanden, wenn ich dieses Interesse öffentlich gemacht hätte.

Auch Sherang erzählte ich nichts davon. Dabei war es ja nicht mein Bestreben, Heimlichkeiten zu pflegen. Ich wollte lediglich niemanden irritieren. Daß ich mit solchen Beschlüssen allerdings eine unaufhaltbare Eigendynamik in Gang gesetzt hatte, erkannte ich erst sehr spät. In meinem Bewußtsein ging es damals lediglich um das Bemühen, meinen Vorgänger näher zu verstehen. Ich hegte eine gewisse Ehrfurcht vor seiner Person, so wie sie mir eben aus den verschiedenen Erzählungen bekannt war. Natürlich war es mir ständig bewußt, daß ich als seine Reinkarnation galt. Aber in meinem Erleben war dies nicht »ich«. Intimer gesehen, hatte ich gar nichts mit ihm zu tun.

Streitgespräch mit Thubten

Lediglich Thubten gegenüber machte ich manchmal Andeutungen über mein Interesse an den archaischen Praktiken. Er grinste mich dann nur an und pflegte zu sagen: »Die Zeit der Zauberei ist vorbei.«

»Du hältst es nicht für möglich, was über die alten Riten erzählt wird?«

»Ich halte es *heute* nicht für möglich. Wir leben in einer anderen Zeit, und besonders wir Tibeter im Exil müssen das Kunststück fertig bringen, die Flamme weiter zu tragen in einer Umgebung, die nur Wasser ist. Verstehst du?«

»Kann es nicht eben darum sinnvoll sein, die alten Traditionen aufzusuchen?«

»Tradition – was heißt das heute? Die Asche verschleppen?«

»Was meinst du? Wird die tibetische Kultur untergehen?«

»Sie ist schon untergegangen, Tsepa. Wir können nur versuchen, die Flamme neu und anders zu entzünden. Wir können die Ankunft der modernen Zeit nicht aufhalten. Warum sollten wir auch? Alles ist Entwicklung, Fortschritt.«

»Ich weiß nicht. Ist es Fortschritt, wenn heute in

Lhasa engagierte Mönche und Gläubige geschlagen und gefoltert, wenn Klöster zerschlagen oder, vielleicht noch schlimmer, zu Museen und Fabriken gemacht werden?«

Hier geriet Thubten in eine, wie ich fand, unverhältnismäßige Erregung. »Ja, ja. Ich weiß. Es gehört heute zum guten Ton, über die Chinesen zu schimpfen. Aber wir haben uns dieses Ende selbst eingebrockt. Wir haben uns abgeschottet, jahrzehntelang. Hätten wir, wie andere Länder auch, das Neue allmählich zugelassen, hätte es zu diesem gewaltsamen Einbruch der Moderne in Tibet gar nicht kommen müssen.«

Thubten war drauf und dran, eine flammende politische Rede zu halten. Ich hatte keine Lust, für ihn das Publikum zu machen, und schlug deshalb vor: »Laß uns auch für die Chinesen beten. Der Dalai Lama tut das auch, wie du weißt.«

Aber diese Wendung brachte ihn noch mehr auf. »Da spricht ja die gleiche Arroganz wie aus dem Getue der Besucher aus der Esoterik-Szene, die meinen, die geistige Erkenntnis gepachtet zu haben. Sie kommen angeblich, um von uns zu lernen. Tatsächlich gehen sie mit uns um wie Kolonialherren mit den niedlichen Eingeborenen. Wir sollten den Chinesen gegenüber nicht eine ebenso schulmeisterliche Haltung einnehmen.«

Wenngleich solche Streitgespräche unsere Freundschaft im Kern nie gefährdeten, blieb für mein Empfinden doch immer etwas Aufreizendes zurück. Im übrigen paßte diese Art, sich zu gebärden, überhaupt nicht zu Thubten Phala. Er engagierte sich sonst nie über das notwendige Maß hinaus.

Vielleicht kam seine Angespanntheit, so sagte ich mir, gerade bei diesem Streitgespräch auch von ganz woanders her: Es war der Tag vor unserer Prüfung an der Kegeloboe. Wir hatten seit fünf Jahren gemeinsam Unterricht gehabt und sollten nun, am nächsten Morgen in der Frühe, auf der Terrasse das klassische Morgengebet erklingen lassen, welches die Aufmerksamkeit der Götter auf das Tun der Lamas lenken soll. Und weil Thubten sich auch im Spiel der Kegeloboe wenig erhitzt hatte, blickte er mit Sorge auf den nächsten Morgen.

Davon abgesehen schloß mit dieser Prüfung aber eine sehr schöne und erfüllte Zeit ab. Die fünf Jahre davor waren gerade durch den Oboe-Unterricht wie getragen, und ich möchte diese gemeinsame Erfahrung mit Thubten nicht missen.

Da man nicht nach Noten lernt, sondern direkt durch Nachahmung, war ich zunächst sogar im Hintertreffen ihm gegenüber. Ihm war der Klang der Kegeloboe von Anfang an vertraut gewesen. Andererseits erfaßte ich rascher als Thubten den erforderlichen Fingerschlag: Die Grifflöcher werden mit dem zweiten Fingerglied gedeckt, nicht mit der Fingerkuppe, wie in der europäischen Tradition. Ich entwickelte schnell die Technik, wie man den Finger auf das Griffloch schnellen läßt. Thubten verstand lange nicht, daß man den Finger erst kurz strecken muß, damit man ihn aus der Spannung heraus aufschlagen lassen kann.

Er wiederum fand besser in die Atemtechnik. Da man ja bei der Oboe, um den Ton nicht abbrechen zu lassen, gleichzeitig mit dem Einblasen in das Mundstück durch die Nase einatmet, muß man die innere Muskeln im Nasen-Rachenraum beherrschen lernen, von deren Existenz man normalerweise gar nichts weiß. Man übt das mit einem Strohhalm und einem Glas Wasser. Das Wasser muß kontinuierlich blubbern. Sherang streute uns nach einiger Zeit Mehl ins Wasser, so daß mehr Kraft erforderlich wurde. Dies steigerte er, bis das Gemisch aus Mehl und Wasser die Konsistenz von Brei hatte. Hier hatte ich mehr Ausdauer. Aber Spaß hatten wir beide. Und besonders schön waren die Stunden, wenn Sherang mit uns die »Seele« des Oboenklanges zu wecken versuchte.

»Man muß einen Vogel auffliegen hören«, sagte er etwa. Oder: »Jetzt setzt der Leopard geschmeidig zum Sprung an.«

Wir haben die Prüfung beide bestanden. Aber, offen gestanden, ich hatte den Eindruck, aus rein pragmatischen Gründen. Denn die Kegeloboe darf nur zu zweit gespielt werden – um einen Abbruch des Tons auch auf diese Weise zu vermeiden. Hätte nur ich bestanden, wäre die Kegeloboe in Rikon schließlich gar nicht erklungen.

Unpassend erschien es mir auch, daß Thubten ausgerechnet am Tag der Prüfung – der Abt hatte uns gerade seine Anerkennung bei der Morgenversammlung ausgesprochen – noch einmal das Thema China aufgriff.

»Ich finde auch die Sturheit des Dalai Lama höchst ungeeignet. Er will etwas retten, was nicht zu retten ist. Wir können das Rad nicht zurückdrehen.«

»Sturheit? Hat er nicht weitgehende Zugeständnisse gemacht? Hat er nicht von vornherein auf die außenpolitische Souveränität verzichtet?«

»Er will einen tibetischen autonomen Staat. Einen religiösen Staat. Aber das Wesen des Staates ist immer Zwang. Verstehst du? Das ist das Überholte. Mit der Religion einen Staat zu machen. Der Mann ist ein wandelndes Museum.«

»Ich hatte im Gegenteil den Eindruck, daß er konkrete Pläne für ein demokratisches Tibet hat. So will er freie Wahlen für den Kashag einführen.«

»Wie großzügig! Eine geschenkte Freiheit ist keine Freiheit. Staatskerle wie er werden doch *ihre* Macht nicht aus den Händen geben. Oder hast du gehört, daß wir den Dalai Lama demokratisch wählen sollen?«

»Man kann ihn nur anerkennen – oder eben nicht«, sagte ich kühl.

»Du brauchst mich nicht zum Ketzer aufzubauen, Tsepa. Ich bin mir über die Funktion des Dalai Lama voll im klaren. Aber ich frage mich gerade deswegen, ob er heute nicht fehl am Platze ist.«

»Weißt du«, sagte ich ernst und ohne jede weitere Streitlust, »wir haben hier einen Auftrag. Ob wir ihn gut und richtig erfüllen, das können wir nicht selbst beurteilen. Und vielleicht ist es auch gut, daß wir das nicht selbst zu beurteilen brauchen.«

Dies besänftigte ihn.

»Naja. Du mußt mich auch verstehen. Manchmal zerreißt es mich einfach. Wir sind in alle Welt verstreut. Wie die Juden. Was sind wir denn? Museale Objekte für sensationsgeile Spiritisten aus dem Westen. Sie kommen hierher, angeblich um unser Leben und Denken kennenzulernen. In Wahrheit wollen sie sich nur selbst beweisen, daß sie ›weiter‹ sind als wir. Eine Schweizerin erzählte mir, daß noch in ihrer Jugend Fahrensleute Indianer, Neger und andere Exoten an Ketten mit sich herumführten und für Geld zur Schau stellten.« Seine Wut war in Trauer umgeschlagen.

»Wie soll man *heute* Tibeter sein? Du hast es gut, Tsepa. Du bist ein Grenzgänger. Vielleicht kann jemand wie du noch am ehesten eine Brücke bauen.«

Da täuschte er sich allerdings. Ich war wesentlich konservativer eingestellt als er. Wenn man so will, war ich naiv. Ich hatte lange Zeit ungefragt hingenommen, was die Tibeter selbst schon längst mit einem Fragezeichen versehen hatten. Und keiner in Rikon hatte ein geringeres Interesse an der Assimilationsfrage als ich.

»Ja, und der Karl« – etwas Angestrengtes lag in der Stimme meiner Mutter –, »dem Karl geht's gut. Der hat inzwischen seine Mittlere Reife gemacht.«

»Beim Auer hat er angefangen.« Mein Vater war dankbar, einen Gesprächsstoff aufgreifen zu können.

Der Vorrat an gemeinsamen Anknüpfungspunkten war nach zwei Stunden erschöpft. Da man sich aber weiter dem Gefühl hingeben wollte, daß man sich noch eine Menge zu erzählen habe, blieb man über diesen toten Punkt hinaus beieinander. Zunehmende Bemühung, nach Gesprächsstoff suchen zu müssen, war der Preis dafür.

»Der will beim Auer eine Kfz-Lehre machen.«

»Der arbeitet sich bestimmt hoch zum Meister. Ich kenn den doch.«

»Der war schon immer vernünftig.« Meine Mutter sagte es mit einem wehmütigen Ton. Sie wird sich einen Moment lang gedacht haben, daß es ihr eben versagt war, einen so vernünftigen Sohn zu haben, wie der Karl einer ist.

»Der Auer hat ja jetzt enorm ausgebaut. Nachdem seine kleine Werkstatt damals abgebrannt war, hat der da einen richtig repräsentativen Autosalon hingestellt. Das gibt was her.« – Während ein Sohn, der tibetischer Lama wird, in gewisser Weise eben weniger hergibt.

Falls ich überhaupt über die Frage der Assimilation nachdachte, dann im Zusammenhang mit den Besuchen meiner Eltern. Da sie inzwischen beide verstorben sind, kann ich es hier aussprechen: Sie waren mir nach wenigen Jahren fremder, als es Sherang, der Abt, Tashi, Legshe, Teshe und all die anderen Exiltibeter hier je gewesen sind. Die Besuche meiner Eltern führten mir zweifelsfrei vor Augen, daß ich keinerlei Impulse verspürte, meine gerade sich entwickelnde tibetische Identität in eine westeuropäische zu integrieren.

Andererseits wollte ich natürlich meine Eltern nicht mehr als nötig durch mein ihnen so fremdes Selbstverständnis verunsichern. Ich erzählte deshalb von meinem Alltag in Rikon nur, soweit sie danach fragten. Und sie fragten selten danach, immer seltener mit den Jahren. Was mit ihrem Sohn da geschah – im Innersten beklomm es sie. Und ihre wenigen Fragen blieben in ihrem eigenen Horizont.

»Schmeckt dir das Essen denn?«

»Natürlich. Sehe ich denn abgehärmt aus?«

»Und wer *wäscht* für euch?«

»Wir waschen unsere Wäsche selbst, Mutter.«

»Können solche – solche Mönche das denn?«

Ich stand auf, ging zu meinem Einbauschrank und öffnete ihn. »Sieht diese Wäsche etwa ungepflegt aus?« Meine Mutter sprang sogleich auf. Ihr Kompetenzbereich war angesprochen.

»Die Pullis mußt du nach oben legen. Man legt die Unterwäsche in die Mitte und die Pullis nach oben.«

Und schon griff sie den Stapel Pullover aus dem mittleren Fach, legte ihn auf mein Bett, packte die Unterwäsche, jedes Teil neu auffaltend, dorthin und verstaute die Pullover oben.

»Na gut«, sagte ich und lachte.

»Da läßt sich Mutti nicht reinreden.« Solidarität zwischen Vater und Sohn sollte aufkommen. Eine Pause entstand unaufhaltsam. Mein Vater musterte angestrengt meinen kleinen Klapp-Schreibtisch.

»Genutet und gezapft. Gute Arbeit.«

»Das hat allerdings ein Schreiner gemacht aus dem Ort.«

»Sieht man sofort.«

Wieder Pause.

»Ja, und der Gottfried ist ja gestorben.«

»Ja, ich weiß, Mutter. Du hast davon erzählt.«

»Jaja. Die haben was mitgemacht, die Schnebles.«

»Das war ein Unfall.« Ich sollte es noch mal hören. »Vier Feuerwehren waren da. Sogar eine von Dießenhofen drüben. Der Wagen war ja regelrecht explodiert.«

»Schrecklich. Und der alte Schneble war ja gar nicht zu Hause. Die Polizei hat bei ihm angeklingelt und wollte ihm die Nachricht überbringen. Da war der gar nicht zu Hause.«

»Der ist eine Stunde später von Randegg herunter gekommen. Er fährt durchs Dorf und sieht noch die Ölflecken, die Glasscherben, den Löschschaum. Da hat er sich natürlich nichts Böses dabei gedacht. Hat gedacht, da ist also wieder so ein vornehmer Pinkel aus Stuttgart durchs Dorf gerast, als wäre er der Fürst.«

»Und dann kommt ihm seine Marie entgegen gerannt, gerade wie er in die Einfahrt einbiegt. Der wäre beinahe zusammengeklappt, als der gehört hat, was los ist. Ehrlich.«

An dieser Stelle hielten sie inne. Sie hatten die Geschichte vom tragischen Unfalltod meines Schulfreundes Gottfried Schneble schon mehrfach erzählt.

Jetzt war ihnen das unvermittelt bewußt geworden. Ich hatte ja auch keine Fragen mehr dazu gestellt. Schon die letzten Male hatte ich alles dazu gefragt, was man höflicherweise in so einem Fall dazu fragen kann. Außerdem kannte ich Gottfrieds Familie kaum.

Unvermittelt fragte mein Vater: »Ist das Abitur, das du hier machst, auch in Deutschland anerkannt?«

Innerlich mußte ich schmunzeln. Er hatte die unbestimmte Hoffnung, daß ich, was ich hier »lernte«, doch noch in Deutschland »brauchen« könnte.

»Es ist kein Abitur. Es ist nur eine Prüfung in Form einer Debatte.«

»Ja, und ist das anerkannt?«

»Auf der ganzen Welt.«

»Wer unterschreibt denn das Prüfungszeugnis? Die Schulbehörde oder wer?«

»Der Abt.«

»Ja, kennen die den – in der Welt?« Im Blick meiner Mutter lag Skepsis und zugleich die Bereitschaft, von einem Wunder zu hören. »In Gailingen kennt man ihn nicht.«

»Wir haben den Pfarrer gefragt.« Mein Vater musterte noch einmal den Klapp-Schreibtisch.

»Eine Messe kannst du ja nicht lesen bei uns, hat er gesagt.« Auch diese Hoffnung konnten sie nicht hegen.

Ich mußte lachen. »In der Obergailinger Kapelle draußen. Das wär was.«

»Also mir ist unsere Religion lieber«, brummte mein Vater unvermittelt.

»Hermann, laß den Jungen!« Meine Mutter meinte, mich in Schutz nehmen zu müssen.

Ich war ungefähr zwanzig bei diesem Besuch. Es muß einer der letzten gewesen sein. An die früheren Besuche aus der ersten Zeit hier habe ich kaum Erinnerungen.

Um meinen Eltern zu zeigen, daß ich den Faden durchaus weiterspinnen wollte, aber auch, weil es mich gerade in Zusammenhang mit dem Thema der Assimilation interessierte, fragte ich nach dem jüdischen Friedhof in Gailingen.

»Oh, da hast du viel gespielt, weißt du das noch? Mit dem Andy zusammen.«

»Gibt es Material über den jüdischen Friedhof, Mutter? Könntest du mir in der Gailinger Buchhandlung etwas darüber besorgen? Oder sonst in Konstanz, wenn du mal hinkommst.«

»Interessiert dich das? – Ja, das waren auch solche.«

Sie führte nicht aus, was sie mit »solche« meinte. Ungefähr meinte sie »Fremde«. In ihrer Vorstellungswelt war kein prinzipieller Unterschied zwischen Juden und Tibetern. Beide waren »solche«, an die es in Gailingen jedenfalls keine Anknüpfung gab.

In dem nachfolgenden Schweigen schwoll der Nachklang des Begriffs »solche« ungemütlich an. Jeder sann dem Wort nach.

»Wenn du das nächste Mal kommst, könntest du ja was mitbringen, wenn du was darüber findest?«

Mein Vater griff dies als Zeichen zum Aufbruch auf: »So, Mutti. So langsam sollten wir aufbrechen.« Und zu mir sagte er: »Wir fahren ja über zwei Stunden. Und wie das Wetter wird, weiß man auch nicht.«

»Wenn's nur nicht regnet.« Meine Mutter stand langsam auf. »Der Vater fährt immer zu schnell im Regen.«

»Ach was.« Mein Vater brummelte abwehrend, aber auch ein wenig stolz auf die damit angedeutete Sportlichkeit seiner Fahrweise.

»Fahrt auf jeden Fall vorsichtig«, sagte ich, »ich bringe euch zum Parkplatz. Wollt ihr noch ein paar Nomos mitnehmen?«

Vom Gästebesuch den Tag zuvor hatten wir noch welche übrig. Legshe briet sie mit Begeisterung, auch wenn er selbst ja nicht davon essen durfte.

»Diese Hackfleischtaschen da? Ach, weißt du, wir haben noch vom Rollbraten zu Hause.«

Der Rinpoche – bestialisch ermordet?

Ich hörte zuerst, bevor ich sah.

Zuerst ist nur das giftige, heisere Kläffen da. Sonst nur Dunkelheit, eine blauschwarze, unbestimmte Tiefe. Dann kristallisiert sich etwas Glitzerndes, aber auch Verschmiertes heraus, aus der Tiefe näherkommend. Sonst ist zunächst nichts zu sehen. Allmählich erst – und allmählich heißt, innerhalb einer Sekunde – ist ein Mann zu erkennen, wie hergezoomt, der auf einem Brett oder Tisch liegt. Eher ein Tisch. Er ist nicht vollständig zu erkennen. Nur der Rumpf, der Kopf; ein Arm hängt unnatürlich senkrecht über den Tischrand hinunter. Das Bild lichtet auf. Eine bläulich schimmernde Stelle neben dem Tisch verdichtet sich. Es formt sich die Gestalt eines Mannes in blauem Gewand. Er murmelt. Ich höre es nur, sehe es aber nicht. Sehe überhaupt sein Gesicht nicht. Die Worte sind nicht direkt erkennbar. Aber es liegt Verwünschung in der Luft.

»Luft« stimmt nicht ganz. Es ist eine stickige, dicke Atmosphäre da. Mehr Licht. Immer noch ist der Mann auf dem Tisch nur unvollständig zu erkennen. Dann ist es klar: Er ist unvollständig.

Halb angezogen, der Körper und die Beine fehlen. Sie fehlen einfach. Der Mann im blauen Gewand trennt den Arm ab. Das Glitzernde ist ein langes Messer. Er zerschneidet einen Körper. Kein Irrtum möglich. Ständig das Gemurmel. Er arbeitet – erst hinterher erschrecke ich über das Wort »arbeiten« in diesem Zusammenhang – hastig, aber nicht hektisch. Das blaue Gewand erscheint immer deutlicher. Was ich zuerst für Undeutlichkeit halte, stellt sich als regelmäßige Unterbrechung des Blaus durch eine Art Kettenhemd heraus. Ein Kettenhemd aus kleinen Knochen. Und immer das Kläffen, manchmal auch Heulen von Hunden im Hintergrund.

Ich war gerade beim Einschlafen gewesen, als das Bild auftrat. Nach wenigen Sekunden erlosch es in grellem Licht. Als würde die Szenerie aufflammen. Aber weißer als Feuer.

Jetzt erst reagierte mein Kreislauf. Ich spürte den Herzschlag bis zur Schulter hinauf. Ein grauenhaftes Bild. An Schlaf war jetzt nicht mehr zu denken. Nicht nur quälte mich die Erinnerung an das Bild, wobei die Erinnerung übrigens lebhafter war als das Bild selbst. Vor allem zerbrach ich mir den Kopf darüber, wie dieses Bild in Zusammenhang zu bringen war mit den früheren. Jemand zerstückelte also den Rinpoche. Es muß der Rinpoche sein, sagte ich mir. Man hat ihn also nicht nur beseitigt, man hat ihn bestialisch zerschnitten. Oder meine Phantasie war mit mir durchgegangen. Fast wäre mir das noch am liebsten gewesen. Aber schon wegen des realistischen akustischen Elementes schien mir dies unwahrscheinlich. Und dann haben Hirngespinste nicht diese unerschütterliche Detailtreue. Phantasiegebilde fließen eher, deuten an, es kommt ihnen nicht auf Genauigkeit an. Phantasiegebilde sind nicht von dieser unangenehmen Genauigkeit. Und außerdem sind sie von heftigen Emotionen begleitet. Also kein Zweifel möglich.

Und wer war der Mann im blauen Gewand? Ich wußte natürlich, daß nur Bön-Priester bei ihren magischen Verrichtungen ein Kettenhemd aus Knochen über einem blauen Gewand anlegen. Der Rinpoche also von einem Bön-Priester rituell zerstükkelt? Und das unter Verwünschungen?

Wie ist es möglich? Meine Kenntnisse über das Lhasa der frühen fünfziger Jahre konnten an solch archaische Vorgänge mitten in der Stadt nicht ernstlich denken lassen. Lhasa war, zusammen mit den wenige Kilometer entfernten Klöstern von Sera und Drepung, die Hochburg der reformierten Gelbmützen. Zwar lebten auch einige versprengte Rotmützen-Lamas hier, Alt-Lamaisten und Tantriker aus der historisch ersten Klosterlinie des Padmasambhava, allerlei verdächtigen Praktiken nicht abgetan. Aber es gab keine Böns zu dieser Zeit in Lhasa. Es hat noch nie Böns in Lhasa gegeben. Und weder Rotmützen noch Gelbmützen befaßten sich mit der Leichenbeseitigung. Die, bildlich gesprochen, nur mit spitzen Fingern gehandhabte Gruppe der Leichenzerstückler wohnte etwas außerhalb der

Stadt, an der Straße nach Sera. Mein Vorgänger war, wie Sherang mir erzählt hatte, der einzige in Lhasa, der in besonderen Notfällen archaische Riten einsetzte. Dies war bekannt und geduldet, ja, wie ich schon erwähnte, manchmal auch gesucht.

Wer war also der Mann, der Saihtams Leiche zerschnitt? Und wieso überhaupt wurde sie unter diesen dumpfen Umständen zerschnitten? Ich kannte keinen Ritus, der einen solchen Vorgang regulieren würde. Die Leichenzerstückler sind es, welche den Leichnam vorbereiten als Fraß für die Geier. Sie tun es im Freien, weit außerhalb der Stadt. Erdbestattung gab es ja nicht bei uns. Die Leiche wurde im offenen Gelände zerschnitten, erwartet schon von den Geiern.

Dies war kein Ritus, und die Leichenzerstückler waren keine Lamas. Im Gegenteil waren es sehr einfache, manchmal vielleicht etwas windige Leute, die mehr schlecht als recht von dieser Arbeit lebten. Ein Leichenzerstückler würde sich niemals getraut haben, das blaue Ritualgewand der Bön und das Kettenhemd aus Knochen anzulegen. Schon aus Angst vor den bösen Geistern, die er damit aufgerufen hätte. Überhaupt hatten sie Angst, daß der Geist des Verstorbenen sich an ihnen vergreifen könnte. Gerade ihre Türen und Dächer waren bewehrt mit Geisterfallen – den dreidimensionalen Fadenkreuzen, die man auf dem Barkhor kaufen konnte und die ein Lama weihen mußte. Die Leichenzerstückler arbeiteten sogar mit einem Mundschutz, um nicht böse Geister einzuatmen. Und schließlich hätten sie sich gehütet, ihre Arbeit in einem geschlossenen Raum zu verrichten. Also kurzum, dieser Mann konnte kein Leichenzerstückler sein.

Über diese, letztlich freilich nicht befriedigende Schlußfolgerung muß ich dann doch noch eingeschlafen sein. Ob ich geträumt habe, weiß ich nicht. Jedenfalls bin ich wie gerädert aufgewacht. Und mein erster Blick aus dem Fenster galt instinktiv den Gebetsfahnen.

Thubten versteht was von Hunden

»Sieh mal, wir bekommen Zuschauer«, rief ich Thubten zu, während ich den Ball hoch abschlug.

»Keine Ablenkungsmanöver, Tsepa.« Thubten fixierte unverwandt den Ball. Er hatte eine großartige Ballkontrolle beim Return und plazierte mir den Federball so flach vor die Brust, daß ich ihn nur noch aus dem Handgelenk erwischen konnte. Thubten bekam ihn dann allerdings gar nicht mehr auf sein Racket.

»Zuschauer, sagtest du? Wo?« Er hob den Ball auf und sah sich dabei um.

»Dort oben. Im Wald. Sie rennen hierher.«

»Ach, die beiden Sportsfreunde da?«

»So kann man's auch sehen.«

Zwei Doggen rasten den Abhang herunter, setzten wie Jaguare über die Blumenkästen auf dem Parkplatz und steuerten geradewegs auf uns zu.

»Etwas ungemütlich, meinst du nicht?« Ich hatte schon immer einen gewissen Respekt vor Hunden. Und wenn zwei Doggen daherjagen, erstarre ich innerlich. Weglaufen soll man ja nicht.

Thubten war unbeeindruckt. Er stellte sich den Hunden direkt in den Weg und rief laut und in erfreutem Ton, als habe er sie schon lange erwartet:

»Hallo, ihr beiden.« Dabei beschrieb er mit den Armen links und rechts einen ausladenden Bogen.

»Was machst du da?«

»Ich mach mich größer. Imponiergehabe, verstehst du?«

Tatsächlich fielen die Hunde in lockeren Trab. Der Eindruck, den sie machten, wechselte von angriffslustig zu neugierig. Thubten spreizte Zeige- und Mittelfinger der rechten Hand auseinander, klappte die übrigen Finger in die Handfläche hinein und führte, mit ausgestrecktem Arm, die Hand vor seinen Körper in einem Viertelbogen von oben nach unten, vor der Brust innehaltend. Die Hunde bremsten ab, Thubten für einen Moment starr fixierend. Dann trippelten sie betont zufällig im Kreis herum und bohrten die Schnauze immer wieder energisch in die Erde.

Ich nickte Thubten anerkennend zu. »Du kannst wohl zaubern?«

»Kommt hierher«, rief er. Dabei zeigte er mit dem Zeigefinger vor sich auf den Boden. Der etwas Hellere legte die Ohren an. Er blieb einen Moment stehen. Dann klappte er, als fiele es ihm jetzt eben wieder ein, daß er nur deswegen hergerannt war, hinten ab und kratzte sich hingebungsvoll am Kinn. Der andere machte sich ausführlich an einem Maulwurfshügel zu schaffen. Aber Thubten reichte es noch nicht. Er wiederholte scharf sein Kommando: »Hier!« Daraufhin stand der Hellere auf und schlich, leicht geduckt und mit halb angelegten Ohren, zu Thubten hin. Einen Meter vor ihm blieb er stehen und blickte betont gelangweilt in die Ferne. Der Dunklere, der auch etwas kleiner war, legte sich hin und drehte sich halb auf den Rücken. Thubten fixierte ihn und wiederholte noch einmal: »Hier!« Er kam nicht. Da drehte der Hellere sich blitzartig zu seinem Kompagnon um und blaffte ihn an.

»Würdest du das mal übersetzen?« sagte ich zu Thubten.

»Der sagt dem jetzt: ›Hast du nicht gehört, was der Macker hier gesagt hat? Komm her, bevor es Ärger gibt.‹«

»Fremdsprachen gelernt, was?«

»Ach, das ist nicht schwierig. Die Hundesprache besteht nur aus drei Begriffen: Erstens: ›Unterwirf dich mir‹, zweitens: ›Ich unterwerfe mich dir‹, drittens: ›Hunger‹.«

»In den Konjugationen kennst du dich aber auch aus.«

Thubten lachte. Er kniete sich nieder. Herzhaft knuffte er die Dogge, die vor ihm stand.

»Und mutig bist du auch.«

»Quatsch. Der braucht das jetzt.«

Jetzt kam auch der Dunklere auf ihn zu.

»Platz«, sagte Thubten leise und kurz. Und beide Tiere legten sich ihm vor die Füße.

»Mann, oh Mann.« Ich bewunderte ihn wirklich.

Thubten sah zum Klostergebäude hinüber. Wie fast jeden Abend waren Tibeter aus dem Umkreis des Klosters dabei, das Gebäude im Uhrzeigersinn zu umrunden. Sie legen nach jeder Runde einen kleinen Stein auf die etwa brusthohe Windfangmauer vor der Tür zum Heizungskeller. Einige hatten Thubtens Dompteur-Nummer mit angesehen und nickten und lachten anerkennend. Thubten winkte hinüber.

Die Hunde faßten das erleichtert als Kommando zum Wegrennen auf. Thubten puffte die beiden noch einmal und sagte zu mir: »Komm, es ist Zeit.«

Wir mußten für die morgige Feier noch an den Kegeloboen üben. Wir spielten wieder so harmonisch aufeinander abgestimmt, daß wir die Zeit vergaßen. Als es so dunkel war, daß man das Licht anschalten mußte, kamen wir ins Gespräch über verschiedene Mantras und Meditationsübungen. Und irgendwann rückte Thubten mit der Frage heraus, die ihm offenbar seit dem Nachmittag auf der Seele gelegen hatte: »Befaßt du dich eigentlich mit den Zaubereien, die es früher in Tibet gegeben haben soll?«

»Schon«, ich war zwar überrascht, aber auch froh, daß ich darüber sprechen konnte. »Aber wie kommst du darauf?«

»Du warst heute nachmittag auf der Wiese wie elektrisiert, als du mich fragtest: ›Kannst du zaubern?‹ Es war mehr als Anerkennung meines Umgangs mit den Doggen.«

Ich nickte.

»Übernimm dich nicht, Tsepa.«

»Ich paß schon auf. Es wird ja wenig darüber gesprochen. Und in unserer Bibliothek ist kaum etwas zu finden darüber.«

»Kannst du mit Sherang darüber sprechen?«

»Ich hatte es mir vorgenommen, bin aber noch nicht dazu gekommen.«

»Du hast vermutlich sogar die Ritualanweisungen, stimmt's?«

»Ja.«

»Woher?«

»Unibibliothek in Zürich.«

»Du bist für dich selbst verantwortlich. Du wirst ein Rinpoche sein. Du hast große Freiheiten.«

»Das fühle ich auch so.«

»Aber bitte keine ausgestopften Totenköpfe sammeln, ja?« Thubten hatte das Bedürfnis, die Angelegenheit ins Scherzhafte zu wenden. Mir war aber nach Fortsetzen des Gesprächs. »Ich hab die Chöd-Übung gemacht.« Thubten sah mich ernst an: »Und?«

»Sie kommen.«

»Es stimmt also wirklich.«

»Ja, sie kommen. Sie *wollen* kommen.«

»Wenn sie kommen, mußt du sie im Griff halten können, das weißt du.«

»Ich weiß es.«

»Man sagt, sie schneiden dir alles ab, was du an dir kennst.«

»Verstehst du, ich muß sie sehen. Ich muß ihnen das Feld bereiten. Es sind ja *meine* Dämonen, *meine* Luftwesen, *meine* Gottheiten.«

»Sei vorsichtig.«

»Ja doch, sie leben in mir und durch mich.«

»Hast du keine Angst?«

»Hat man Angst vor sich selbst?«

»Unter Umständen, ja. Und wenn du sie nicht in

den Griff bekommst, sind es nicht mehr deine Dämonen und Feuergeister, mein lieber Herr Rinpoche. Dann sind es unsere. Dann turnen sie hier im Kloster herum.«

»Hat man nicht eine Pflicht herauszufinden, wer man ist?«

»Jetzt bitte nicht das Wort ›Selbstverwirklichung‹. Das höre ich von Esoterik-Touristen fast jeden Samstag.«

»Das meine ich nicht, das weißt du. Aber muß nicht Wirklichkeit werden, was wir mitbringen?«

»Das ist eben die Frage.«

»Gut. Lassen wir sie offen.«

Thubten lachte. »Wie ich dich kenne, wirst du sie nicht lange offen lassen.«

»*Es* will Wirklichkeit werden. Es geht mir nicht in einer engen Weise um mich selbst.«

»Vielleicht verstehe ich es nicht. Du wirst ein Rinpoche sein. Vielleicht hast du andere Aufgaben.«

»Siehst du, das meine ich.«

Wir wußten beide, daß hier eine Grenze erreicht war. Denn ich war verpflichtet, andere nicht mit dem zu behelligen, worin der Abt mich unterwiesen hatte. Außerdem war ich müde. Unbedacht und obenhin sagte ich: »Laß uns jetzt das Licht ausmachen. Dann sehen wir weiter.«

Thubten brach in höchst vergnügtes Gelächter aus. Erst da fiel mir der Widerspruch auf. »Lach nur. Vielleicht sind solche Paradoxien ja bereits erste Beispiele meiner demnächst hervorbrechenden Rinpoche-Weisheit.«

Und so schliefen wir beide wieder einmal nebeneinander auf der Reismatte vor meinem Bett ein, welches überhäuft war mit Instrumenten, Büchern und Kekspackungen.

Der Abt erteilt uns eine Lektion in Genauigkeit

Ja, und dann sind wir eben auch Männer geworden, Thubten und ich. Wenngleich wir uns auf diesem Felde als angehende Mönche real nie etwas haben zu Schulden kommen lassen, glitten wir doch hin und wieder in unseren nächtlichen Gesprächen auch in diesen Bereich ab. Für Thubten stand es außer Frage, daß er sich enthalten wollte. Als Gelbmütze hätte er sich bei der Vollordination auch auf das Zölibat verpflichtet, wenn er bis dahin gelebt hätte. Ich bin sicher, daß es ihm geradezu zuwider gewesen wäre, mit der Versuchung zu spielen.

Was mich betrifft, verblieb diese Angelegenheit etwas in der Schwebe. Ich bin die einzige Rotmütze hier, und als solche könnte ich theoretisch heiraten. Was das für das Zusammenleben von uns Mönchen bedeuten würde, kann man offen lassen. Es ist keine vordringliche Frage.

Das Gefühl der Verliebtheit kenne ich – und es ist das einzige, was ich aus dieser Sphäre kenne – nur von einem einzigen, wirklich peripheren Moment. Ich war wohl achtzehn oder neunzehn. Von meinem Fenster aus sah ich zur Dorfstraße hinunter. Eine bildschöne junge Tibeterin, gekleidet in ein Jackett aus dem fest gewebten, stark- und tieffarbenen klassischen tibetischen Tuch, fegte auf einer chromblitzenden Vespa daher und winkte Bekannten fröhlich zu. Tangential verspürte ich ein Bedürfnis nach Nähe. Das war alles.

Der bunte Hund in der fraglichen Hinsicht ist hier Tashi, unser Filou und Lebenskünstler. Er hat schon immer erklärt, daß er nicht die Vollordination anstrebt. Damit hat er sich natürlich Raum geschaffen für eine gewisse Narrenfreiheit. Es ist kein Geheimnis, daß es ihn, anfallsweise, nach Zürich zieht. Er sucht dort das Niederndorf auf, und man betrachtet seine Eskapaden in erster Linie mit Amüsement.

Für Thubten und mich war er eine Quelle für männlich gesättigten Gesprächsstoff und intime Phantasien. Wohl manchmal etwas aufschneiderisch, aber sicher nie aus der Luft gegriffen, schwärmte er uns von bereiten Mädchen vor, die er dort offenbar kennenlernte oder auch nur reizoffen beobachtete. Tashi geht dort mit all seinen Sinnen auf die Jagd, und entsprechend ausschweifend kann er sich in der Beschreibung seiner Trophäen ergehen.

Einem solchen Moment verdanke ich eine wesentliche Unterweisung durch den Abt, die, beiläufig und versteckt fast, wie sie plaziert war, von Thubten und Tashi gar nicht als solche erkannt wurde. Ich erinnere mich genau an den Vorfall. Thubten und ich saßen im Seminarraum.

Wir hatten bis spät in die Nacht hinein in den Liedern Milarepas gelesen. Es war ganz still im Haus. Nebenan in der Bibliothek schimmerte Licht, sonst war schon alles dunkel. Tashi kam beschwingt die Treppe herauf und sah uns über den Folianten sitzen.

»Oh, die Herren Gelehrten machen Überstunden.«

»Und unser Nachtschwärmer hat sich wieder aufgefüllt mit jungen Reizen«, gab Thubten zurück. »Setz dich, Tashi«, fuhr er in ironischem Ton fort, »vielleicht möchtest du den Tag mit einer paar Gesängen des Meisters Milarepa beschließen.«

»Offen gestanden«, Tashi schmunzelte beziehungsreich, »heute nicht.«

»Komm schon. Es dringt dir aus allen Poren. Nicht wahr, Tsepa, und wir sind so freundlich und erlauben ihm, seinem Mitteilungsdrang etwas nachzugeben.« Ich nickte, schauspielernd, mit Herablassung. »Sonst kann der arme Mann ja nicht schlafen.«

»Ihr platzt doch vor Wißbegier. Aber, na gut.« Tashi lehnte sich mit ausladenden Ellenbogen breit über den Tisch. »Ob ihr's glaubt oder nicht, heute habe ich nur beim Italiener draußen gesessen und die Passanten beobachtet.«

»Und da setzte sich eine junge Frau an deinen Tisch ...?«

»Falsch. Sie schwang ihre Hüfte durch die enge Gasse, ein Höhepunkt der Schöpfung.«

»Mindestens. Doch dann?«

»Nur das. Aber dieser Gang, ihre stolzen Bewegungen, ein Kunstwerk!«

»Und du hast dich mit der bloßen Anschauung begnügt?«

»Was heißt ›mit der bloßen Anschauung begnügt‹, ihr Waisenknaben. Versunken bin ich in ihren Anblick. Ihr müßt euch vorstellen: eine heiße Sommernacht ...«

»Das überrascht kaum ... Das Klima in Rikon unterscheidet sich vom Züricher Klima nur in Details.«

»Jedenfalls, sie hatte nur ein Top an, wenn ihr wißt, was das ist, prall gefüllt mit zwei unumstößlichen Tatsachen.«

»Hört, hört.«

»Die Hüfte ausladend nach links und rechts hin exponierend ...«

Thubten nickte mir verständig zu: »Nur Fremdworte lateinischen Ursprungs können seiner Begeisterung noch Form geben.«

Tashi senkte die Stimme etwas: »Was soll ich euch sagen, sie kam direkt auf mich zu.«

»Das ist bekannt, daß die Züricher Mädchen scharenweise auf tibetische Mönche fliegen.«

»Idiot. Wenn ihr mir nicht glaubt, kann ich das Weitere ja für mich behalten.«

»Kannst du nicht.«

»Jedenfalls – eine Architektur des Körpers, sage ich euch. Die Beine zum Beispiel. Meine Güte, diese Beine. Das fängt bei den Fesseln an – wie aus Elfenbein fein geschnitzt. Dann weiter hinauf ...«

In diesem Moment erdröhnte mit unabweisbarer Deutlichkeit aus der Bibliothek nebenan die sonore Stimme des Abtes: »Ich verzichte nur ungern auf die weitergehende Rezension ihrer Beine«, und er stand in erstaunlicher Größe in der Tür, »aber es ist schon spät, und ich muß noch die morgige Feier vorbereiten. Gute Nacht.« Thubten nestelte hektisch an seinem Buch. Tashi starrte in einer Art Totstell-Reflex gebannt zum Fenster hinaus. Würdig schritt der Abt, ein paar Bücher unter dem Arm, zur gegenüber liegenden Tür und verschwand.

Thubten fing sich als erster. »Was kann schon passieren«, sagte er schnell.

»Ihr Chorknaben. Ihr hättet mich ja darauf aufmerksam machen können, daß er nebenan sitzt.«

»Wir wußten es nicht, ehrlich. Er war ja ganz still.«

»Dann müßt ihr vielleicht zum Ohrenarzt. Oder die Herren Geistlichen waren so versunken in die Heiligen Gesänge, daß sie irdische Geräusche natürlich nicht zur Kenntnis nehmen konnten.«

Wir hatten uns tatsächlich hier unten allein gewähnt. Das Licht nebenan hatte ich zwar registriert, aber nur in der Annahme, daß jemand vergessen hatte, es auszuknipsen.

Thubten und Tashi suchten sich gegenseitig zu beruhigen. Das entsprang mehr ihrem schlechten Gewissen als nüchterner Besinnung auf die Wesensart des Abtes und die doch sehr offene Gesprächskultur in unserem Haus.

Mir war nach der ersten Schrecksekunde blitzartig klar, daß es dem Abt nicht darum gegangen war, uns von einer weiteren Vertiefung in die Einzelheiten von Tashis Erlebnis abzuhalten. Im Gegenteil. Ja, im Gegenteil.

»Lassen wir's also«, sagte Thubten ernüchtert.
»Im Gegenteil«, sagte ich.
»Spinnst du?«
»Ich sage: Im Gegenteil. Was denkt ihr, warum er Tashi unterbrochen hat?«
»Na, warum wohl?«
»Nein, nicht deswegen. Würde er uns solche Momente nicht zugestehen, hätte er ja früher eingreifen können. Schon als Tashi mit dem Top anfing ...«
»... und den beiden umwerfenden Tatsachen des Fleisches«, sagte Thubten, vertieft in mehr als die Erinnerung.
»›Des Fleisches‹ habe ich überhaupt nicht gesagt, und von ›umwerfend‹ war auch nicht die Rede, sondern im Gegenteil von ›unumstößlich‹. Keine Übertreibungen bitte.«
»Eben. Der Abt wollte nicht, daß du weiter übertreibst, Tashi.«
»Worauf willst du hinaus? Willst du behaupten, ich erzähle hier Märchen?«
»Überleg doch mal. Ein bißchen übertreibst du doch immer.«
»Also, hör mal!«
»Wenn du es nüchtern hörst, wie du erzählst, ist doch deutlich, daß du ein wenig angibst.«
»Nicht etwa, daß du neidisch wärst, wie?«
»Sieh mal, es ist immer ein wenig ungenau, wie du erzählst.«
»Was heißt ungenau. Es tut mir leid, daß ich euch nichts Näheres über ihren Bauchnabel erzählen kann.«

»Es ist die Art, wie du selbst dein Erlebnis erinnerst.«

»Hätte ich ihre Oberweite mit einem Metermaß wissenschaftlich genau feststellen sollen?«

»Er will nur, daß du genau erzählst. Verstehst du?«

»Nein.«

»Sobald wir uns zum Erlebnis machen, was wir wahrnehmen, wird die Erinnerung ungenau.«

»Ist das jetzt ein Vortrag? Oder übst du schon für die Geshe-Debatte?«

»Das Unrechte liegt in der Ungenauigkeit.«

»Bei allen Göttern. Ich wußte nicht, Tsepa, daß deine Neugier sich so ins Einzelne verliert.«

»Das meine ich nicht.«

Tashi und Thubten verstanden nicht. Mir stand es aber präzise vor Augen: Unzulässig und unfruchtbar ist die Ungenauigkeit. Um das Eigentliche einer Wahrnehmung, eines Vorfalles zu erfassen, müssen wir es so genau wie irgend möglich erinnern. Das war es, was der Abt sagen wollte. Die Bedeutung von Tashis Eskapaden würde ihm selbst sichtbar, wenn er genau, anstatt durchtränkt mit Stolz und Hitze, erinnerte. Und was mich betrifft, so verstand ich sofort, daß ich die inneren Bilder, die ich monatelang nur erschüttert und entsetzt, ja abwehrend, erinnerte, mit der konsequentesten Detailversessenheit rekonstruieren mußte, um sie zu verstehen.

Solche Erkenntnisse sind Beschlüsse.

Ohne die Zwischenschritte meines Gedankenganges ausgesprochen zu haben, formulierte ich, mehr für mich als für die anderen, laut nur das Ergebnis: »Das, worum es geht, zu erfassen, ist eine Frage der Genauigkeit, nicht der Begeisterung oder – des Entsetzens.«

»Himmel, hilf«, stöhnte Tashi, »kannst du mit solchen Weisheiten nicht warten, *bis* du ein Rinpoche bist? Und, falls du es nicht bemerkt hast, ich habe in Zürich ein sinnliches Erlebnis gesucht und nicht ›das, worum es geht‹.«

»Das ist das Gleiche, versteht ihr?«

»Nein«, sagten beide gleichzeitig.

Wir lachten alle drei. Immerhin war der Moment der Bedrückung vorbei.

Wir gingen auf unsere Zimmer. Ich war mir klar, daß ich noch viel tiefer in die inneren Bilder gehen mußte, die mich manchmal heimsuchten, statt nur einfach zu hoffen, sie würden aufhören.

Wo bekommt man Menschenknochen her?

Der Einbruch in Funktionsgebäude eines Friedhofs entbehrt jeder Dramatik. Weder muß man sich bei Nacht und Nebel mit schwerem Gerät Zutritt verschaffen, noch heulen Uhus von den Bäumen.

Im Rahmen dieser Niederschrift hat es durchaus seinen Platz, einen solchen »Einbruch« zu gestehen. Ich setze ihn in Anführungszeichen, weil ich den Vorgang nur unter streng legalistischer Perspektive als ein Unrecht ansehen kann. Ich bin mir auch bewußt, daß die Entnahme von Knochen weder im Sinne der Verstorbenen noch deren Angehörigen ist. Andererseits sehe ich keinen grundsätzlichen Unterschied darin, ob Knochen verbrannt und als Asche von den Kräften der Erde aufgenommen werden oder ob ich sie einer bedachten Verwendung zuführe, indem ich sie mit Sorgfalt und unter Intonation altehrwürdiger Anrufungen zu einem Ritualgewand zusammenfüge.

Man möge aus diesen Zeilen herauslesen, daß ich letzteres für das Ehrenvollere halte. Und auch der Verstorbene und seine Angehörigen würden sehr wahrscheinlich diese Auffassung teilen, wenn sie unseren kulturellen Kontext und besonders die alte Ritualistik kennen würden. Ich tue den Knochen, den Verstorbenen, den Angehörigen letztlich nichts zuleide, wenn ich mir drüben im Friedhofsamt in Turbenthal Zehen- und Fingerknochen besorge. Man kann auf die Dauer den alten Ritualen nicht Gegenwart geben, wenn man herumläuft wie ein Züricher Angestellter und auch nicht in unserem dunkelroten Gewand, das zu tragen eine gewisse skeptische Opposition gegenüber den altvorderen Handlungen aufruft.

Kurzum, nachdem ich mir blaues Tuch besorgt und, allerdings unter erheblichen Mühen, mir daraus das Untergewand genäht hatte, wie ich es sowohl aus alten Abbildungen wie aus jenem inneren Bild kannte, entstand die Frage, wie ich zu dem netzartigen Überwurf aus Knochen kommen könnte. Im Rahmen unserer damaligen guten und gegenseitig interessierten Beziehungen zu den umliegenden katholischen und protestantischen Gemeinden hatte mich der katholische Pfarrer von Turbenthal eingeladen, einmal an einer Aussegnung teilzunehmen. Der erste Schritt war seinerzeit übrigens von ihm ausgegangen. Er hatte sich für unser Kloster interessiert und im Gespräch dann besonders nach den Sterbe- und Totenzeremonien gefragt. Es war also nur natürlich, daß ich seine Einladung aufgriff.

Wir verabredeten uns zeitig vor der Bestattungsfeier. Denn er wollte mir die Friedhofsanlage und die verschiedenen Funktionsgebäude im Verwaltungstrakt zeigen. So erfuhr ich, daß es einen Keller gibt, unabgeschlossen – übrigens kann schon deshalb von »Einbruch« kaum die Rede sein –, in dem Knochenreste aufbewahrt werden aus aufgelassenen Gräbern. Sie werden hier in einer Art Wanne gesammelt und von Zeit zu Zeit zusammen verbrannt.

Den Friedhofsbediensteten, die mich zunächst mißtrauisch, ja feindselig ins Auge gefaßt hatten, erklärte der Pfarrer beim gemeinsamen Rundgang: »Herr Tsepa ist tibetischer Mönch aus dem Kloster in Rikon. Er kann sich hier jederzeit umsehen.« Daraufhin wechselten die Herrschaften zu einer entspannteren Miene über und schienen meine Erscheinung innerlich unter »Kurioses« abzuheften.

Schon wenige Tage später ergab es sich, daß ich mit Teshe nach Winterthur zu fahren hatte. Wir sollten dort einen Kursus über Tibet mit dem Leiter der Volkshochschule vorbesprechen. Ich fragte Teshe unterwegs, ob er Lust hätte, den Friedhof von Turbenthal zu besichtigen. Diesmal unter den amüsierten Blicken der Friedhofsmänner taten wir uns in der Aussegnungshalle und dem Krematorium um. Auf meine Bitte hin erläuterte uns ein älterer Herr in sehr freundlichem und auch stolzem Ton die Arbeitsweise der Verbrennungsanlage. Dabei führte er uns in den Keller, der den Elektromotor für den automatischen Transport der Leichname nach oben in die Verbrennungskammer barg. Er bezeichnete die Anlage als eine der modernsten der Schweiz. Sie sei computergesteuert, verbinde die Elektronik aber auch mit klassischer, gediegener Mechanik. Teshes Wangen glühten rot. Immer wieder strich er mit der Hand die Pleuelstangen entlang, prüfte den festen

Sitz der großen schwarzen Schrauben und streifte mit den Fingerspitzen zwischen den Knöpfen und Hebeln der Schaltanlage umher.

»Wenn wir wieder nach Tibet zurückkehren, Tsepa, bauen wir in Lhasa auch so eine Anlage.« Offensichtlich hatte er für einen Moment vergessen, daß man in Tibet die Leichen zerstückelt und den Geiern vorlegt. Nur in sehr selten Fällen, bei manchen hohen Lamas, wird der Leichnam verbrannt. Es war die Faszination, die ihn dies vergessen ließ. Teshe ist einer von den Menschen, die sich für etwas begeistern können, ohne es zu verstehen. Ja, ich möchte noch weiter gehen: Menschen seines Schlages begeistern sich gerade da, wo sich etwas ihrem Verständnis entzieht. Ich kenne nicht nur einige Tibeter dieses Typs, sondern habe ihn bei zahlreichen Besuchern unseres Klosters kennengelernt. Sie haben eine ähnliche Art, mit der Hand Dinge zu berühren, deren Funktion oder Bedeutung sich ihnen nicht erschließt. So greifen zum Beispiel viele Besucher nach unseren Thangkas und prüfen den Stoff zwischen ihren Fingern.

Das führt sie zwar einem Verständnis dieser Rollbilder in keiner Weise näher, gibt ihnen aber ersatzweise das Gefühl, direkte Berührung mit etwas Bedeutungshaltigem gehabt zu haben. Sie finden dann auch zu fachmännischen Äußerungen, die durchaus zutreffen, aber über Wesen und Bedeutung des fraglichen Gegenstandes nichts sagen: »Chinesische Seide, nicht wahr?«

Ganz ähnlich versuchte nun Teshe, sich das Gewirr der Gestänge innerlich zu eigen zu machen: »Wie bei dem Auto damals in Lhasa«, sagte er glücklich.

»Damals?«

»Ja doch. Du weißt doch, es gab zwei Autos in Lhasa, bevor die Chinesen kamen. Die Engländer hatten sie dem Dalai Lama geschenkt. Er ließ sich damit manchmal zwischen dem Sommerpalast und dem Potala hin und her fahren. Und einmal ist so ein Gefährt mitten auf der Strecke stehen geblieben. Der Fahrer ist ausgestiegen, hat die Motorhaube aufgeklappt, und wir Umstehenden drängten uns alle vor, um in den Motorraum sehen zu können.«

Ich hatte davon schon gehört. Der Dalai Lama pflegte unter dem Gejohle der Kinder und der fassungslosen Ehrfurcht von Pilgern zum Norbulinka zu fahren und kurz darauf wieder zurück. Aus den Schilderungen hatte ich den Eindruck, daß er solche Fahrten geradezu als Spektakel für das Volk inszenierte. Außerdem ist er bekanntlich selbst technikbegeistert und hat wohl ein königliches Vergnügen daran gehabt. – Dies war also offenbar Teshes technisches Urerlebnis, über welches hinauszukommen er selbst am wenigsten Anlaß sieht. Obwohl er in den Jahren hier ständig mit dem Auto fährt, ist er einem Verständnis technischer Zusammenhänge seither nicht nähergekommen.

Der Friedhofsmann lud uns ein, direkt in den Schacht mit einzusteigen, um die Hebemechanik auch von innen sehen zu können. Ich ließ Teshe den Vortritt. Als er mit dem freundlichen Herrn im

Schacht verschwunden war, ging ich die Stufen zu der besagten Kammer hinunter, in der ich die Wanne mit den Knochen gesehen hatte. Ich entfaltete eine mitgebrachte Plastiktüte vom Migros und ertastete mir nun circa fünfzig kleine Stücke, zwei bis sechs Zentimeter lang. Ich sage »ertastet«, denn es war dunkel.

Man soll aber nicht denken, daß ich in räuberisch-hastiger Manier die Knochen an mich gerissen hätte. Es versteht sich von selbst, daß ich innerlich unsere Gebete für die Toten intonierte und ihnen von Herzen eine gute Wiedergeburt wünschte.

Diese Frage beschäftigte mich dann auf der Weiterfahrt allerdings. Katholiken sind ja der Auffassung, daß sie fürs erste gar nicht wiedergeboren werden.

Muß man daraus also schließen, daß sie auf jeden Fall nicht als Katholiken wiederkommen? Ich konnte mir das theologisch nicht genau vorstellen. Teshe wußte es auch nicht. Leider habe ich bis heute keine Gelegenheit gefunden, mir hiervon ein genaueres Bild zu machen.

Teshe war aber auch gar nicht interessiert an dieser Frage. Vielmehr verbrachte er die weitere Fahrt mit begeisterten, merkwürdig äußerlich bleibenden Beschreibungen dessen, was er gerade gesehen hatte.

»Hast du gesehen, wie die Stangen glänzen? Sie reiben sie mit Öl ein, wie die Nomaden in Osttibet es mit ihrem Gesicht machen, wenn der eisige Winterwind aufkommt.«

»Aber doch aus einem anderen Grund.«

»Wieso? Öl macht haltbar und schützt vor Kälte.«

Zu einer tieferen Erklärung kam ich nicht. Wir waren angekommen, und ich mußte einen Parkplatz finden. Erst nach minutenlangem Suchen konnte ich den Wagen abstellen – drei Straßen weiter. Teshe blickte mit einem Mal traurig vor sich hin.

»Was ist?«

»Ich hoffe, daß wir dennoch gleich ein gutes Gespräch haben.«

»Wieso dennoch?«

»Du hast so weit weg geparkt.«

»Es ging nicht anders. Das hast du doch gesehen.«

»Ungünstige Vorzeichen können in jederlei Gestalt auftreten.«

Wenngleich ich diese Auffassung nun meinerseits nicht recht nachvollziehen mochte, muß ich doch eingestehen, daß das Gespräch mit dem Volkshochschulleiter tatsächlich in einer eigenartig strengen Atmosphäre verlief. Der spitze Herr, wie ihn Teshe hinterher nannte, traktierte uns mit einem Durcheinander von Formularen. Uns wurde ganz schwindelig. Von Tibet war überhaupt nicht die Rede. Ich rang mich dann durch, ihn zu fragen, ob ihm die doch telefonisch bereits vereinbarte Veranstaltung womöglich doch nicht recht sei. Es seien Proteste seitens des chinesischen Konsulates zu erwarten, und er übernehme keine Verantwortung für allfällige Behinderungen, gab er kühl zurück.

»Wieso will der überhaupt eine Veranstaltung über Tibet haben«, fragte Teshe hinterher.

»Jedenfalls ist da ein Störfaktor«, sagte ich. Im selben Moment fiel mir meine Tüte mit Knochen wieder ein, die ich unter meinem Gewand befestigt hatte. Ich mußte mich fragen, ob ich nicht doch die Geister der werten verstorbenen Katholiken verärgert hatte. So schwieg ich auf der weiteren Rückfahrt und sprach innerlich die langen Totengebete, die zur Anwendung kommen, wenn man davon ausgehen muß, daß ein Verstorbener aus Verstörung ungehalten ist.

Und ich führte dies auch weiter, als ich dann in der Nacht den Überwurf zusammennähte.

Der Vollständigkeit halber erwähne ich noch, daß ich die Knochen leider nicht, wie es die Tradition fordert, mit Yakhaaren oder zu dünnen Schnüren gezwirbelten Menschenhaaren zusammenbinden konnte. Ich mußte mich mit europäischem Zwirn begnügen.

Noch hatte ich keine Gelegenheit zu einem Gespräch mit Daddy Sherang gefunden. Allein konnte ich die Frage nicht klären, wieso in den inneren Bildern die Vorgänge immer von schräg oben gesehen wurden. Es ist ja keine realistische Perspektive. Beim ersten Bild hätte man noch unterstellen können, daß es aus einem Fenster des ersten Stockwerks oder vom Dach eines der Szenerie gegenüber liegenden Hauses gesehen war. Bei den weiteren verbietet sich aber eine solche Annahme. Unterstellt, es handelte sich um Bilder von realen Ereignissen im alten Lhasa – wer hätte denn etwa bei jenem scheußlichen Bild der Leichnamszerschneidung einen Beobachterposten »schräg oben« einnehmen können? Es konnte ja keiner unter der Decke gehangen haben. Selbst eine solche skurrile Erklärung wäre keine, denn die Entfernung zwischen den beiden beobachteten Personen und dem Beobachter übermaß eindeutig den Abstand zwischen dem Tisch, auf dem der Leichnam lag, und der Decke des Raumes. Der Beobachter hätte also durch die Decke gesehen.

Übrigens beschäftigten mich manchmal solche Fragen mehr als der Inhalt des Bildes. Und aus einer solchen eher nüchternen – oder darf ich sagen, wissenschaftlichen – Neugier heraus versuchte ich eines Nachts vor dem Einschlafen, mir das Bild der Leichnamszerschneidung noch einmal in allen Einzelheiten vor Augen zu führen. Diese Nüchternheit war hauptsächlich ein Ergebnis der Lehre, welche ich der beiläufigen Unterweisung des Abtes entnommen hatte, als er Tashis ungenaue, von Begeisterung vergröberte Erzählung unterbrach. Was mich betrifft, so wäre es ohne Zweifel äußerst unfruchtbar gewesen, meine Verstandeskräfte immer wieder von dem Entsetzen lahmlegen zu lassen, das die Bilder in der sporadischen Erinnerung an sie aufriefen.

Ich wollte mir also in jener Nacht gezielt noch einmal jene Situation der Leichenzerschneidung vergegenwärtigen.

Bewußt begann ich nicht mit dem Vorgang selbst, sondern mit den räumlichen Gegebenheiten. War da noch weiteres Material erkennbar? Gegenstände des Alltags? Und welchen Grundriß hatte der Raum? Wo war das Fenster? – Leider bekam ich kaum etwas zu fassen. Auch ertappte ich mich dabei, wie ich das Erinnerungsbild immer wieder absuchte nach den persönlichen Gegenständen des Rinpoche, soweit ich inzwischen von ihnen wußte oder sie kannte. Wo waren denn seine persönlichen Ritualgegenstände, der Dorje, die Glocke, wo waren seine Bücher, das Notizbuch aus Leder zum Beispiel? Wo war die Butterlampenschale mit außen aufgesetzten, aus Leder gestanzten heiligen Silben, die mir schon vor ein paar Jahren als Teil des persönlichen Besitzes des Rinpoche übergeben worden war?

Nichts davon. Allerdings brütete der Raum auch in einer eigenartigen Dämmrigkeit. Er war offensichtlich nur von außen her, durch das Fenster, etwas belichtet. Eine Lichtquelle im Raum selbst war nicht erkennbar. Es war in jenem Moment also Nacht in Lhasa, aber sicher noch nicht Mitternacht. Warum?

Eben weil etwas Licht durch das Fenster drang. Schließlich gab es ja keine Straßenbeleuchtung. Also mußte das Licht von umliegenden Häusern kommen. Man war folglich noch wach.

Während ich mich nun also mit, wie ich sagen darf, gut gelingender Konzentration in die Erinnerung an dieses zuletzt aufgetauchte Bild vertiefte, entstand auf einmal ein Surren in meinen Ohren. Ich beachtete es zunächst nicht weiter. Schon häufiger hatte ich das erlebt, und ich weiß, daß es auch andere hochgeschossene junge Leute kennen. Es tritt bei mir oft nach großer körperlicher Anstrengung auf oder wenn ich lange unbeweglich gesessen habe. Es ist in der Regel eine harmlose Täuschung des Gehörsinnes, die sich aus dem plötzlichen Absinken des Kreislaufes ergibt.

Dann aber wurde es für den Bruchteil einer Sekunde schwarz vor meinem inneren Auge. Die erinnerte Szene war weg, um aber sofort wieder mit einer ganz anderen Qualität der Präsenz zurückzukehren. Jetzt hörte ich das Hundegekläff wieder. Hinterher erst ist mir dann klar geworden, daß ich durch die Anstrengung der Erinnerung das innere Schauen selbst wieder ausgelöst hatte.

Im ersten Moment schien sich das unmittelbar geschaute Bild gar nicht zu unterscheiden von der Erinnerung daran. Doch dann stellten sich folgende Tatsachen in den Vordergrund: Ich konnte jetzt verstehen, was der Mann im blauen Gewand mit dem Kettenhemd aus Knochen darüber murmelte. Aber was heißt »verstehen«? Realisiert habe ich die Bedeutung des Gehörten erst in der Sekunde, als die innere Schau, abrupt wie immer, wieder abbrach.

»... mein Bewußtsein in eine Hundemeute verlegen ... und Angst ob aller schemenhafter Erscheinungen beiseite ... Spiegelbilder ... des Hundes ... scheinen die Friedlichen und Zornigen ... des Hundes eigene Gedanken ... Bewußtsein des Hundes suchen ...«

»Pho« war der Ausdruck. »Pho« bedeutet ja eher »Seele«. Ich gebe es aber hier nicht mit »Seele« wieder, weil im europäischen Denken damit etwas individualistisches mitschwingt. »Pho« meint »Bewußtseinsprinzip«, hat im Tibetischen aber natürlich nicht den akademischen Klang, den der Begriff »Bewußtseinsprinzip« im Deutschen hat. Als »Pho« spricht der Priester den Verstorbenen an, wenn er ihm die »Große Befreiung durch Hören« ins Ohr flüstert.

Es versteht sich von selbst, daß ich solche Reflexionen heute anstelle, da ich es niederschreibe. Damals, im Moment der Schau, ging es nur darum, wenigstens solche Satzfetzen zu verstehen und genau hinzuschauen, was wirklich geschah. Vielleicht habe ich auch deshalb nur Satzfetzen aufgenommen, weil meine Aufmerksamkeit von etwas ganz anderem beansprucht war.

Der Leichnam, welcher eben zerschnitten wird, bewegt sich. Langsam zwar, aber er bewegt sich eindeutig. Wie im Zeitlupentempo biegt sich ein Bein, von der Hüfte her, zur Tischkante hin und wieder zurück, das Knie dabei eigenartig nach innen verrenkt. Der Unterleib dreht sich nach hinten mit einer maschinenhaften Kontinuierlichkeit weg von dem Mann, der vor dem Tisch steht. Dann, ohne innezuhalten, ebenso mechanisch zurück. Die Hand an dem rechten Arm, der eben an der Schulter abgetrennt wird, biegt sich bizarr, wie winkend, aber unendlich langsam auf und ab, die Finger dabei sperrig krampfend. » ... führe ich die göttliche Mutter ... Zustand vollkommener Hundschaft (Hunde-Pho)... Gebet der ... durch die Kraft ... Wahrbilder ... ohne Erlösung von ... Scham ... der zornigen Göttin ...«

Plötzlich glühende Helligkeit und das Geschaute löst sich in Licht auf.

Mit rasenden Kopfschmerzen sprang ich aus dem Bett. Jetzt wußte ich unmittelbar: Was ich gehört hatte, waren Passagen aus dem Text des Bardo Thödol, welchen wir dem Leichnam zur Orientierung auf seinem nachtodlichen Pfad ins Ohr flüstern. Meine Empfindungen in diesem Moment kann ich nur als Angst und Hilflosigkeit beschreiben, denn der Text, der ja rituell festgelegt ist, war auf eine infame Weise verändert. Was sage ich? Er war in sein Gegenteil verkehrt. Vom Wiederkommen in der Seele eines Hundes, im »Hunde-Pho«, ist im Bardo-Text natürlich nicht die Rede. Im Gegenteil versuchen wir ja, dem Verstorbenen zu einer bewußtseinshohen Inkarnation zu verhelfen, indem wir ihm flüsternd beschreiben, was er auf seinem nachtodlichen Weg erlebt und wie er es einzuordnen hat. Nur Verbrecher und moralisch sehr tief stehende Menschen sind in Gefahr, als Hund, als Pferd oder ähnliches wiederzukommen, und dies auch nur, wenn sie verblendet und verwirrt, weil unbegleitet, durch die nachtodliche Sphäre taumeln.

Von welchem Vorgang war ich hier Zeuge geworden? Da versuchte also jemand, den Verstorbenen, den heiligen Bardo-Text grob mißbrauchend, dahin irrezuleiten, daß er als Hund wiedergeboren würde. Und nicht irgendeinen Verstorbenen. Der Leichnam war ja noch gar kein Leichnam. Er bewegte sich ja noch. Es war Mord! Der Rinpoche ermordet unter der übelsten Verwünschung, die sich denken läßt. Verführt zur elementaren Verkennung seiner nachtodlichen Erlebnisse dahin, daß er die seelische Sphäre des Hundes aufsuchen mußte.

Mein gesamter Kreislauf und Stoffwechsel standen derartig in Aufruhr, daß ich mich erbrechen mußte. Im ersten Moment hatte ich den Impuls,

Thubten aus dem Schlaf zu holen, der im Zimmer nebenan schlief. Nur jetzt sprechen können. Mit irgend jemand. Jemand, der mir versichern würde, nun sei ich übergeschnappt. Jemand, der mich wieder in die Gegenwart holte.

Aber sogleich verwarf ich diesen Impuls wieder. Thubten, in seiner korrekten Art, hätte Daddy Sherang oder sogar den Abt geweckt. Und vor diesen, das spürte ich genau, hätte ich mich unendlich geschämt. Vielleicht, so fürchtete ich, würden sie mich von der weiteren Ausbildung ausschließen, sorgend, daß ich sie seelisch nicht aushalten würde.

Ich mußte mir selbst helfen. Schreib sofort alles auf, was du gesehen und gehört hast, sagte ich mir. Es ist jetzt zu Ende, dachte ich. Du hast jetzt abschließend Aufschluß bekommen über das tragische Ende des Rinpoche. Schreib es auf. Distanziere dich davon und nimm es gleichzeitig zur Kenntnis, indem du es aufschreibst. Schreib es auf, damit es keine Macht über dich hat. Es ist vorbei. Es soll vorbei sein.

Mit krabbelnden Fingern griff ich Papier und einen Stift vom Regal. Unsinnigerweise machte ich gar kein Licht. Ich konnte den Stift kaum halten. Noch einmal mußte ich mich übergeben. Und fast war ich froh darum. Der Gestank des Erbrochenen brachte mich wieder zu mir. Mit wiederkehrender Kraft schleppte ich mich zur Toilette, um Putzzeug zu holen. Beim Aufwischen beruhigte ich mich wieder etwas. Thubten nebenan war doch aufgewacht.

»Was ist? Bist du krank?«

»Sieht so aus. Ich habe erbrochen. Hast du Aspirin in deinem Zimmer?«

»Aspirin, wenn dir schlecht ist?«

»Ich hab rasende Kopfschmerzen.«

»Soll ich Sherang wecken?«

»Laß nur. Vielleicht sollte ich einfach an die frische Luft gehen.«

Thubten, der beim Eintreten das Licht angeknipst hatte, musterte mich ebenso skeptisch wie liebevoll besorgt.

»Wird schon wieder gehen«, sagte ich. »Ich ziehe mir noch was über und gehe noch etwas raus. Leg dich wieder schlafen.«

»Du kommst allein zurecht?«

»Sicher. Schlaf gut und danke.«

Ich warf mir meinen Mantel über und ging leise durchs Treppenhaus hinunter zum Heizungskeller und hinaus ins Freie. Ich kann nicht sagen, daß ich wirklich bei mir war. Ich weiß lediglich noch, daß ich erst unentschlossen auf der Terrasse hin und her ging. Dann muß ich zwei oder drei Mal um das Gebäude gegangen sein. Irgendwie habe ich dann wieder zu meinem Bett gefunden und bin eingeschlafen.

Am nächsten Morgen erwachte ich mit einem unsagbaren Heißhunger. Ich ging, immer noch nicht richtig klar im Kopf, zum Frühstück hinunter. Während ich Kaffee und Brötchen verschlang, setzte sich Daddy Sherang zu mir an den Tisch.

»Morgen, Tsepa.«

»Hallo.«

»Was war mit dir denn los letzte Nacht?«

»Wieso?«

»Ich hab dich ums Gebäude gehen sehen – wobei ›gehen‹ übertrieben ist. Getorkelt bist du.«

»Du hast mich gesehen? Hab ich dich geweckt? Mir war elend, und ich hatte Kopfschmerzen.«

»Ich hatte noch gelesen und hörte die Terrassentür aufgehen. Da hab ich von meinem Fenster aus hinuntergeschaut.«

»Ich dachte, du schläfst schon.«

Sherang sah mich mit einer bestimmten Interessiertheit an: »Du bist gegen den Uhrzeigersinn um das Gebäude gegangen, Tsepa.«

Ich weiß nicht, ob ich rot oder bleich geworden bin. Sherang legte liebevoll und tröstend seine Hand auf meinen Arm: »Du hast es selbst nicht gemerkt. Das habe ich gesehen.«

Ist es verständlich, daß mich dieses Detail aus jener Nacht in den Wochen danach am meisten beschäftigte?

Ich bekomme eine getrocknete Zunge geschenkt

Sherang und ich hatten uns, zwei oder drei Wochen nach jener Nacht, auf den Weg gemacht ins Dorf hinunter. Wegen des schönen Spätsommerwetters hatten wir Lust gehabt, zu Fuß durch die späte Blüte zu gehen. Wir haben hier immer ein Gefühl von Luxus, wenn wir das Auto stehen lassen. In der Regel ist der Terminkalender ja so voll, daß wir angesichts der weit um Rikon verstreuten Gemeinde uns das gar nicht erlauben können.

Wir wollten Dölma Lhochen aufsuchen. Trotz ihres hohen Alters ist sie noch so rüstig, daß wir sie sporadisch zur Mitarbeit im Kloster heranziehen dürfen. Der Besuch eines hohen Lamas vom Hamburger Tibet-Institut stand bevor. Wir erwarteten auch europäische Gäste, und alle mußten bewirtet sein. Dölma sprang gerne ein. Sie hat dem Kloster nicht nur mit der bei allen Tibetern hier selbstverständlichen Warmherzigkeit gegenübergestanden, sondern auch mit einer gewissen scheuen Distanziertheit. Auf der Flucht hatte sie beschlossen, sich von ihrem Gelübde als Fromme befreien zu lassen. Es wird erzählt, sie habe befürchtet, sich auf ein Klosterleben im Westen nicht umstellen zu können. Und dies übrigens in einem Moment, als noch niemand an Klostergründungen im Westen gedacht hat. Sie hat in Tibet, zwei Tagereisen von Lhasa entfernt, als Einsiedlerin gelebt und sich nur lose an ihr Kloster angebunden. Sie soll sich enorme spirituelle Kräfte erarbeitet haben.

Kaum waren wir aus dem Waldrand getreten, sah Sherang mich unvermittelt an.

»Du hast Erinnerungen«, sagte er.

Gut. Er wußte also darum.

»Wenn es Erinnerungen sind.«

Er lachte und warf die Arme ausladend hoch.

»Alles bist du.«

»Wie anstrengend.«

»Hast du Erinnerungen oder ist es da?«

»Es ist da. Aber ich beobachte es nur. Ich bin nicht beteiligt.«

Er nahm mich in den Arm: »Was ist uns fremder als unser Ich, nicht wahr?«

»Im Ernst. Ich sehe es nur. Von oben. Schräg von oben. Ich wollte dich schon lange fragen.«

Fröhlich imitierte er mit einer schwungvollen Bewegung der flach leicht nach oben gehaltenen Hand das Landen eines Flugzeugs. »Du bist im Landeanflug.«

»Es kommt noch mehr, meinst du?«

Sherang hatte offenbar nicht vor, nach den Inhalten meiner inneren Bilder zu fragen. Ich kann nicht sagen, daß mich das enttäuschte. Ich hätte es gewiß nicht verheimlicht. Aber mein Gefühl sagte mir auch, daß ich die den Rinpoche betreffenden Fragen selbst würde lösen müssen.

»Näheres.«

Noch mehr? Noch näher? Ich hatte gehofft, mit jener Nacht sei das Rätsel um den Rinpoche nun aufgeklärt, wenn auch mit sehr tragischem Ergebnis. – Aber jetzt eben, da ich es niederschreibe, frage ich mich, weshalb ich von »Rätsel« spreche. Niemand hatte ja Fragen über den Rinpoche geäußert. Man hatte mir einiges Wenige über sein Leben erzählt. Und sein Tod in Nepal, zwei Jahre nach der Flucht, war nur am Rande erwähnt worden. Und was mich betrifft, so war mir da zunächst auch nichts rätselhaft. Erst die Bilder hatten Fragen aufgeworfen. Nun gut, und Bilder haben sie erst einmal beantwortet. Aber jetzt war die Rede von »mehr« und »näher«.

»Es ist mir sehr fremd, was ich erfahre, Daddy Sherang«, sagte ich.

»Wir gehen in die Fremde, und was wir dort vorfinden, sind wir selbst. Wir gehen irgendwohin und gehen doch zu uns. Liebst du den Rinpoche?« fragte Sherang unvermittelt ernst. Auf Anhieb konnte ich das gar nicht beantworten.

»Du?«

»Ja. Ich liebe ihn.« Und für mein Ohr schwang in seinen Worten etwas mit wie: »... was auch geschehen ist, und was auch geschehen wird«.

Als Dölma ihre Haustüre öffnete und uns erblickte, riß sie begeistert die Arme hoch und drückte uns beide heftig. Sie war immer noch eine temperamentvolle Frau.

Für Dölma war es, wie für die älteren Tibeter hier

überhaupt, noch selbstverständlich gewesen, beim Besuch eines Lama gemeinsam zunächst zum Hausaltar zu gehen für das Grundgebet. Auch bei ihr war der Hausaltar das Zentrum der Wohnung. Er bestand einfach aus einem umgekippten Schrank – aus irgendeinem Grund, den ich nicht kenne, benutzen die älteren Tibeter die Kleiderschränke nicht –, über den sie eine kunstvoll gewebte Wolldecke gelegt hatte. Optisch versanken die Devotionalien darauf wie in einem Meer, waren doch vielfältige Motive aus der tibetischen Mythologie in die Decke gewebt. Erst auf den zweiten Blick war das Foto des Dalai Lama zu erkennen. Sie hatte es mit einer Büroklammer an eine Plastikblume geheftet. Eine Schale mit frischem Wasser stand davor. Einige Butterlampen. Am auffälligsten war ihre automatische Gebetsmühle, die sie selbst erfunden hatte. Für ein paar Franken hatte sie sich im Supermarkt ein kleines Tischlämpchen gekauft, dessen Schirm sich langsam drehte, wenn die Lampe eingeschaltet war. Die Schirmbespannung hatte sie abgenommen und statt dessen Transparentpapier über das Schirmgestänge geklebt, auf das sie in schöner Schrift Gebete geschrieben hatte. Und dann Kerzen, in allen Farben.

»Ich hab sie billiger bekommen.« Dölma sah, daß ich amüsiert die Kerzen zählte. »Ich habe gleich zwanzig davon genommen.«

»Billiger als was?« fragte ich.

»Als die großen.«

Das dachte ich mir, und ich habe offen gestanden jedesmal meinen Spaß daran. Tibeter, viele jedenfalls, erfassen die Grundrechenregeln europäischer Kaufmannslogik nicht. Sie können einen Preis nicht ins Verhältnis zur Warenmenge setzen. Ich weiß andererseits auch nicht, was in dieser Hinsicht in Tibet so anders war. Schließlich gab es auch dort, und in Lhasa auf jeden Fall, Geldverkehr und nicht nur Tauschhandel. Nur mit Mühe konnte ich einmal an einer Tankstelle den Abt davon abhalten, eine Literdose Öl für sein Auto zu kaufen. Sie war für ihn »billiger« als das Fünf-Liter-Gebinde daneben, das nur dreimal so viel kostete.

Dölma verdiente sich ihr Geld, indem sie für eine Süßwarenfabrik Bonbons in Tüten füllte. Neben dem Altar lagen Berge davon herum. Sie schob sie beiseite, um vor dem Altar Platz zu schaffen. Trotzdem war es noch so eng, daß sie sich hinter uns beide stellte. Sie legte ihre Handflächen über dem Kopf aneinander. »Ich nehme Zuflucht ...« Sie endete in einem so temperamentvollen Verneigungskniefall, daß sie Sherang heftig in die Ferse trat.

Er rieb sich die Ferse. Dölma sah ihn verlegen an. »Diese Frau hat mehr Power als unser ganzes Kloster zusammen. Spielst du eigentlich Badminton, Dölma?«

»Dazu bin ich zu alt.«

»Oh, manche spielen es hier, obwohl sie fast noch zu jung sind dafür.« Dabei lächelte er ironisch und sah demonstrativ verstohlen zu mir hin. Es war eine Anspielung auf meine Schmetterbälle.

»Was führt euch her?« fragte sie. Dann hielt sie kurz inne. »Doch nicht der Rinpoche?«

Ich sah Sherang verblüfft an.

»Wir wollen dich mal wieder um deine Kochkünste bitten. Nächste Woche haben wir eine große Feier, und es kommen auch europäische Gäste. Können wir mit dir rechnen?«

Gleich schmiedete Dölma Pläne, was sie alles kochen wollte. Sie kocht vorzüglich auch europäisch und soll damit alles in den Schatten stellen, was in den Wirtshäusern von Rikon und Turbenthal angeboten wird.

Als alles abgesprochen war, arbeitete sich Dölma durch die Bonbonberge hindurch zu einem Regal hinter dem Altar. Mit großer Ehrfurcht holte sie etwas hervor, das ich erst erkannte, als sie es mir mit einem freundlichen Lächeln in die Hände legte: eine getrocknete Zunge.

»Ich weiß«, sagte ich, »du warst eine Nyingmapa.« Die Nyingmapa, die ja eine der ältesten Gruppierungen der Rotmützen sind und bekanntlich der vorbuddhistischen Bön-Religion ausgesprochen sympathisch gegenüberstehen, kennen den Ritus des »schwebenden Leichnams«. Als vollordinierte Nonne hatte Dölma diesen Ritus offenbar praktiziert. Er soll den Blick der Seele freimachen von aller Ich-Bezogenheit, ist aber sehr belastend für den Initianten. Ich freute mich natürlich über diese Art der Segnung. Oder lag mehr in ihrer Geste? Ich dachte damals nicht darüber nach.

Ich hatte über diesen Ritus gelesen. Der Praktizierende bläst einem Leichnam durch den Mund Lebenskräfte ein. Dieser soll dann anfangen zu schweben aber fatalerweise auch eine Neigung haben, unruhig im Raum hin und her zu gleiten, wenn nicht überhaupt zu entfliehen. Es kommt alles darauf an, daß der Initiant mit seinem Mund nicht den Kontakt verliert zum Mund der Leiche. Er muß ständig ihren unberechenbaren Richtungsänderungen nach oben und unten, nach links und rechts, folgen. Gelingt ihm das, bis die Leiche zur Ruhe kommt, so schneidet er ihr die Zunge ab. Er trocknet sie und verwahrt sie als Zeichen seines Sieges. – Ich habe den Ritus aber nie ausgeführt.

»Ich danke dir, Dölma.«

»Ein Stück Tibet.«

»Deines Tibets«, sagte ich in ehrlicher Anerkennung.

»Unseres, Saihtam.«

Es war das erste und einzige Mal, daß mich jemand mit dem Namen meines Vorgängers ansprach.

Auf dem Rückweg blieb Sherang an einem Schlehenbusch stehen. Er brach einen fein verästelten Zweig ab. Aus seinem Tragbeutel, den er immer unter seinem Umhang trug, zog er ein Fadenknäuel hervor. Im Gehen wickelte er den Faden lose um das kleine Geäst. Früher wurden solche Geisterfallen aus zwei oder mehr Weidenzweigen angefertigt, oder man umwickelte das Gehörn eines Yaks mit dem Faden.

Mit einem breiten Strahlen im Gesicht gab mir Sherang die Geisterfalle: »Für dich.«

»Ich werde heute ja reich beschenkt. Danke. Werde ich sie brauchen?«

»Das ist ein europäischer Begriff. Vielleicht brauchst du die Geisterfalle. Vielleicht braucht die Geisterfalle dich …«

Ich verwahre sie heute noch in meinem Zimmer. Sie hängt über dem Fenster, und während ich dies niederschreibe, blicke ich immer wieder zu ihr hin.

Streit mit Thubten über den Dalai Lama

Ein wenig stolz aber gleichzeitig auch mit ironischer Selbstdistanz zeigte ich Thubten die getrocknete Zunge. Zu meiner Verwunderung antwortete er mit einer ungewohnt scharfen Attacke gegen den Traditionalismus

»Ach, ihr Nostalgiker. Tibet wird nicht dadurch leben, daß wir die vertrockneten Trophäen aus unserer Steinzeit in den Westen schleppen.«

»Es ist doch nur eine persönliche Trophäe von Dölma, einfach eine Erinnerung an eine Etappe ihres Lebens.«

»Zugleich aber ein Sinnbild.«

»Immerhin arbeitet man heute noch mit diesen Riten.«

»Was soll der Mummenschanz noch? Die Zukunft unserer Kultur liegt doch nicht in ein paar alten Zauberkunststückchen. Haben wir denn nichts anderes in die moderne Zeit einzubringen?«

»Auf dem, was du ›Zauberkunststückchen‹ nennst, beruht die geistige Kraft und Ausstrahlung unseres Volkes.«

»Heute kannst du damit gerade noch im Zirkus auftreten. Und was weiter?«

Ich hatte einen Moment lang Mühe, seine Ausfälle

über die alten Riten nicht als persönlich gemeinte Spitze gegen mich aufzufassen. Schließlich wußte auch Thubten, daß es ja gerade meine Aufgabe am Kloster war, diese Seite der Tradition lebendig zu erhalten.

»Sie fallen mit ihren Videokameras hier ein und gieren danach, einen Lama an der Decke schweben zu sehen oder die Verwandlung eines Räucherstäbchens in einen Schneeleoparden mitzuerleben. Ist es das, was du mit ›Ausstrahlung‹ meinst?«

»Wir müssen uns darauf ja nicht einlassen.«

»Auch wenn wir die Riten um ihrer selbst willen praktizieren, *glauben* wir denn daran?«

Ich bezweifelte im Stillen, ob er zurecht von ›wir‹ sprach. Gerade Thubten hatte schon immer einen betont aufgeklärten Gelbmützenstandpunkt eingenommen und alles Zeremoniale mit Ironie kommentiert, wenn es über die Gebetshandlung hinaus ging. Aber seine Frage verblüffte mich. Auf sie war ich noch nie gekommen. Ich hatte längst *Erfahrungen* machen können. Ich hatte schon zur Heilung so mancher Gemeindemitglieder beigetragen, indem ich für sie Schutzgeister aufgerufen oder dämonische Kräfte bezwungen hatte. Ich hatte für den günstigen Verlauf von Verhandlungen mit den Schweizer Finanzbehörden gesorgt durch eine zeremoniale Umrundung ihres Amtsgebäudes. Kurz, ich hatte es mit Empirie zu tun, nicht mit »Glauben«.

»Ich verstehe dich nicht ganz, Thubten. Du nimmst teil an unseren gemeinsamen religiösen Handlungen hier und zwar mit einem hohen Maß an

Hingabe, wie ich immer wieder sehe. Du nimmst deine täglichen Meditationen ernst. Du arbeitest mit Mantren. Du intonierst die Kegeloboe mit der gleichen Liebe wie ich. Tust du das nur, weil du daran ›glaubst‹?«

Und indem ich es aussprach, erkannte ich, daß »Glauben« ein westlicher Begriff ist. Thubten war hier von etwas infiziert, über das er sich andererseits oft lustig machte: westliches Denken.

»Es ist für mich keine Frage, ob ich alles glaube oder gar nicht glaube, sondern ob ich mitvollziehe, was ich vernünftigerweise glauben kann.«

»Wie kann das gehen? Man glaubt an ein paar Götter, an andere nicht; man hält einige Zeremonien für sinnvoll, andere nicht. Der Dalai Lama jedenfalls hat ausdrücklich gewünscht, daß auch die ritualistischen Richtungen der Rotmützentradition weitergetragen werden. Er will das ganze Tibet erhalten. Er will ...«

» ... ausgerechnet, ausgerechnet er!« In Thubtens Mimik zeichnete sich plötzlich eine gewisse Schärfe und Härte ein. »Vielleicht ist er das größte Hindernis für eine wirkliche Erneuerung.«

Ich wurde nun meinerseits etwas kühler. »Das müßtest du erläutern.«

Thubten spürte natürlich auch, daß sich eine ungemütliche Stimmung zwischen uns aufbaute. So war er bemüht, dem Streitgespräch die Spitze zu nehmen. »Letztlich geht es nicht um religiöse Praktiken, Tsepa. Es ist okay, daß wir das erhalten. Es ist okay, daß jemand wie du sich auf diesem Gebiet zum

Spezialisten heranbildet. Mir ist auch klar, daß unsere Landsleute jede Orientierung verlieren würden, wenn wir diese Dinge abschaffen würden. Das Problem ist ein politisches.«

»Ist es nicht ein Merkmal gerade unserer Kultur, daß wir die religiöse Sphäre nicht von der politischen trennen?«

»Und ich behaupte, daß gerade hierin das Problem liegt. Eben diese Trennung wird ja nicht gewollt. Sonst hätte man es ja damals beim 17-Punkte-Abkonmen belassen können.«

»Es wurde uns ...« – ich weiß nicht, ob Thubten es registrierte, aber ich hörte es deutlich, ich sagte *uns* – »... aufgezwungen. Das weißt du so gut wie ich. Es ist bekannt und von niemandem in Tibet je bestritten worden: Die Chinesen haben 1951 unsere Delegation gezwungen, dieses Abkommen zu unterzeichnen. Der Dalai Lama hat es niemals anerkannt.«

»Eben.«

»Eben was?«

»Hätte er es anerkannt, wären die Chinesen 1959 nicht so brutal einmarschiert. Dieses Abkommen wollte nichts anderes als die Trennung von Religion und Politik. Keiner hätte fliehen müssen, er selbst auch nicht, wenn er unterzeichnet hätte. Sie wollten uns in diesem Vertrag die Religionsfreiheit zusichern.«

»Und was wäre aus Tibet geworden? Im günstigsten Fall ein Folklore-Museum, im wahrscheinlicheren Fall auch nichts anderes, als was es jetzt ist: eine brutal niedergeknüppelte Kolonie, ein Schlachthaus und Schauplatz eines Völker- und Kulturmordes.«

»Das kann man auch anders sehen. Sieh mal ...«

Ich legte keinen Wert darauf, daß Thubten eine andere Sicht entwickelte. In der aufgeladenen Stimmung hätte er sich übel verrannt. Deshalb kam ich auf das Handeln des Dalai Lama zurück: »Was hätte der Dalai Lama denn seinerzeit tun sollen?«

Hart und leise sagte Thubten: »Abtreten.«

»Das wäre erst recht das Ende Tibets gewesen. Es hätte keinen Guerillakampf am Tsangpo gegeben. Niemand im besetzten Lhasa hätte den Mut zu Demonstrationen und Widerstandsaktionen gehabt, wenn es keinen Dalai Lama mehr gegeben hätte.«

»Tibet hätte die Chance gehabt zu einer Modernisierung auf friedlichem Wege. Die Chinesen wollten uns Straßen bauen ...«

»... uns? Was glaubst du, warum sie schon 1954 die Verbindungsstraße von Lhasa nach Qinghai gezogen haben? Sie haben sie für ihre Militärfahrzeuge gebraucht. Was war denn daran friedlich?«

»Sie haben Krankenhäuser ...«

»... und Folterkeller ...«

»... errichtet.«

»Ja, für ihre Soldaten und tibetische Verräter.«

Trotz unserer beider Bemühen, im Ton versöhnlich zu bleiben, lag Irritation in der Luft. Wir hatten noch nie ein solch heftiges Streitgespräch geführt. Es stand außer Frage, daß es unsere Freundschaft nicht wirklich belasten würde, und die Zukunft hat das auch bestätigt. Aber ein wenig auseinandergerückt sind wir in diesem Moment eben doch. Andererseits schätzte ich Thubtens Offenheit und sein Engagement, wenngleich ich es etwas unklar fand.

Eher mit einem Ton der Verzweiflung als der Wut schleuderte er, heftig gestikulierend, hervor: »Euer ganzes rituelles Brimborium hat uns jedenfalls nicht davor bewahrt. Es ist euch nicht gelungen, Tibets Schutzgeister wirklich aufzurufen. Es ist euch nicht gelungen, mit all euren Zeremonien nicht, den chinesischen Geist friedlich zu stimmen. Es ist euch nicht gelungen, Intrigen, Vetternwirtschaft und politische Morde aus Lhasa fernzuhalten. Gerade jene, die von einer Geisterbeschwörung zur nächsten übergehen, gerade jene, die doch angeblich so kolossale selbstlose Geisteskräfte sich erarbeitet haben« – und er zeigte anklagend auf die getrocknete Zunge – »haben doch am meisten intrigiert. Wer hat denn die Vorgänger des jetzigen Dalai Lama beseitigt? Doch nicht einfache Bauern, doch nicht die Nomaden und auch nicht die einfache Bevölkerung von Lhasa. Hochrangige Mönche mit jahrzehntelanger Ausbildung, die als Regierungsbeamte Zugang zum Potala hatten, die haben doch die Dalai Lamas vergiftet, erdolcht und ertränkt. Das System war in sich marode. Die Religiosität stand dem wirklichen Leben und einer modernen Politik zunehmend im Wege. Und nur deshalb, nur wegen dieser inneren Schwäche des Systems, konnten uns die Chinesen überwältigen.« Thubten endete mit allen Zeichen der Erschöpfung.

»Und wenn es so wäre – was können wir heute

tun? Willst du den aufgeklärtesten und tolerantesten Dalai Lama absetzen, den Tibet je gehabt hat? Wer verbindet wie er Tradition und Moderne?«

»Was ist denn modern an ihm? Sein Uhrentick?«

»Seine Bereitschaft, westliche politische Formen in Tibet einzuführen«, sagte ich ruhig.

»Warum fordert er uns nicht zum Widerstand auf? Warum stellt er keine Exilarmee zusammen, die Tibet zurückerobern könnte?«

»Weil er Buddhist ist, falls dir das etwas sagt.« Das war zu scharf. Es tat mir in selben Moment leid.

Es war nicht abzusehen, wie wir diesen Schlagabtausch hätten zu irgendeinem Ende führen können. Wir bemühten uns sehr, ihn nicht durch persönliche Beleidigungen zu beenden. Um so mehr bedauerte ich meine Bemerkung. Thubten spürte das auch.

»Entschuldigung«, sagte ich.

Glücklicherweise konterte er meinen Angriff nicht, sondern schlug im Gegenteil einen ruhigeren Ton an: »Weißt du, eines Tages werde ich nach Dharamsala fliegen.«

»Und den Dalai Lama zur Räson bringen?«

Thubten lachte entspannt. »Wer weiß. Aber im Ernst: Anstatt hier auf verlorenem Posten zu stehen, sollte ich vielleicht politisch aktiv werden. Vielleicht lachst du mich ja aus. Aber ich habe neulich Reiseprospekte aus Winterthur mitgebracht. So teuer ist es nicht, nach Dharamsala zu fliegen. Wenn selbst unsere Landsleute sich das Geld zusammensparen können, zu Familienbesuchen rüberzufliegen ...«

»Vielleicht solltest du beim Abt um eine Gehaltserhöhung einkommen.«

»Auf den Arm nehmen kann ich mich selbst. Nein. Ich habe das ernsthafte Gefühl, dorthin zu *müssen*. Andererseits, was ich dort tun würde, weiß ich noch nicht genau.«

»Das wird den Abt überzeugen.«

Thubten achtete nicht auf meinen Spott, sondern fuhr begeistert fort: »Ich denke manchmal, ich habe einen Auftrag.«

»Der Retter Tibets. Und ich durfte Badminton mit ihm spielen.«

»Kennst du nicht das Gefühl, einen bestimmten Auftrag zu haben?«

»Sehr gut. Gestern noch bat mich der Abt, ihm aus Turbenthal ein neues Sieb für seine Espressomaschine mitzubringen.«

Er hörte gar nicht zu – was vielleicht auch besser war. Ich wußte damals selbst nicht, warum ich diese Spitzen nicht einfach sein lassen konnte.

»Ich werde es schaffen. Wenn ich erst dort bin, am Sitz unserer Exilregierung, werde ich wissen, was mein Auftrag ist.«

Thubten ist sonst eher ein nüchterner Mensch gewesen. Dennoch empfand ich diese Zuspitzung seiner Person ins Missionarische nicht nur als fremd. Es lag auch etwas beängstigend Folgerichtiges darin. Etwas, das mir auf eine bestimmte Art nicht neu war. Thubten war ein Skeptiker, der unglücklich ist über seine Skepsis. Sein Empfinden suchte die Eindeutigkeit, sein Kopf ließ sie nicht zu.

Darf ich sagen, daß ich trotz dieser Wende unsrer Freundschaft ins Distanziertere eine neue Achtung ihm gegenüber empfand?

Das alte Notizbuch

Artistischen Ehrgeiz habe ich nicht. Ich gehöre nicht zu gewissen circensisch gestimmten Yogis, die sich in Nordindien und im tibetischen Hinterland vor Reisenden wie Alexandra David-Neel exponiert haben. Ich befasse mich in stiller und ruhiger Weise mit den Riten und meditativen Praktiken der Rotmützen und – ich habe es hier ja längst durchscheinen lassen – der alten schamanistisch inspirierten Bön. Und zwar um ihrer selbst willen. Ich bin ihr Diener. Sie müssen leben, damit der Lauf der Dinge zu einer günstigen Entwicklung gedeiht. Es liegt mir nichts an Sensationen. Weder lege ich Ehrgeiz in den Versuch, sechzig Zentimeter über dem Boden zu schweben, wie das einige Einsiedler – warum eigentlich? – praktiziert und, das auch noch, Touristen vorgeführt haben. Noch lege ich mich in ein mit Scherben gefülltes Erdloch, um mir oder sonst wem Macht über meine Leiblichkeit zu demonstrieren. Auch sehe ich keinen Sinn darin, mich als Hellseher oder Gedankenleser zu betätigen.

Wenn gewisse Riten und Praktiken zu gewissen Wirkungen führen, dann nehme ich dies zur Kenntnis, überhitze mich nicht daran und lasse es auch niemandem zur Überhitzung dienen.

Ich schicke diese Bemerkung voraus, damit das Folgende nicht in ein falsches Licht gerät. Gerade das Zustandekommen der jetzt zu schildernden nächsten inneren Schau kann ich bis heute nicht befriedigend einordnen. Über das Erschrecken wegen des Inhalts bin ich inzwischen hinweg. Aber woher es mir zukam, das weiß ich letztlich nicht. Jedenfalls, und das möchte ich mit meiner Vorbemerkung klarstellen, gesucht habe ich es nicht.

Natürlich war es illusionär zu hoffen, mit dem letzten Bild von der Zerstückelung des Leichnams hätte das Schicksal meines Vorgängers endgültige Aufklärung gefunden. Daß das Geschehen noch eine ganz andere Wendung nehmen würde, ahnte ich im Grunde schon seit dem Besuch bei Dölma.

Dieses nächste Bild also setzte an einem friedlichen – ich möchte sagen, legèren – Sonntagnachmittag ein mit einer intensiven Geruchswahrnehmung. Ich war mit dem Reinigen meiner Kegeloboe befaßt und zwar in einer durchaus gelösten Stimmung, assoziativ verschiedenen Gedanken nachhängend. Plötzlich der Geruch von frischem Leder. So dicht war mir der Geruch an der Nase, daß ich auf meinem Tischchen und darunter unwillkürlich nach Leder suchte. Sodann setzte das Surren ein. Mir wurde schwarz vor Augen.

Dann eine schreibende Hand, eine alte Hand. Wiederum von oben, von schräg oben gesehen, jetzt aber aus der realistischen Distanz, welche das Auge des Schreibenden zum Papier einnimmt. Die Adern auf dem Handrücken treten dick hervor, die Haut weist bräunliche, runde Pigmentierungen auf, etwa frankengroß. Die Hand schreibt, setzt ab, schreibt wieder. Krakelig die Schrift. Passagenweise, fragmentweise, erfasse ich mehr das Geschriebene, als daß ich es lese: »... seine Schlußfolgerung wäre verheerend ... Tendé Phulojang darf nie wieder die Möglichkeit haben ... Chinesen kaufen lassen ... der Verräter ... ausgelöscht werden ... kommt alles darauf an, den jungen Dalai Lama ... er, haben die Chinesen freie Hand ... was die Chinesen noch zurückhält ... Tendé vernichten, um Lhasa vor ... bewahren ... morgen in der Nacht ... und zwar zu einem Hundeleben (›Hunde-Pho‹)... endgültig auslöschen ... vielleicht den Schafmetzgern bringen ...«

Als ob man die Brennweite plötzlich auf Unendlich drehen würde, zog sich der Text in die Tiefe der Finsternis zurück, weg vom Auge des Schreibenden. Der Text, sage ich. Nicht die Hand. Dann heftet sich, wie blitzschnell angeklebt, an die Hand jener Mann, den ich seinerzeit im ersten Bild aus dem Haus hatte treten sehen. Der Mann mit dem seidenbesetzten Mantelkragen. Er schreitet jetzt rasch in einen Vorplatz hinein, die Szenerie wird lichter. Er steuert auf eine Tempelanlage zu. Er geht erst rechts an einer Stele vorbei, dann links an einer weiteren, etwas höheren, die tibetische und chinesische Inschriften enthält.

Ich registriere ein heftiges Herzpochen in meiner Brust, entziehe dem Bild einen Moment meine Aufmerksamkeit. Da ist es weg.

Diesmal war ich kontrolliert genug. Vielleicht wegen meiner Entschlüsse zu nüchterner Genauigkeit. Ich erkenne sofort die Bedeutung des Geschauten. Der zweite Teil des Bildes muß eine Fortsetzung jenes ersten gewesen sein, in welchem der Mann an den Straßenfegern vorbei eilte. Die erkannten Schriftfragmente stammten, kein Zweifel, vom Rinpoche. Ich kannte ja seine Schrift. Ich verfügte ja über sein Notizbuch. Man hat es mir vor einigen Jahren ausgehändigt. Ich hatte damals öfter darin geblättert, mich über die krakelige Schrift amüsiert. Als ob eine Fliege mit Durchfall übers Blatt getorkelt wäre. Aber gelesen hatte ich nie darin. Zuerst weil ich ja damals noch kaum tibetisch sprach, dann aber auch, weil ich keine Lust gehabt hatte, mich um die Entzifferung zu bemühen.

Vom Rinpoche also! Der ehrenwerte Herr hatte also die Beseitigung eines Mannes namens Tendé Phulojang geplant, den er für einen Verräter hielt. Für einen Moment hoffte ich noch, damit das Motiv gefunden zu haben für den Mord am Rinpoche. Aber nein, natürlich nicht. Die Hand schrieb von der Hunde-Verwünschung. Es mußte also dieselbe Hand sein, welche in den beiden vorigen Bildern tötete und zerstückelte, zerstückelnd tötete. Ein feiner Herr, dieser Rinpoche. *Er* ist der Mörder im blauen

Gewand der Bön-Priester. Natürlich. *Er* war ja bekannt für seine Nähe zur Bön.

Ist es glaubhaft, wenn ich sage, daß ich laut auflachte, als sich mir die Bedeutung des Gesehenen erschloß? Erleichtert und befreit war ich. Jede Gedankenakrobatik war plötzlich überflüssig. Es war ganz einfach: Der allseits verehrte und, naja, auch gefürchtete, Rinpoche hat da jemanden umgelegt.

Andererseits: Das ist zu dämlich, sagte ich mir, und verlegte mich darauf, den Wahrheitsgehalt des Gesehenen zu bezweifeln. »Beweise!« rief ich mir innerlich entgegen. Beweise, bitte schön. Verzweiflung und Hohn gehen in solchen Momenten in eins.

»Beweise?« Ja, doch. Der Ledergeruch zu Beginn. Hastig kramte ich in der untersten Schublade meines Schranks. Dort hatte ich das ledergebundene Notizbuch des Rinpoche verwahrt. Ich war fest überzeugt, mir sogleich beweisen zu können, daß ich an galoppierenden Hirngespinsten litt.

Nun doch hektisch, blätterte ich in dem Notizbuch. Irgendwo in der Mitte las ich mich fest, ohne jede Mühe, das Gekrakel zu entziffern. Ich setzte mich auf mein Bett. Banalitäten zuerst. Notizen zur Vorbereitung der religiösen Tänze. Stichworte von einem Gespräch mit einem Regierungsbeamten wegen der chinesischen Bedrohung. Da schien der Rinpoche im Schöl gewesen zu sein, vielleicht hatte er auch freien Zugang zu diesem sonst nur Regierungsbeamten offenen Verwaltungsviertel, das unterhalb des Potala lag. Eben, sagte ich mir. Nichts von düsterer Mordankündigung. Seite um Seite Alltäglichkeiten. Dazwischen eine Notiz über die Verschleppung eines Mönchs, die der Rinpoche beobachtet haben mußte. Dann Gedanken über einige Kollaborateure. Es scheint von Anfang an, von 1951 an, tibetische Kollaborateure gegeben zu haben, selbst unter hohen Lamas. Doch dann, wörtlich: »Wenn Tendé meint, er müsse Tibet retten, indem er den Dalai Lama den Chinesen ausliefert – seine Schlußfolgerung wäre verheerend. Das muß man verhindern. Aber durch Worte ist er nicht abzuhalten. Er bildet sich ein, eine Mission zu haben. Ein Irregeleiteter. ›Neuzeit‹, sagt er. Welche Neuzeit? Sind Panzer, ist der Raub an unseren Wäldern, ist die Verschleppung der Mönche aus ihren Klöstern die Neuzeit? Letzte Woche soll in Sera geschossen worden sein. Dieser Tendé Phulojang darf nie wieder die Möglichkeit haben, in die Nähe des Dalai Lamas zu kommen. Hat er sich von den Chinesen kaufen lassen oder tut er das aus Überzeugung oder beides? Der Verräter muß ausgelöscht werden. Gerade jetzt kommt alles darauf an, den Dalai Lama zu schützen. Die Chinesen haben freie Hand, wenn er stirbt. Solange wir uns um den Dalai Lama scharen können ... (einzige unleserliche Stelle) ... das einzige, das die Chinesen noch zurückhält. Einer muß es tun. Man muß Tendé vernichten, um Lhasa vor dem Äußersten zu bewahren. Morgen Nacht opfere ich mich. Ich weiß, daß ich mich belade, für immer. Aber wenn es eine andere Rettung nicht gibt? Ich muß Tendé zu einem Hundebewußtsein führen, ihn für immer unschädlich machen. Oh ja, ich werde ihm ein Hunde-Bardo bereiten. Es muß morgen Nacht geschehen. Die Götter werden mir helfen. Es muß gelingen. Ich werde Wege finden, den Leichnam zu beseitigen. Vielleicht kann ich ihn zu den Schafmetzgern bringen draußen vor der Stadt. Es tut mir leid, Tendé. Ich habe dich immer sehr geschätzt. Aber du bist ein Irregeleiteter.«

Also gut. Da war er doch, der Beweis. Aber was war jetzt bewiesen? Ein alter, etwas schillernder Lama plant einen gewissen Tendé, ein Hitzkopf wahrscheinlich, zu beseitigen, weil dieser die chinesische Invasion befördern möchte, indem er seinerseits den Dalai Lama beseitigt oder irgendwie »ausliefert«, wie auch immer. – Na gut, sagte ich mir. Eine Geschichte aus fernen Landen. Sei's drum. Mehr interessierte mich zunächst die Frage, wie ich zur inneren Schau der Textfragmente gekommen war. Wie gesagt, hatte ich bisher bei mir keinerlei hellseherische oder gedankenleserische Fähigkeiten bemerkt und solche auch nicht angestrebt. Es war ja möglich, daß ich beim Durchblättern des Notizbuches, früher, eben doch den Text aufgenommen hatte, ohne ihn bewußt zu lesen. Unterbewußt gespeichert, und dann kommt das als inneres Bild wieder. Könnte sein, dachte ich. Aber die Begleitumstände sprachen sofort dagegen: Der Ledergeruch ist heute kaum noch wahrnehmbar. Kurz vor dem Bild hatte ich aber frischen Ledergeruch in der Nase. Sodann sah ich ja die eben schreibende Hand, nicht sogleich die Textpassage als Ganzes. Und schließlich wieder das schummrige Licht, wobei »Licht« schon zuviel gesagt ist. Hätte ich das Textbild beim früheren Durchblättern gespeichert, so hätte es doch in das heutzutage normale Zimmer- oder Tageslicht getaucht sein müssen. Woher also die Kenntnis des Textes? Es muß offen bleiben.

Ich lehnte mich zurück an die Wand, ließ das Notizbuch in den Schoß sinken. Eine Art Widerwillen gegen diese ganze Geschichte, ja gegen den Rinpoche selbst, brach auf. Gut, da hat es also einen politischen Mord gegeben. In zugespitzter politischer Situation. Es hatte schon immer, jedenfalls in Lhasa, Ranküne, Mord und ebenso blutig wie heimlich ausgetragene Rivalitäten gegeben. Einige Vorgänger des Dalai Lama selbst sind lapidar ermordet worden, wenn es einflußreiche Regierungskreise so brauchten. Es war gang und gäbe, sich an die Macht zu schleichen mit Hilfe windiger Ritualistiker, die gerne den Zauberer spielten. Das war bekannt. Und es gab – und gibt es bis heute – Kollaboration mit den Chinesen. Na gut. Was hatte ich damit zu schaffen? Jedenfalls empfand ich keinerlei Motiv, mich weiter damit zu beschäftigen. Das Notizbuch glitt mir vom Schoß und fiel auf den Boden. Ich ließ es liegen.

Im dringenden Bedürfnis, etwas anderes in den Kopf zu bekommen, ging ich nach draußen. In einer Mischung aus Wut, Verzweiflung und Verachtung streifte ich ziellos durch den Wald am Hang oberhalb des Klosters. Irgendwann kam ich zurück. Als ich einige Meter entfernt vom Kloster aus dem Wald auf die Straße trat, die zwischen dem Kloster und dem Wald nach Ehrikon führt, war es mir so fremd wie noch nie. Nicht einmal bei der Ankunft damals, im Auto mit Sherang und Teshe, hatte ich diese Fremdheit empfunden. Was soll ich hier? Laßt mich in Ruhe. Fast mit Widerwillen sah ich die Gebetsfahnen auf dem Dach flattern. In diesem Moment waren sie nur ein Bild der Hilflosigkeit für mich.

Andy kam mir in den Sinn, die Oexle-Kiesgrube in Gailingen, unten am Rhein.

Fluchtversuch

Die nächsten zwei Tage habe ich nur mechanisch funktioniert. Einen klaren Gedanken zu fassen, bin ich offenbar nicht in der Lage gewesen. Das soll nicht heißen, daß ich aufgewühlt gewesen wäre. Nein, ich hatte nur den inneren Anschluß an den Alltag um mich herum verloren. Das einzige, das Gegenwart hatte, war ein Zustand leeren Wartens.

Sicher gab es einzelne, lose Gedankenketten. Ein Ziel hatten sie aber nicht. Ich überlegte nicht wirklich. Ich war überhaupt nur noch Zuschauer, ein Gefäß, das darauf wartet, mit irgend etwas gefüllt zu werden. Sicher, es gab kurze Anflüge von Wehmut: Wo gehörst du eigentlich hin? Deine Eltern sind verstorben. Und hier?

Das Gespräch mit Daddy Sherang oder Thubten zu suchen, fiel mir gar nicht ein. Ich steuerte auch nicht auf irgendeinen Beschluß hin. Es gab kein Bedürfnis, irgend etwas zu klären, auf den Punkt zu bringen, etwas zu ändern. Es gab keine Ziele.

Mittwoch früh bemerkte ich zufällig, daß der kleine Bus, den uns das Schweizer Rote Kreuz gestiftet hatte, etwas Öl verlor. Eine kleine Pfütze hatte sich unter dem Motorblock gebildet. Erst in diesem Augenblick spürte ich, daß ich weg wollte.

Keineswegs hatte ich also einen Fluchtversuch geplant. Er ergab sich, dann allerdings mit Selbstverständlichkeit, aber auch wieder ohne jede zielstrebige Überlegung. Das einzig Folgerichtige, das ich tat, lag darin, in mein Zimmer zurückzugehen und Zivilkleidung anzuziehen. Weder habe ich eine größere Summe Geld mitgenommen, geschweige denn Wäsche oder Persönliches, noch habe ich versucht, mich heimlich hinauszustehlen. Auch Hast gab es nicht.

Als ich vom Haus auf den Parkplatz trat, kam Thubten mit dem Fahrrad die Waldstraße herunter.

»Der verliert Öl, hast du gesehen?« rief er.

»Ich fahre an der Werkstatt vorbei.« Das war keine Antwort, die Thubten von meiner diffusen Flucht ablenken sollte. Ich hatte es tatsächlich vor.

»Nicht, daß du mir versackst«, rief er mir gut gelaunt hinterher, »wie unser Lebenskünstler.« Eine Anspielung auf Tashi, der immer wieder einmal von Besorgungstouren erst spät nachts zurückgekommen war, meist ein wenig verlegen.

Ohne klares Ziel fuhr ich Richtung Winterthur. Daß ich auch in die Werkstatt wollte wegen des Ölverlusts, vergaß ich allerdings sofort. Die Schnellstraße nach Schaffhausen war auf der rechten Spur nahtlos besetzt mit Lastwagen. An einer Ampelkreuzung reihte ich mich rechts ein und zuckelte mit in der Schlange der LKWs. In meinem Kopf ging es so diffus zu wie in den letzten beiden Tagen auch. Vor allem hatte ich keinen Plan. Zwar tauchten Erinnerungen auf an die Oexle-Kiesgrube, die Obergailinger Kapelle, an die Kfz-Werkstatt Auer in der Gailinger Hauptstraße. Zwar entstand kurz die Phantasie, dort als Gehilfe zu arbeiten, und ich sah mich im Monteursanzug unter Autos liegen. Aber letztlich hatte ich dem leeren Warten nur einen fahrbaren Untersatz gegeben.

Wäre ich bei Sinnen gewesen, so hätte ich diesen diffusen Fluchtversuch entweder unterlassen oder gezielt vorbereitet und durchgeführt. Wahrscheinlich sollte ich gar nicht von »Fluchtversuch« reden. Denn es handelte sich nicht darum, wegen irgendeiner Unerträglichkeit wegzukommen und auch nicht darum, wegen einer bestimmten Erwartung unbedingt irgendwohin gelangen zu müssen.

Erst als ich die Schnellstraße bei Trüllikon verließ und bei Geisenhard links abbog Richtung Dießenhofen, formte sich so etwas wie eine Sehnsucht. Ich sah mich als Zöllner morgens zum Dienst gehen, den Diensthund aus seinem Verschlag holen, Grenzgänger anhalten, dem Hund mit einem Zeichen bedeuten, das Auto mit der Nase abzugreifen, ich sah mich nach Hause kommen – nach Hause! –, die Uniform ablegen, ein Bier aus dem Kühlschrank holen.

Das waren kurze Phantasiefetzen, die ich aber nicht zielstrebig bildete, sondern denen ich eher zusah. Immerhin entstand eine Art Beschluß: Du gehst jetzt nach Gailingen zurück, suchst dir eine Ausbildungsmöglichkeit oder wenigstens einen Job, ein möbliertes Zimmer. Konkretere Überlegungen, die mich natürlich sofort aufgeweckt und auf das Irrationale meines Tuns gestoßen hätten, habe ich nicht angestellt.

Auch hatte ich es nicht eilig. Es war halb Zwölf, als ich in Dießenhofen die Straße zum Zoll hinunter fuhr. Ich verspürte Hunger. Unmittelbar vor der Zollstation bog ich links in die schmale Stichstraße ein, die zur »Fischerstube« führt. Ich setzte mich auf die Terrasse, unmittelbar am gemauerten Rheinufer. Ein Stocherkahn glitt vorüber. Es lag noch Nebel über dem Rheintal hier. Nach Gailingen hinüber habe ich nur flüchtig geschaut. Hinterher wußte ich, daß ich es vermied, gezielt hinüber zu blicken. Ich sah nur allgemein hinüber. Wie man eben den Blick über die Landschaft gleiten läßt, wenn man sich zum Essen in einem Gartenrestaurant niederläßt und auf die Bedienung wartet.

»Wänd Ihr scho öppis Warms?«

»Ich hätte gern das Felchen mit Mandeln und eine Cola.«

»Pardon. D'Chuchi macht erscht ame Zwölfi uuf.«

»Macht nichts. Ich warte.«

Die Terrasse war fast leer. Nur an der anderen Ecke saßen vier junge Männer. Sie waren ausgelassener Stimmung. Deutsche. Ein paar Gesprächsfetzen bekam ich, uninteressiert, mit. Sie machten sich über Patienten lustig und ahmten Ärzte bei der Visite nach. Therapeuten wahrscheinlich aus den Neurologischen Kliniken in Gailingen, die hier ihre frühe Mittagspause machten. Sie benahmen sich wie alberne Jungs.

Ich selbst war durchaus guter Stimmung, einer

Art Urlaubsstimmung, vertiefte mich in das Gekräusel des Wassers am Ufer, sah Fischerkähnen zu. Unbewußt hatte ich mich so gesetzt, daß ich die Zollbrücke im Rücken hatte, die Strömung des Rheins also flußabwärts verfolgte. Ich machte mir ein Vergnügen daraus, mich überraschen zu lassen, was die Strömung mit sich brachte: Ein abgerissener Zweig trieb vorbei, wieder ein Kahn, Enten. Dann fiel mir der Defekt am Bus wieder ein. Ich würde drüben zuerst beim Auer vorbeischauen. Vielleicht würde er es ja gleich in Ordnung bringen können. Andererseits, es war ja Mittagspause. Ich würde warten müssen. Also hatte ich Zeit.

Das Bodensee-Felchen bekam mir nicht. Ich bin so öliges Essen nicht gewohnt, und auch die zweite Cola entspannte meinen Magen nicht. Die Therapeuten am anderen Ende der Terrasse wurden immer aufgekratzter. Meine Stimmung schlug um in eine angespannte Unzufriedenheit. Ich wollte längst zahlen, aber die Bedienung ließ sich nicht mehr blicken. Schließlich stand ich auf und ging zum Restaurant-Gebäude, das eigentlich nur ein Anbau an ein Kellergewölbe ist, welches unterhalb der Zollstraße in den Berg getrieben wurde. In einem Lagerraum fand ich den Kellner und bezahlte unwirsch und ohne Trinkgeld zu geben.

Ich bin dann rasch losgefahren. Vor der Zollstation bog ich rechts ab, fuhr die Zollstraße in den Ort hinauf und bog dann in die Straße nach Schaffhausen ein.

»Ich kann auch noch in Schaffhausen über die

Grenze«, sagte ich mir. In Feuerthalen bin ich, ohne zu überlegen, auf die N4 Richtung Winterthur/Zürich aufgefahren.

Ich bin er

Ich muß ziemlich schnell gefahren sein. Auch jetzt gab es keine Pläne und auch keine Revision von Plänen. Ich bin nur einfach mißmutig und unzufrieden zurückgefahren.

Das Gespräch mit Daddy Sherang fiel mir ein, in dem er gesagt hatte, man könne Erinnerungen verstehen, wenn man sich vorstelle, daß man wolle, was man da erinnert. So ähnlich jedenfalls. Wieso sollte ich wollen, was der Rinpoche da angestellt hatte? Außerdem konnte ich in diesem Augenblick ohnehin nichts wollen.

Dann ging mir wieder anderes durch den Kopf. Ich mußte mittwochs immer den Großeinkauf in Winterthur beim Migros machen. Der Koch war länger krank, und wir versuchten uns selbst zu helfen. Aber zu mehr als Dosen und Nudeln brachten wir es nicht.

Bei Andelfingen hielt mich eine Polizeistreife an. Ich war zu schnell gefahren. Als ich sah, was der Beamte wollte, wurde ich über mich selbst und den Polizisten wütend und zischte laut: »Soll er doch als Hund wiederkommen.«

Erschrocken bremste ich ab und hielt noch vor dem Polizisten an. Dieser schlenderte genüßlich auf mich zu und hielt mir eine obrigkeitliche Strafpredigt. Ich glaube, ich habe ihm 60 Franken bezahlt. Er wies mich umständlich auf mein Widerspruchsrecht hin, aber ich wollte schnell weiterfahren und allein sein. Denn in mir regte sich etwas, das ich zunächst widerstrebend, dann aber vollumfänglich anerkennen mußte: ein Heimatgefühl. Ein Beheimatetsein in mir selbst.

Der Fluch war das Paßwort gewesen. Ich fühlte mich zwar alt, aber meiner selbst sicher wie nie zuvor. Befremdet blickte ich innerlich auf den diffusen Wartezustand, in dem ich bis vor wenigen Minuten noch geschwebt war. Wie ein alter Mann auf einen unerfahrenen Grünschnabel blickt. Nur mit Mühe, mit einer intellektuell-philosophischen Anstrengung, konnte ich mir zurückrufen, daß ich noch bis eben der Frage nachgehangen hatte, wohin »ich« gehöre. Die Frage kam mir jetzt dämlich, fruchtlos und konstruiert vor. Als ob ich nicht wüßte, wer ich bin. Frei, locker, ohne dramatische Vorzeichen, sah ich mich von Lhasa abreisen. Ich wollte zu einer erfahrenen Meisterin, die als Einsiedlerin in den Bergen Richtung Gyantse lebt. Dann sah ich mich über den Vorplatz der Jokhang-Tempelanlage eilen, links die Pockenstele hinter mir lassend und rechts die etwas größere Stele, die in tibetischer und chinesischer Sprache Auszüge aus dem Vertrag von 821 aufführt.

Mühelos glitt die Erinnerung zu einem Gespräch mit Regierungsbeamten im Verwaltungsviertel Schöl, unterhalb des Potala. Hitzig und bedrückt sprachen wir über das 17-Punkte-Abkommen.

Ich habe dann in Winterthur eingekauft und bin gegen 16 Uhr in Rikon angekommen. Daddy Sherang half mir beim Ausladen. Thubten sah uns vom Balkon oben und kam auch hinzu.

»Oh, der Rinpoche ist zurückgekehrt«, rief er mir lachend zu.

»Spät, aber doch«, ergänzte Sherang und sah mich liebevoll an.

»Du hast dir doch nicht von Tashi die eine oder andere Adresse geben lassen?« flachste Thubten weiter.

Ich sah ihn scharf an. Ich war gefestigter Stimmung, aber nach dummen Sprüchen war mir nicht.

»Blödsinn«, sagte ich unfreundlich.

»Vorsicht, der alte Herr ist schlechter Stimmung.«

Das war auch Blödsinn. Ich empfand lediglich Thubtens Verhalten unangemessen unbekümmert.

Sherang und ich brachten die letzte Palette mit Suppendosen in die Küche. Thubten hatte sich mit dem Dosenöffner bewaffnet und rief uns entgegen: »Kartoffelsuppe oder Ravioli?«

»Am liebsten Hundefleisch«, entfuhr es mir. Ich wollte eigentlich durch einen Scherz meine giftige Antwort von vorhin wieder gutmachen, aber es kam zu scharf heraus. Daddy Sherang legte besänftigend den Arm um mich. »Die Fahrt war sicher anstrengend. Nimm dir heute nachmittag einfach frei.«

Ich knuffte Thubten freundschaftlich, mich entschuldigend, was er auch so verstand. Auf dem Weg zu meinem Zimmer kam mir der Abt entgegen, vorsichtig eine Tasse Espresso vor sich her balancierend.

»Auch ein Täßchen?« fragte er.

»Ja, gern.«

Ich stellte die Tasse auf mein Tischchen und holte das Notizbuch hervor und einen Stift. Dann schrieb ich hinein, daß ich mir schon länger Sorgen um Thubten machte.

Irgend etwas stimmte nicht mit ihm in letzter Zeit. Einerseits erging er sich in seinen unausgegorenen Tiraden über den Dalai Lama, zeigte ein übermäßiges Verständnis für die Chinesen; andererseits war er unbekümmert und luftiger Stimmung wie nie, als hätte er mit seinen eigenen Gedanken gar nichts zu tun.

Besuch bei der alten Zauberin

Wie man dies auch immer einschätzen mag, ich fand seit jenem Augenblick, als ich vor dem Polizisten die Verwünschung ausstieß, relativ freien Zugang zu bestimmten Episoden und Aspekten meiner Vergangenheit. Ich meine nicht das nostalgische »Weißt du noch?«, dem sich Exiltibeter so gerne hingeben. Vielmehr stieß ich auf Erlebnisse und Wahrnehmungen von einer solchen Lebendigkeit und Nähe des Eindrucks, daß ich sie wie miterlebte. Ich war nicht mehr der Beobachter von »schräg oben«. Auch tauchten die Bilder nicht mehr so überfallartig auf. Sie formten, verdichteten und entfalteten sich vor dem Hintergrund meiner Fragen.

Die drängendste und natürlich sehr beunruhigende Frage war mir zunächst die nach jenem Tendé. Ich lernte rasch, auf eine Bewertung, womöglich sogar vorgängige Bewertung der Erinnerungen zu verzichten. In einer bündigen und zusammenhängenden Weise stellen sie sich nicht ein, wenn man sie etwa angstvoll oder mit Schuldgefühlen erwartet. Gerade im Zusammenhang mit Tendé hätte das ja nahegelegen. Hierzu eine neutral interessierte Haltung zu finden, war mir wohl vor allem deshalb möglich, weil ich stark empfand, hier nicht einfach einem historischen Sachverhalt nachzugehen. Ich spürte, daß ich aus der Sphäre der damaligen Geschehnisse noch keineswegs entlassen war. Ja, mir schienen meine Fragen nach jenem Tendé einen unmittelbaren Bezug zur Gegenwart zu haben, zu meinen Aufgaben hier in Rikon.

Damit aber kein wundermäßiger Eindruck entsteht, füge ich hinzu, daß solchen Erinnerungssequenzen oft auch ganze Passagen oder bestimmte Einzelheiten fehlten.

Das beste Beispiel ist gerade die Erinnerung an eine Reise zu Yüdrönla, die mir zugänglich wurde, als ich mir über Tendé klar zu werden versuchte. Ich fand den Anlaß oder das Motiv für diese Reise nicht heraus. Andererseits habe ich bestimmte Einzelheiten wiederum fast fotografisch genau zur Verfügung.

So sehe ich zum Beispiel die Pfeifhasen davonstieben über die weite Steppenebene. Von weitem sehe ich die Zelte der Nomaden aus schwarzem Yakhaar, und ich höre und sehe, durchaus mit erneuter Angst, die an Ketten rasenden Hunde mit der roten Halskrause, die die Nomaden und Bauern sich zu ihrem Schutz gehalten haben. Wieder funkelt der türkisblaue See in der Abendsonne. Wieder ziehen die Schwarzhalskraniche ihre Kreise vor der Silhouette der Berge.

Yüdrönla war eine hochgeachtete Frau mit der Vollmacht, weitreichende Unterweisungen und Segnungen zu erteilen, eine der wenigen Frauen, die in einen hohen Lama-Rang kamen, und die einzige unserer traditionstreuen Nyingmapa-Richtung. Sie gehörte zum Kloster Dorjerag, das abseits der Hauptroute vier bis fünf Tagereisen von Lhasa entfernt in einem Wachholderhain liegt. Yüdrönla beteiligte sich dort an den Festen und gemeinsamen Riten. Aber ihr eigentliches Zuhause war eine kleine Steinhütte am Berghang. Dorthin zog sie sich zurück, wenn ihre Pflichten im Kloster es erlaubten.

Und dort fand ich sie auch. Sie warf in einem Ausbruch von Freude die Arme hoch, als sie mich sah und rannte mir entgegen. Ich war schon erheblich von Kräften nach dieser weiten Reise. Man muß auch mein Alter berücksichtigen.

»Saihtam Tsering, wie schön, dich noch einmal zu sehen.«

Sie faßte mich unter und trug mich fast die letzten Schritte zu ihrer Hütte hinauf. Ihre Erscheinung – das kleine, heitere Gesicht mit den tausend Lachfältchen, ihr weißes Haar – strahlten Mitgefühl und eine Kraft der Einfühlung aus, welche lange Erklärungen überflüssig machten.

»Heißer Buttertee wird dir gut tun. Setz dich. Leg ab und strecke die Beine von dir.« Sie band mir die Stiefel ab und deckte meine Beine mit einem Yakfell zu. Aus einer Nische holte sie einen Gaskocher hervor.

»Heute wird er zu neuen Ehren kommen.«

»Woher hast du ihn?«

»Engländer haben ihn mir vor Jahren hier gelassen. Ich benutze ihn sonst nur im Winter.«

»Hast du denn Gasflaschen?«

»Seit ein paar Monaten wieder. Leute aus unserem Kloster haben sie Händlern abgekauft, die aus Kathmandu heraufkamen.«

»Es tut gut, Yüdrönla, diese Ruhe hier. Lhasa vibriert vor Angst. Es ist eine schreckliche, diffuse Hektik ausgebrochen seit dem 17-Punkte-Abkommen.«

»Sind die Chinesen doch schon in Lhasa?«

»Man sieht sie nicht. Nicht in Lhasa. In Kham ist es bereits zu Aufständen gekommen. Dort bauen sie schon Straßen und Hütten aus Eisen für ihre Soldaten. In Lhasa halten sie sich zurück.«

»Wie lange noch, Saihtam?«

»Ich weiß. Die Gelbmützen haben wieder verstärkten Bedarf, verstehst du? Ihre tolle Aufgeklärtheit nützt ihnen nämlich nichts in so einer Zeit.«

»Ich habe es immer bedauert, daß in Lhasa nie ein Nyingmapa-Kloster gegründet wurde.«

»Ja, man steht dort gerade unserer traditionstreuen Rotmützen-Schule mit vornehmer Skepsis gegenüber. Aber wenn die Chinesen vor der Tür stehen, dann sucht man unseren Schutz. Du kannst dir nicht vorstellen, wieviel Dämonenbeschwörungen ich in den letzten Monaten durchgeführt habe – und zwar in den feinsten Gelbmützen-Familien. Das geht bis in den Adel hinein, daß man sich jetzt meiner bedient.«

»Es ist eine Aufgabe.«

»Sie holen mich durch den Hintereingang herein, und hinaus gehen muß ich dann selbst.«

»Sei nicht bitter. Sie haben auch ihre Stärken. Für

mich sind die verschiedenen Richtungen und Schulen immer wie unterschiedliche Fahrzeuge gewesen, die alle in der Lage sind, glücklich Suchende über den großen Ozean des ewigen Kreislaufs von Geburt und Tod zu bringen.«

»Glücklich Suchende?«

»Das Glück liegt nicht im Finden, sondern im Suchen Dürfen.«

Der Tee war herrlich heiß. Ich sah mich um in der Hütte. Sie war, ungewöhnlich für eine Einsiedelei, fast überladen mit persönlichen Gegenständen, Folianten, kunstvoll gewebten Jacken. In einer Ecke hatte Yüdrönla in etwas chaotischer Weise ihre Ritualinstrumente zusammengestellt, mehrere Glokken, das Ritualmesser, Klangschalen in verschiedener Größe und Knochentrompeten. Dazwischen lag eine getrocknete Zunge.

»Du hast den ›Schwebenden Leichnam‹ gemacht?«

»Man wird sich noch viel mehr kräftigen müssen, wenn man den Chinesen und ihren Dämonen wirklich etwas entgegenhalten will. Was wir brauchen, ist Furchtlosigkeit. Deshalb habe ich mich an den ›Schwebenden Leichnam‹ getraut.«

»Was wird die Zukunft bringen?«

»Wir werden sehen. Die Chinesen haben diese monströsen fahrenden Ungeheuer, mit denen sie fauchend und stinkend das Land zerschneiden werden. Mit großem Gekreisch, das ja nur ihre eigene Angst übertönen soll, werden sie unsere Bäume töten. Sie werden riesige Löcher in die Erde fressen. Es wird umgedrehte Häuser geben, Häuser, die mit dem Dach in die Erde wachsen. Dort werden sie ihre Schandtaten verstecken. Sie werden die Erdgeister erzürnen in einer nicht mehr wieder gut zu machenden Weise.«

»Was kann ich in Lhasa tun?«

»Ich glaube, uns ist in besonderer Art der Schutz des Dalai Lama und des Potala anvertraut. Schließlich war es einer von uns, der fünfte Dalai Lama, der den Potala gebaut hat. Er entstammte einer Nyingmapa-Familie.«

»Aber die Gelbmützen und die anderen Rotmützen wollen Seine Heiligkeit schützen.«

»Wollen schon. Aber können? – Aber laß uns in der Gegenwart bleiben. Sie kommt ohnehin wieder.« Und ohne Übergang legte sie ihr Ritualgewand an und bedeutete mir, mich ebenfalls vorzubereiten.

»Morgen bei Sonnenaufgang beginnen wir mit einem Chöd. Wir können uns nur immer wieder opfern. Laß uns zum Bestattungsplatz hinüber gehen und das Gebet beginnen.«

Auf dem Bestattungsplatz lagen noch verschiedene Knochen.

»Ihr habt kürzlich einen Todesfall gehabt?«

»Ja. Der Stellvertreter des Abtes ist gestorben. Er ist von einer Atemübung nicht wieder aufgewacht.«

»Die Zungen-Übung?«

»Ja. Er lispelte, seine Zunge war zu lang. Beim Einrollen nach hinten hat er sich ganz einfach daran verschluckt. Er war gut in die Trance gekommen. Wir waren mit den Instrumenten beschäftigt und merkten es zu spät.«

Die Nacht war kühl, aber Yüdrönla baute die Feuer-Imagination so rasch auf, daß mir die Kühle nicht zu nahe kam. Wir sprachen die erforderlichen Gebete, und Schädeltrommel und Trompete öffneten unseren Geist für den Empfang der herbeigerufenen Götter. Mahakala kam als einer der ersten, in lodernder Flammenaureole. Sein weit aufgerissenes Maul wollte unsere Körper verschlingen. Als der Morgen anbrach, tanzte Yüdrönla in schweren Bewegungen mit ihm seinen wütenden Tanz. Und als sie die Opferworte anstimmte, drang von allen Seiten das Zischen und Fauchen der herbeigerufenen Dämonen auf uns ein. »Der Tag ist gekommen, meine Schulden zu tilgen. So biete ich als Opfergabe diesen meinen Körper zur Vernichtung dar. Ich gebe meinen Leib den Hungrigen, mein Blut den Durstigen, meine Haut den Nackten, meine Knochen zur Feuerung denen, die Frost leiden. Schande über mich, wenn ich vor diesem Opfer zurückschrecke. Schande über euch alle, wenn ihr es nicht anzunehmen wagt.«

Ich spürte, wie die zornigen Gottheiten meinen Leib zerrissen und zerteilten, wie sie ganze Körperteile verschlangen. Und es gelang mir, meine Seele von ihnen fern zu halten.

Yüdrönla fiel in immer schwerere Bewegungen. Sich wach umsehend, aber erschöpft und wie wund sank sie schließlich zu Boden.

Ich verspürte Hunger.

»Laß uns etwas essen«, hauchte sie schwer.

Mit schmerzenden Gliedern gingen wir zurück

zur Hütte. Während sie die Tsampa anrührte, fragte sie mich: »Hast du sie gesehen?«

»Die kleinen, verwachsenen Gnomen?«

»Das sind sie. Die gierigen kleinen Chinesen-Geister. Sie mischen sich seit Monaten ein. Kein Chöd, ohne daß diese Biester sich einschleichen.«

»Bei uns? Was wollen sie hier?«

»Sie sind heimatlos. Seit die Chinesen die Religion abgeschafft haben, herrscht Angst unter den chinesischen Göttern. Sie werden klein und häßlich.«

»Ängstliche Götter sind gefährlich.«

»So ist es. Hast du gesehen, daß sie sich am Schluß so kleinlaut vom Platz geschlichen haben? Es wird aber jedesmal schwieriger, das Schuldbekenntnis so zu sprechen, daß sie gehen müssen.«

»Wenn wir vielleicht eines Tages fliehen müssen, werden sie hier alles in Besitz nehmen.«

»Schlimmer. Sie werden mit uns fliehen. Denn wovon sollen sie sich ernähren, wenn nicht von unseren Ritualen?« Man hörte Schreie von Dorjerag herüber. »Was ist das?«

»Das ist der neue Stellvertreter. Er ist ein Idiot. Er meint, im Chöd sich gegen die chinesischen Dämonen wehren zu müssen, indem er selbst seinen Körper schlägt und schneidet. Ein Holzkopf.«

»Er verletzt sich selbst beim Chöd?«

»Man muß offenbar nicht viel verstanden haben, um stellvertretender Abt zu werden. Er kommt aus Amdo und soll dort ein Weiberheld gewesen sein. Seine Familie hat ihn hierhin abgeschoben.«

»Und ihr habt ihn genommen?«

»Sie bezahlen gut.«

»Muß er deshalb gleich stellvertretender Abt werden?«

»Da fragst du mich zu viel. Das Orakel soll es so bestimmt haben.«

»So etwas bestätigt ja jedes Vorurteil, das man in Lhasa über uns hegt.«

»Ja, leider.«

Vier oder fünf Tage muß ich bei Yüdrönla geblieben sein. Sie gab mir die Unterweisungen, die notwendig waren, meine Aufgaben in Lhasa mit aller Kraft und mit Mut zu erfüllen. Der Abschied war kurz. Yüdrönla versorgte mich noch mit reichlich Fladenbrot, Gerstenmehl und Salz.

Ich weiß, daß ich sehr langsam dahinschritt, erfüllt vom Austausch mit dieser Meisterin. Und ich weiß auch, daß ich auf dieser Rückreise in einer der Nächte, die ich unter freiem Himmel zubrachte, den Entschluß faßte, Tendé zu beseitigen. Wer, wenn nicht ich, hätte die Kraft dazu gehabt? War es nicht Tendé, der den chinesischen Dämonen in Lhasa geradezu den Weg bereitete? Hatte nicht er damit angefangen, bei den Morgenzeremonien Gebete auch für die Chinesen zu sprechen? Oh ja, er kam sich großartig aufgeschlossen und modern dabei vor. So ist das, wenn Gelbmützen die Kraft der Riten unterschätzen.

Er selbst betete die Geister herbei, die ihn dazu verführen wollen, den Dalai Lama auszuliefern. Seine Andeutungen sind längst Ankündigungen geworden. Er selbst hat sich schon zum Handlanger dieser ängstlich-verzweifelten Gottheiten gemacht. Das muß man sich vorstellen. Was kann ängstlichen, heimatlosen Göttern anderes einfallen als Zerstörung? Und er betet sie noch herbei. Ich spürte, gerade nach diesem Besuch bei Yüdrönla, daß ich die Kraft haben würde, mich zu opfern. Natürlich würde ich damit auch Schuld auf mich laden. Aber was ist das gegenüber dem drohenden Verlust unseres Mittelpunktes?

In solchen Gedanken, aber ruhig, bin ich dann in Lhasa angekommen. Als ich durch das westliche Stadttor schritt, zwischen dem Eisenberg mit der Medizinschule oben und dem Potala auf dem Roten Berg gegenüber, war mein Gefühl das der Sicherheit und Gewißheit über meinen Auftrag. Noch am Abend der Ankunft schrieb ich ein paar Stichworte von den Unterweisungen in mein Notizbuch. Und eben auch jenen Beschluß. Ich schrieb es auf, um es vor mir selbst zu besiegeln.

Lhasa

Ich habe mich immer wieder gefragt, ob die nun recht frei fließenden, lebhaften Erinnerungen wirklich nur Erinnerungen sind. Inzwischen, ich war jetzt etwa fünfundzwanzig Jahre alt, hatte ich nicht nur von unseren Exilanten einiges gehört über Lhasa und auch vieles gelesen, gerade auch über die politische Situation zwischen 1951, als das 17-Punkte-Abkommen unterzeichnet wurde, und 1959, dem Jahr der Flucht, sondern hatte auch eine ganze Reihe von Fotos gesehen. Es ist also gut möglich, daß in die »Erinnerungen« das eine oder andere aus solchen Informationen eingeflossen ist und das Erinnerungsbild ausgestattet hat. Zu diesen Fragen gehört auch der merkwürdige Umstand, daß niemals Erinnerungen an eine frühere Zeit aufgestiegen sind. Und rätselhaft ist mir auch, daß ich keinerlei Vorstellung, geschweige denn eine Erinnerung daran habe, wo und wie ich in Lhasa gelebt habe. Solche skeptischen Fragen bleiben bis heute unbeantwortet.

Das ist das eine. Das andere, das mir die Erinnerungen aber doch als authentisch erscheinen läßt, ist ein atmosphärisches Element: Eine Stimmung der Bedrückung, der Erwartung von Unheilvollem, ist der Grundton jeder dieser Erinnerungen.

Ich benenne hier nur schlaglichtartig einige Beispiele, an denen diese angstvolle Erwartung besonders anschaulich werden mag.

So gab es damals in Lhasa die Ralpos, umherziehende Unterhaltungskünstler, die abends auf dem Barkhor akrobatische Tänze aufführten. In diesem Zusammenhang erinnere ich folgende Szene: Ein warmer Sommerabend, halb Lhasa ist auf den Beinen und schlendert, zusammen mit den auswärtigen Pilgern, im Uhrzeigersinn über den Barkhor, der ja als Rundweg um die Jokhang-Tempelanlage durch die Innenstadt führt. Die Frommen lassen im Schreiten ihre Gebetsschnüre mit den 108 Perlen durch die Finger gleiten. Man trifft Bekannte, macht ein Schwätzchen. Einige feilschen mit den Straßenhändlern, andere tauschen, sichtlich angespannt, Nachrichten aus. Die stolzen Khampas aus Osttibet mit ihren ins Haar geflochtenen roten und schwarzen Quasten promenieren geradezu hoheitsvoll einher. Frauen aus Amdo, das Haar vielfältig geflochten, scherzen mit den Bettlern. Butterverkäufer preisen kreischend ihre Ware an. Aus Wacholderöfen qualmen die Rauchopfer. Pilger werfen sich auf dem Vorplatz am Jokhang, Hände und Knie mit Lappen umwickelt, unermüdlich nieder. Dazwischen Angehörige der islamischen Gemeinde von Lhasa, die durch ihre weiße Kopfbedeckung und den dicken Gürtel um den Bauch auffallen.

Kurz, in diesem bunten, scheinbar alltäglichen Treiben formt sich eine Menschentraube um zwei Ralpos, die an der Pockenstele am Jokhang-Vorplatz ihre Kunststücke zeigen. Ich sehe mich hinzutreten, neugierig. Was zunächst wie eine Zuschauermenge wirkte, stellt sich als bedrückte Diskutanten-Gruppe heraus. Die Darbietung der Ralpos ist nur Anlaß stehen zu bleiben. Sobald man sich der Menge zugesellt hat, wird man in erregte Gespräche verwickelt über das 17-Punkte-Abkommen. Befürworter und Gegner reden sich die Köpfe heiß. Jeder debattiert mit jedem, einander Unbekannte solidarisieren sich oder geraten in wütende Gegnerschaft. Keiner sieht den Ralpos zu. Dennoch sammeln sie am Schluß reichlich Entlohnung ein. Man wirft ihnen gedankenlos Münzen in ihre Filzhüte, als sie sich nach der Vorstellung bettelnd durch die Menge drücken.

Ein anderes Bild: Auf der Pflasterstraße, die vom Sommerpalast in die Innenstadt führt, betteln Rechtsbrecher mit ihren Brettern um den Hals Pilger an, mit spärlichem Erfolg. Aber Einheimische, die vorbeikommen und von den Unglücklichen oft gar nicht angesprochen werden, gehen unaufgefordert auf die Gebrandmarkten zu und werfen ihnen Münzen in ihre Holzschalen, üppig. In dieser Szene sehe ich mich selbst nicht, kann aber sehr klar die Stimmung der freigebigen Passanten spüren – als ob sie sich von drohendem Unheil loskaufen wollten, als ob sie prophylaktisch Buße tun, ihre übliche Überhebung über die Rechtsbrecher aufwiegen wollten. Sie suchen Ablaß in der irrationalen Hoffnung, dadurch Schlimmerem zu entgehen.

Und dann dies, in mehreren Varianten erinnert,

von denen ich nur eine herausgreife als Beleg für die Unheil erwartende Atmosphäre: Ich war offensichtlich zuständig für die Thab-lha-Beschwörung. Thab-lha, der Herdgott, ein leicht zu erzürnender Dämon, pflegt Verunreinigungen des Herdfeuers unnachsichtig mit Krankheit, Not und Unglück zu ahnden. Kochte eine Speise über, wurde ich zu Reinigungsriten gerufen. Ich legte dann das blaue Bön-Gewand mit dem Knochen-Hemd an und eilte schon betend hin. So auch einmal ins Haus der Familie Phulola. Die Hausfrau erwartete mich weinend im Hauseingang. Ihr Ehemann, der am Barkhor mit Türkisen und Korallen handelte, kauerte bedrückt in einer Ecke. Wie es vorgeschrieben ist, machte ich mein Bewußtsein zugänglich für den Kontakt mit Thab-lha. Um das Böse, das er eventuell aussondern würde, nicht etwa einzuatmen, banden sich die beiden Hausbewohner ein weißes Tuch um den Mund. Sie sahen aus respektvoller Entfernung zu, wie ich nun, mit vom Wachholderdampf geöffnetem Bewußtsein, unter dem Herd mit meinem Ritualmesser zu scharren begann. Normalerweise – das erinnere ich gar nicht, das weiß ich von meinen Studien hier – findet sich in einem solchen Fall in einem Erdklumpen unter dem Herd eine lebende Larve, in die der Thab-lha lauernd sich verwandelt hat. Sie wird dann unter Bannsprüchen getötet. Nun aber, in diesem Fall im Hause Phulola, wie in noch einigen anderen Fällen, fand sich keine Larve. Dies ist ein sehr gravierendes unseliges Vorzeichen. Die Hausbewohner starrten mich entsetzt an. Der Dämon war also bereits entwichen, und es mußte nun damit gerechnet werden, daß er das Haus in Beschlag nimmt und es zum Schauplatz seiner übelwollenden und beleidigten Launen macht. Man kann in einem solchen Fall als Priester nichts mehr tun. Ich habe dann noch linksläufig das Haus umschritten und an den vier Ecken Glocke und Doppelzepter vor der Brust gekreuzt, um Thab-lhas Wüten wenigstens zu begrenzen auf die Abmessungen dieses unglücklichen Hauses.

Aber was heißt hier begrenzen? Es hat offenbar viele solcher Unglücksfälle gegeben in dieser bedrängten Zeit. Ausgedehnte Bezirke der Innenstadt müssen in Thab-lhas Hand gewesen sein.

Das Ehepaar Phulola und ich sind dann wortlos auseinandergegangen. Ich sah noch, wie der Hausherr zum Chang-Krug griff, unserem tibetischen Bier.

Hieran knüpft sich noch eine weitere Beobachtung: Es gab, wahrscheinlich seit den Versuchen der Engländer in den vierziger Jahren, Tibet diplomatisch an Indien zu binden, auf dem Barkhor in einigen Läden westliche Luxusgüter. Teuer, für die einfachen Leute unerschwinglich, aber um so beliebter bei den Adelsfamilien. Man konnte dort Lippenstifte, zarte Biskuits und auch schottischen Whisky erstehen. Ich habe mehrmals vornehme Frauen hastig und verschämt aus solchen Läden kommen sehen, eine Whisky-Flasche in der Hand.

Der Käfer

Vor diesem Hintergrund konturierte sich nun auch rasch die Gestalt des Tendé Phulojang. Allerdings kann ich nicht jedes der wieder auflebenden Bilder zeitlich korrekt einordnen. Manchmal ist der zeitliche oder logische Zusammenhang mit anderen Bildern nur zu vermuten oder immerhin zu erschließen.

So auch die folgende Episode, die sich noch vor meiner Reise zu Yüdrönla zugetragen haben muß. Trotz der Beiläufigkeit des Vorfalls muß sie wesentlich zu meinem damaligen Entschluß, Tendé betreffend, beigetragen haben. – Sie kam mir übrigens in einer Situation vor das innere Auge, als Thubten und ich durch den Wald streiften, vertieft wieder einmal in unsere politischen Diskussionen. Trotz kontroverser Standpunkte fühlte ich mich Thubten in solchen Stunden sehr nahe, denn jeder beschäftigte sich sehr ernsthaft mit den Argumenten des anderen.

Wir gingen einen Schotterweg entlang, als ein recht großer schwarzer Käfer unseren Weg kreuzte. Thubten blieb stehen, kniete sich nieder und betrachtete liebevoll den Käfer. Er nahm ihn auf, trug ihn ins Unterholz und setzte ihn an einem morschen Baumstumpf ab.

»Sonst tritt noch jemand drauf«, sagte er.

Sofort sah ich mich mit anderen Personen vor dem Gyümed-Kloster stehen, das man passiert, wenn man von Osten her in die Stadt kommt. Ein chinesischer LKW parkt an dem kleinen Teich gegenüber dem Kloster. Frauen steigen von der Ladefläche. Sie wirken erschöpft, ja geschunden. Ihre Kleider sind staubig und mit getrockneten Lehmkrusten bedeckt. Einige weinen. Die Umstehenden, darunter auch Tendé, helfen ihnen vom Wagen. Ich vermute, es waren Verwandte und Freunde, die diese Frauen hier erwarteten. Eine der Frauen sinkt in dem Moment schluchzend in die Knie, als eine der älteren von ihnen, ihre Mutter augenscheinlich, sie in den Arm nehmen will. Sie kniet auf dem Steinpflaster. Sie schlägt die Hände vor ihr aus Erschöpfung graues Gesicht.

»Sie zwingen uns zu töten, Mutter.« Die Alte zieht ihre Tochter hoch. Sie will sie offenbar vom Lastwagen und von den chinesischen Soldaten wegführen, die an der Ladefläche stehen.

»Ich habe vielleicht Großvater getötet oder den Lama aus Drepung, der bis zu seinem Tod uns immer besucht hat, oder einen früheren Nachbarn. Es ist so schrecklich.«

»Was ist geschehen, Pema? Fasse dich und berichte.«

»Sie lassen uns keinen Atemzug aus den Augen. Wir müssen ohne Pause mit großen schwarzen Stangen den harten Boden aufschlagen, müssen große Geröllsteine auseinander treiben. Sie beschimpfen uns ständig, und wenn jemand innehält, wird er mit einem Riemen auf den Rücken geschlagen.«

»Bist du verletzt, mein Kind?« Die Alte fragt gefaßt, eindringlich.

»Ich nicht. Aber ich habe große Schuld auf unser Haus geladen. Ein Käfer, so ein großer schwarzer, krabbelte unter einem großen Stein hervor. Er war sicher aufgestört. Der Boden erzitterte ja von dem ständigen Aufschlagen der Eisenstangen. Wir mußten ja das abgeflachte Ende in den Boden stoßen. Ich habe ihn zu spät gesehen, Mutter. Plötzlich lag der zerteilte Käfer vor mir. Ich muß ihn mit der Eisenstange einfach zerteilt haben. Genau in der Mitte. Es ist so furchtbar.« Tendé mischte sich, schnell sprechend, ein: »Du kannst nichts dafür. Du hast es nicht absichtlich getan.«

»Aber er ist tot. Ich habe ihn getötet. Wenn er nun unserer Familie gegenüber auf Vergeltung sinnt? Großes Unglück kann über uns kommen.«

»Es ist doch schon gekommen, mein Kind. Ihr seid gezwungen worden, die Erde aufzuschlagen. Heute traf es dich. Morgen früh zerren sie wieder andere aus ihren Häusern.«

»Sie haben nicht genug eigene Leute für den Straßenbau, Frau«, sagt Tendé zu der Alten.

»Was haben wir, was haben besonders wir Frauen in Lhasa damit zu schaffen, daß sie eine Straße bauen wollen von Qinghai hier her?«

Die junge Frau hört den beiden gar nicht zu. Sie ist gefangen in ihrem Unglück. »Vielleicht war es unser verstorbener Großvater«, flüstert sie weinend.

»Möglich«, sagt die Mutter sachlich, »es kann aber auch jemand ganz anderes gewesen sein. Wer von uns wäre nicht schon einmal als Kranich, als Leopard oder eben als Käfer wiedergekommen? Wir durchschauen nicht die Weisheit, die in solchen Wegen liegt.«

»Ich hab entsetzt die Stange von mir geworfen. Einer der Aufpasser bemerkte es sofort und lief auf mich zu. Ich habe nicht verstanden, was er sagte. Ich deutete nur entsetzt und erklärend auf den zerteilten Käfer, dessen Beine noch zuckten. Der Soldat grinste nur. Ich dachte, gleich schlägt er mich. Aber er blickte nur suchend auf dem Boden herum. Er hob einen Stein und fünf oder sechs solcher Käfer krabbelten fliehend hervor. Da hob der Soldat den Fuß und trat langsam auf einen der Käfer drauf. Es knirschte. Dann hob er den Fuß über einem anderen Käfer und sah mich dabei fragend und belustigt an. Ich verstand, was er meinte. Wenn ich nicht sofort wieder die Stange aufgenommen hätte, hätte er diesen Käfer auch noch zertreten.«

Sie weint so laut, daß die beiden Soldaten an der Ladefläche aufmerksam werden. Mit einer schnellen Drehung nimmt die Alte ihre Tochter so in den Arm, daß deren Schluchzen in ihrem Überwurf versinkt.

»Sie wissen nicht, was sie da tun«, sagt Tendé. Er ist auch betroffen, aber er versucht auch abzuwiegeln. »Sie wissen nicht, daß auch in den Käfern unsere Freunde und Verwandten leben können.«

»Wir werden den Rinpoche hier bitten«, sagt die

Alte an die Adresse ihrer Tochter, sieht aber dabei mich an, »unser Haus zu schützen.«

Ich nicke. »Jeder von uns wird für euer Haus beten, Frau.« Tendé blickt die Alte etwas streng an. »Ich danke dir, Lama. Ich kenne deinen Namen nicht, aber ich danke dir für deine Hilfe.«

»Ich bin Tendé Phulojang vom Ramoche-Kloster drüben an der Straße nach Sepa.«

»Danke, Tendé. Und danke auch an deine Gelbmützen-Brüder, die für unser Haus beten wollen. Dennoch werde ich Saihtam Tsering Rinpoche bitten, unser Haus zu räuchern, damit übelwollende Geister sich nicht einnisten können.«

Die Alte greift ihrer Tochter unter den Arm und führt sie vom Platz weg in die Stadt hinein. Auch die anderen Leute gehen jetzt ihrer Wege. Die Menschengruppe löst sich auf. Die Soldaten rufen auf chinesisch etwas hinterher. Dann steigen sie in ihren Lastwagen ein, wenden und fahren zurück zur Baustelle. Tendé und ich bleiben zurück.

Schon bevor die Alte mich angesprochen hatte, hatte ich aus meinem Mantel-Beutel das Murmeltierfell hervorgeholt und es nach allen Richtungen geschwenkt, um unter den erforderlichen Gebeten den Platz zu reinigen. Tendé steht, in Gedanken versunken, mit ernstem Gesichtsausdruck, den Kopf gesenkt. Ich hatte gespürt, was der vollständigen Reinigung entgegenstand, und sprach ihn deshalb jetzt an: »Bist du nicht dieser Tendé, der Lhasa verunreinigt, indem er chinesische Götter beschwört? Ich habe von dir gehört.«

»Ich bete für sie, ja. Solange wir uns gegen sie stellen, werden sie uns nur Unglück bringen.« Er geht einen Schritt auf mich zu und sagt es mehr traurig als trotzig. Und ich empfinde auch eher Mitleid als Ablehnung.

»Verwirre dich nicht«, sage ich, »ihr Gelbmützen seid zu leichtfertig.«

»Ich versuche, eine günstige Brücke zu bauen für das, was unumgänglich ist.«

»Es wird unumgänglich, indem du dich dafür öffnest. Ihr überlegt alle zu lange. Der ganze Potala zögert nur. Seit Monaten zögert ihr nur.«

»Es gibt nur einen, der zögert.« Ich erfasse nicht sogleich, wen er meint, und sehe ihn fragend an.

»Er ist neunzehn. Sie bevormunden ihn immer noch.«

Ich erschrecke. »Tenzin Gyatso?«

Tendé nickt. »Er läßt sich ja auch bevormunden. Er ist zu empfänglich für die Einflüsterungen seiner Ratgeber. Ich glaube, er selbst würde sich öffnen.«

»Also was?«

Tendé blickt zu Boden und weicht offensichtlich aus: »Andere sind jedenfalls gesprächsbereiter. Als Dalai Lama müßte er ohne seine erstarrten Wachhunde mit den Chinesen sprechen.« Und dann, leise: »Sie müßten ihn allein antreffen.«

»Wie das denn? Im Potala?«

»Da nicht.«

»Sondern?«

»Weiß nicht.« Wieder weicht er aus. Das Gespräch ist ihm jetzt unangenehm.

»Der Dalai Lama ist unsere letzte Rettung, Tendé Phulojang.«

»Oder das letzte Hindernis.«

Ich meine, ich bin mir in diesem Moment, trotz Tendés eigentlich eindeutiger Worte, noch nicht im klaren gewesen darüber, was dieser Mann vorhatte. Vielleicht wußte er es selbst noch nicht genau. Wollte er damals schon den Dalai Lama beseitigen? Wollte er ihn ausliefern an die Chinesen? – Erst Augenblicke später, als wir auseinandergehen, erfasse ich den Ernst der Lage.

Ich mache mich, zugegeben ohne ein Wort der Verabschiedung, auf den Weg zur Jokhang-Anlage. Den südlichen Teichzipfel passierend, drehe ich mich noch einmal um. Tendé steht noch an derselben Stelle. Er blickt zu Boden. Er hat einen Fuß gehoben. Auf die Entfernung kann ich nicht sehen, ob sich etwas unter dem Fuß bewegt oder nicht. Langsam erst, dann entschlossen, tritt er auf. Dann eilt er wie fliehend die Straße zum Ramoche-Kloster hinüber.

Jetzt wußte ich, er würde es tun.

Hier in Rikon ist es mir nie gelungen. Ich habe es mehrfach versucht, nachdem jener Nachmittag in Lhasa wieder Gegenwart gewonnen hatte.

Ich weiß, daß ich vom Meru-Kloster, das direkt neben dem Gyümed-Kloster liegt, den Barkhor kreuzend und quer durch das südliche Viertel, wo die Adligen ihre Anwesen haben, zum Kyichu-Fluß hinausgegangen bin. Im Meru-Kloster hatte ich an der täglichen Lesung des Kanyur teilgenommen. Möglicherweise war ich übrigens deshalb auf dem Vorplatz am östlichen Ortseingang zugegen gewesen, als der Lastwagen mit den Zwangsarbeiterinnen ankam. Der Dalai Lama hatte am 16. August 1950 diese tägliche Lesung der Heiligen Schrift angeordnet, nachdem am Tag zuvor ein schweres Erdbeben den Südosten Tibets erschüttert hatte.

Der Tsangpo war großflächig über seine Ufer getreten, und ein Schwefelgeruch soll über der Region gelegen haben. Die Chinesen waren zu diesem Zeitpunkt schon über die Grenze gedrungen. Zentraltibet hatten sie aber noch nicht erreicht.

Dieser Aufruhr der Erdgeister wurde allgemein als sehr unheilvolles Vorzeichen angesehen. In allen Klöstern holte man die alten Amulette aus den Truhen. Auf den Bergen wurden regelmäßig Rauchopfer entfacht. Und täglich sollte der Kanyur gelesen werden zur Abwehr der Gefahr, deren genauer Charakter zu diesem Zeitpunkt noch niemandem wirklich klar war.

Ich hatte das Bedürfnis, noch persönlich mit den Naturgeistern zu sprechen, und setzte mich also an das Ufer des Kyichu. Es lag etwas Nebel über dem Fluß. Sobald ich begonnen hatte, wie es Bön-Tradition ist, die Wassergeister anzurufen, schimmerten mehrere Khus – bei uns nennt man sie »Elfen« – bläulich und grün-silbern durch den Nebel. Sie tanzten und schienen mir durchaus fröhlich zu sein. Sie warfen einander die Farben ihrer wehenden, zarten Kleider zu, wie sich Kinder Bälle zuwerfen. Wenn die eine am Saum ihres Kleides grün schimmerte und in einer fröhlichen Wendung sich zur nächsten hin drehte, dann schimmerte auf einmal deren Kleidsaum im selben Grün. Dieses Spiel trieben sie reihum. Und obwohl die Stelle, an der sie tanzten, wegen großer Steine im Flußbett eigentlich eng war, störten sie sich gegenseitig nicht. Sie glitten beim Tanzen eine durch die andere hindurch. Ich wagte zuerst nicht, sie zu stören. Abwartend nahm ich meine Gebetsschnur und ging langsam alle 108 Gebete durch. Ich wollte warten, bis sie mich bemerkten.

Dann habe ich helles Lachen gehört. Fröhlich schauten sie zu mir herüber. Ich legte die Gebetsschnur nieder, holte mein Doppelzepter und die Glocke aus dem Mantel-Beutel und legte sie neben mich ins Gras – zum Zeichen, daß ich in friedlicher Absicht gekommen war. Ausgelassen, wie sie waren, schienen sie sich nicht zu fürchten. Überhaupt machten sie mir nicht den Eindruck, sich irgendeiner Gefahr bewußt zu sein. Wußten sie also noch nichts vom Aufstand der Erdgeister im Südosten? Oder war dies kein Grund für sie zur Besorgnis?

Ich machte die Geste für Ansprache, aber sie waren nicht in der Laune zuzuhören. Im Gegenteil, sie tanzten noch wilder. Ja, ich empfand sogar Spott in ihrem Verhalten. Die Sonne durchdrang jetzt stark den Nebel, so daß er überall glitzerte und ich nicht mehr einzelne Khus unterscheiden konnte. Dafür hörte ich um so deutlicher ihr Kichern. – Hier bricht die Erinnerung ab.

Ich habe mit Daddy Sherang über diese Szene gesprochen. Über andere nicht. Ich wollte ihn nicht beunruhigen.

»Wir haben eben nicht einfach nur die politische Herrschaft über Tibet verloren«, sagte er. »Ja, ich glaube, wir haben die politische Herrschaft verloren, weil einige von uns schon lange nach China geschielt haben, nach Indien auch und auch nach England. Es hat ja sogar Whisky in einigen Läden auf dem Barkhor gegeben. Verstehst du, Tsepa? Einigen von uns hat es nicht gereicht, was wir dort gelebt haben. Adlige, Regierungsbeamte – einige Lamas sogar – starrten wie elektrisiert auf das Fremde, das ja schließlich schon mit den Engländern nach Tibet gekommen war. Genaue Vorstellungen hatte niemand über diese fremde Welt. Es gab nur dieses flackernde, ungerichtete Interesse. Ich habe sogar von einem Bauern gehört, östlich von Lhasa, ein Engländer hatte ihm 1945 ein kleines Transistorradio dagelassen. Jeden Abend soll der Mann nun vor dem Gerät gesessen haben, den krächzenden Botschaften lauschend. Er muß es für ein Sprachrohr der Götter gehalten haben. Aber sie sprachen eine fremde Sprache. Also mußte es Götter geben, die noch viel mächtiger waren als unsere. Unsere waren schließlich nicht aus dem Gerät zu hören. Es war ja nicht Tibetisch, was er hörte. Und eines Tages war die Batterie leer.

Voller Angst starrte er nun jeden Abend auf das Radio. Er erlebte das Verstummen der fremden Götter als furchtbares Vorzeichen. Vielleicht hatten sie ihn vor irgend etwas warnen wollen, und er hatte es nicht begriffen.« Dann, unvermittelt: »Du hast es hier schon versucht?«

Es gab keinen Grund, weshalb ich nicht hätte selbstbewußt antworten sollen.

»Ja«, sagte ich, »aber sie kommen nicht.«

»Sie sind damals am Kyichu auch nur gekommen, weil sie sich über dich lustig machen wollten. Sie wußten natürlich längst von dem Aufruhr der Erdgeister. Sie wußten, daß wir drauf und dran waren, den Zugang zu ihresgleichen zu verlieren. Es gab eben damals schon Störfaktoren, und es gibt sie heute erst recht.« Sherang sprach sachlich und kollegial. »Mir gelingt hier auch manches nicht mehr. Das ›Brüllen des Löwen‹, zum Beispiel. Es scheint verstummt.«

Sherangs Versuch fiel mir wieder ein, Besuchern das Obertonsingen vorzuführen, welches wir das »Brüllen des Löwen« nennen.

»Denkst du, die Besucher haben dich darin gestört?«

»Kann sein. Aber die eigentlichen Störungen sind mitten unter uns.« Auch das sprach er sachlich aus, weder finster andeutend noch anklagend, bedauernd eher.

»In Lhasa war es meine Aufgabe, solchen Störungen gegenzusteuern.« Damit allerdings sprach ich aus, daß ich direkten Zugang hatte zu meinem damaligen Erleben.

Sherang legte die Hand auf meinen Arm. »Wieso ›war‹? Es geht nicht um Erinnerungen. Es geht um Gegenwart, mein Rinpoche.«

Es war das erste Mal, daß er mich als Rinpoche ansprach. Genau genommen war es unzulässig, denn ich war ja noch nicht einmal abschließend ordiniert. Aber es war aus einer solchen inneren Nähe heraus gesprochen, daß es menschlich legitim war.

»Im übrigen bist du mir noch eine Revanche schuldig.« Am Tag davor hatte ich Sherang beim Badminton sechs zu drei geschlagen. »Wie wär's also?«

Daddy Sherang ist traurig

So traurig habe ich Daddy Sherang noch nie gesehen. Es ist erst sechs Wochen her, und ich stehe, während ich dies niederschreibe, noch immer unter dem Eindruck dieser Trauer, die mehr akzeptieren kann als nur den Verlust. Überhaupt haben sich seitdem die inneren und äußeren Ereignisse derart beschleunigt, daß ich für das Weitere mir eine Zeittafel neben das Manuskript gelegt habe. Ich wäre sonst in Gefahr, doch einiges durcheinander zu bringen, und der Zweck meiner Niederschrift, mir Klarheit zu verschaffen über das Geschehene und meinen Auftrag mit Hilfe eventueller Leser abzuschließen, wäre gefährdet. Auch der Leser muß verstehen, was er tut.

Vor sechs Wochen also, genau an einem Samstag nachmittag, rief Teshe mich in den Heizungskeller. Er hatte die Heizung höherdrehen wollen, war aber mit den Schaltern und Knöpfen und elektronischen Anzeigen durcheinander gekommen, so daß er schließlich die Anlage versehentlich ganz abgeschaltet hatte und sie nicht wieder in Gang zu bringen wußte. Er sah unglücklich und schuldbewußt drein, lächelte aber auch verlegen.

»Das werden wir schon schaffen, Teshe.«

Das war, wie sich sogleich herausstellte, voreiliger Optimismus. Teshe hatte zwar die Pumpen abgeschaltet, nicht aber den Heizwasser-Zulauf aus der Fernwärme-Einspeisung. Das Hauptrohr strahlte eine Hitze ab, die mir gefährlich zu sein schien. Ich öffnete sofort die Pumpenventile und drückte auf den Schalter für die Pumpen. Sie sprangen auch an, schalteten sich aber nach wenigen Sekunden selbst wieder ab. Ich wiederholte den Vorgang, aber mit dem gleichen Ergebnis.

»Was ist das?« fragte Teshe, dem eine selbständige Tätigkeit der Apparatur ohnehin mirakulös vorkam, ängstlich. »Sie wollen nicht?«

»Sie können nicht. Wenn das Umlaufwasser zu heiß ist, schalten die Pumpen ab, um die Elektrik im weiteren Kreislauf nicht zu gefährden.«

Als ersten Notbehelf wollte ich den Hauptwasser-Zulauf abdrehen. Das stählerne Rad ließ sich aber nicht bewegen. Durch die Hitze hatte sich das Aggregat so ausgedehnt, daß es sich nun nicht mehr rührte.

Ich fand das auch ungemütlich und rief Daddy Sherang. Ich hatte ihn nur gebeten, uns im Heizungskeller kurz zu helfen. Aber er muß die Sorge in meiner Stimme gehört haben, denn er rannte die Treppe herunter, als gelte es, ein Feuer zu löschen.

»Das Ding könnte explodieren, wenn uns nichts einfällt.« Er sagte das ganz nüchtern, war aber doch etwas fahrig in seinen Bewegungen.

»Kann man bei der Fernwärme-Versorgung anrufen, daß sie von dort aus abschalten?«

»Das können wir versuchen, Tsepa. Aber ich fürchte, wenn sie dort abschalten, ist ganz Rikon ohne Wärme.«

»Laß es uns versuchen. Ich rannte schon die Treppe hinauf zum Telefon im Eingangsflur. Niemand hob bei der Fernwärme-Versorgung in Winterthur ab.

»Es ist Samstag nachmittag. Sie sind nicht im Dienst.«

»Ein Notdienst muß doch da sein.«

Ich versuchte es noch einmal, vergebens. Als ich wieder hinunter kam, stand Daddy Sherang angespannt, erstarrt vor dem glühend heißen Zulaufrohr. Und jetzt erkannte ich die tiefe Trauer in seinem Gesicht.

»Was ist? Wir werden das Problem schon lösen. Rufen wir eben eine Heizungsfirma an.«

»Das ist es nicht, Tsepa.« Sherang setzte sich auf die unterste Stufe der Treppe, das Zulaufrohr immer im Blick. »Es könnte der Moment sein.«

»Welcher Moment?«

»Es wird etwas geschehen, hier, im Haus, bald. Vielleicht jetzt.«

Es ist nicht Sherangs Art, Andeutungen zu machen, und schon gar nicht pflegt er sich in düsteren Voraussagen zu ergehen.

Im ersten Moment dachte ich, daß er um sein Leben fürchtete. Ich setzte mich neben ihn und legte ihm den Arm um die Schulter: »Hey, Daddy Sherang. Was isch? Bisch chrank?«

Er lächelte blaß, weil ich – liebevoll – ins Schweizerische gefallen war, das ja dem Gailingerischen ganz nahe ist. »Nein, nein. Wir haben doch kürzlich das Sandmandala vorbereitet. Als du aus dem Zimmer gingst, habe ich etwas von dem blauen Sand verschüttet.«

»Nun gut. Du wirst es in Ordnung gebracht haben.«

»Nachdem ich mich vom ersten Schreck erholt hatte, ja.«

»Bisch so verschrocke, bloß wege dere Ugschicklichkeit?«

»Über das Ergebnis. Der heruntergefallene Sand zeigte eindeutig einen Totenkopf.«

Jetzt war es an meinem Herzen, heftig zu pochen. Wenngleich ich die Tragweite des Vorfalls immer noch nicht erfaßte. Aber eine Intuition hatte ich doch: Daddy Sherang mußte sich ebenfalls in den alten Bön-Praktiken und -Auffassungen etwas ausgekannt haben. Eine lupenreine Gelbmütze hätte in so einem Fall ein die Geister besänftigendes Gebet gesprochen und den Vorfall dann für beendet gehalten.

»Du weißt, vielleicht besser als ich, was das bedeutet, wenn sich ein Totenkopf neben einer Reliquie, einem Bild einer bestimmten Person zeigt?«

»Welcher Person?«

»Tenzin Gyatso.«

Mein Mund fühlte sich plötzlich sehr trocken an. Ich mußte mehrmals meine Zunge im Mund herum führen, bis ich antworten konnte: »Die Bön sagen, daß entweder Seine Heiligkeit in Gefahr ist ...«

»... oder jemand seinetwegen.«

»Es lag ein Bild des Dalai Lama neben dem Sand-Rahmen?«

»Darunter, Tsepa, darunter. Ich wollte ihm das Sandmandala widmen und hatte ein Foto von ihm unter den Sand-Rahmen gelegt.«

Nun hatten meine eigenen Studien der Bön-Tradition keineswegs dazu geführt, daß ich alles für bare Münze genommen hätte, was sie schreiben, und schon gar nicht, was man über sie schreibt. Viele Berichte über die alten Bön-Priester stammen aus der Feder von Gelbmützen. Sie sind in der Grundhaltung nicht gerade wohlwollend und dichten ihren Kollegen auch schon mal einen Aberglauben an, über den diese sich selbst lustig gemacht hätten. Schon aus diesem Grunde war ich seit langem dazu übergegangen, einiges aus der Bön-Tradition selbst auszuprobieren. Ich wollte sehen, was es wirklich für die reale priesterliche Arbeit hergab. Ich hatte mir also, trotz allem, eine gewisse Distanz dazu bewahrt.

Sherang hingegen schien mir intimer erschüttert. Bei mir war es nur ein kurzer Schreck.

»Nehmen wir an, es ist so. Können wir nicht versuchen, Schutzgötter herbeizurufen, und – warum nicht? – ein Telegramm nach Dharamsala schicken mit einer Warnung?«

»Ich glaube gar nicht, daß es ihn selbst betrifft. Ich muß dir sagen, ich hatte unmittelbar das Bild, daß hier im Hause eine Tragödie geschehen könnte.«

»Jemand würde sein Leben geben für den Dalai

Lama?« Ich konnte das nicht so ganz ernst nehmen. Es schien mir doch zu kraß. Keiner von uns neigt zu irgendeiner Art von Dramatik, sieht man von Tashis abenteuerlichen Erzählungen einmal ab.

»Ich bin kein Hellseher«, sagte Sherang milde. »Ich sage nur, was ich in diesem Moment empfunden habe. Und als du mich riefst, fiel es mir wieder ein.«

Teshe blickte Sherang ein wenig amüsiert aber auch erschrocken an. Wobei ich glaube, er war weniger wegen des Vorfalls erschrocken als darüber, daß Sherang sich so aus der Fassung bringen ließ.

»Es tut mir leid. Ich hätte die Finger von der Heizung lassen sollen.«

Mir schien es jetzt das Gegebene zu sein, zunächst einmal das technische Problem zu lösen. Ich ging noch einmal zum Telefon hinauf. Tatsächlich erreichte ich auch einen Heizungsnotdienst in Winterthur. Sie wollten in einer Stunde im Kloster sein.

»Gleich kommt ein Techniker«, sagte ich, wieder unten, zu Sherang. »Hast du denn Angst vor einer Explosion?«

»Wenn ich es genau bedenke, nein. Ich hatte bei dem Vorfall das Gefühl, einer ... würde sterben.« Und er lächelte sogar wieder etwas. »Aber wenn dieses Ungeheuer birst, trifft es ja uns alle hier unten. Insofern ...«

»... ist das größere Unglück das kleinere.«

»So etwa.«

»Und wenn keiner hier unten ist, kann auch keiner zu Schaden kommen. Laß uns oben auf den Techniker warten.«

Sherang stand auf, und wir gingen zu dritt hinauf zum Parkplatz, um zu warten. Thubten, der uns aus seinem Fenster gesehen hatte, kam auch herunter.

»Was ist los? Ihr macht ja ein Gesicht, als sei euch der Federball abhanden gekommen.«

Sherang hatte sich noch nicht so weit erholt, daß Scherze schon angebracht gewesen wären.

»Das Hauptventil an der Heizung klemmt.« Ich sagte es betont knapp und ernst, damit Thubten spürte, daß es nicht der Moment für Albernheiten war. »Aber ein Techniker kommt gleich.«

»Ich kann ja auch mal nachsehen«, meinte Thubten, schon wieder auf dem Weg zum Eingang.

»Nein!« rief Sherang mit ungewöhnlicher Schärfe, wie man etwa einem Hund befiehlt.

Er hatte zwar seine aktuelle Angst schon wieder überwunden. Dennoch wich die Traurigkeit nicht aus seinem Gesicht. Auch wenn dieses technische Mißgeschick nun voraussichtlich in Kürze behoben sein würde, schien er sicher zu sein, daß das eigentliche Unglück noch bevorstand. Da er trotz seiner Traurigkeit auch lächeln konnte, empfand ich, daß er etwas schon akzeptierte und zu verstehen suchte, was noch gar nicht geschehen war, und dessen Natur er auch noch gar nicht kannte. Einen Reim darauf konnte ich mir zu diesem Zeitpunkt nicht machen.

Heute kann ich es.

Thubten spricht im Rundfunk

»Hier ist der Schweizer Hörfunk, drittes Programm. Es ist 16 Uhr. Sie hören jetzt unsere wöchentliche Sendung für fremdsprachige Minderheiten in unserem Land. Heute spricht Herr Lama Thubten Phala vom klösterlichen Tibet-Institut in Rikon bei Winterthur zu seinen Landsleuten.«

»Tibeter in der Schweiz! Brüder und Schwestern! Kürzlich hatte ich das Vergnügen, einem Fußballspiel zusehen zu können zwischen dem SV Turbenthal und den ›Lhasa Boys‹ aus Rikon. Unsere Jungs waren hochmotiviert. Vor Beginn des Spiels überreichten sie der gegnerischen Mannschaft und dem Schiedsrichter unsere traditionellen weißen Glücksschleifen. Dann sahen wir ein furioses Spiel. Die Lhasa Boys waren besonders mutig im Angriff. Die Mannschaft vom SV Turbenthal hatte ihre Stärke dagegen in der Abwehr. Daß das Spiel Null zu Null endete, spielt keine Rolle. Es war ein faires Spiel, und alle hatten großen Spaß daran. Nach dem Abpfiff wurde ich aber doch nachdenklich. Unsere Leute gingen auf die Turbenthaler zu, ich denke, sie wollten zum guten Spiel Glückwünsche aussprechen, vielleicht etwas Anerkennendes sagen. Aber die Spieler vom SV machten sich abrupt vom Platz, verschwanden in den Kabinen, und so standen die Lhasa Boys recht verloren noch auf dem Feld.

Seien wir glücklich über diese starke und faire Jugend. Aber können wir auch stolz sein auf diese Begegnung? Ist sie nicht ein Bild für unser Leben hier? Natürlich sind wir von Herzen dankbar dafür, daß man uns hier in der Schweiz so fürsorglich aufgenommen hat. Und besonders glücklich sind wir darüber, daß wir als unseren Mittelpunkt das Kloster errichten durften. Aber, Freunde, wer sind wir? Schweizer? Tibeter? – Wir haben uns in Vielem hier angepaßt. Einige von uns fahren leidenschaftlich Motorrad, ja sogar Auto. Wir haben uns in das Denken der Schweizer Behörden, des Finanzamtes, der Stadtverwaltung eingelebt. Viele von uns tragen europäische Kleidung, besonders unsere Jugend. Und die Kinder sprechen das Schwyzer Dütsch oft flüssiger als das Tibetische.

Aber dann sehe ich auch das nur zu verständliche Festhalten an unseren tibetischen Traditionen. Es ist nur eine Kleinigkeit, daß der Schiedsrichter und die Fußballer vom SV Turbenthal recht hilflos dastanden, als sie die Khatags um den Hals gelegt bekamen. Und wäre nicht schnell der Trainer aufs Feld gelaufen und hätte ihnen diese Fremdkörper wieder abgenommen, sie hätten nicht gewußt, was tun. Es ist eine Nebensächlichkeit, aber doch ein Bild. Es ist deswegen ein Bild, weil es ja nicht einfach eine nostalgische Schrulle von uns ist, daß wir zur Begrüßung Khatags überreichen. Wir haben geradezu den Auftrag – ja, den Auftrag, meine lieben

Zuhörer – unsere tibetische Identität gerade hier, im Exil, aufrecht zu erhalten. Daß das Kloster überhaupt errichtet wurde, ist ein Sinnbild dieses Auftrags. Wir sind hier Fremde und sollen diese Fremdheit bewußt, selbstbewußt auch leben. Und viele von uns wollen das ja auch. Aber nun frage ich: Kann ein solcher Auftrag tatsächlich mit Leben erfüllt werden, mit unserem Leben? Sind wir nicht vielmehr zerrissen zwischen Anpassung und Bewahren? Kann das überhaupt anders sein?«

Teshe, Sherang, Tashi, der Abt und ich saßen in der Bibliothek am Radio. Thubten hatte noch nie die monatliche Sendung für die Tibeter übernommen. Meist hatte der Abt gesprochen oder Sherang. Ihre Ansprachen bestanden üblicherweise in religiöser Unterweisung. Nun war der Abt schon länger von einem unangenehmen trockenen Husten geplagt und hatte Thubten gebeten, für ihn einzuspringen. Thubten war schon Tage vorher sehr aufgeregt gewesen. Er hatte sich ein Stichwort-Manuskript vorbereitet und es mir gezeigt. So wußte ich ungefähr, was er zu sagen vogehabt hatte. Dem Abt hatte er das Manuskript nicht gezeigt, ihn aber um Erlaubnis gebeten, die Situation der Tibeter in der Schweiz ansprechen zu dürfen. »Es wird unseren Landsleuten nicht schaden. Vielleicht wird es ja eine ganz entscheidende Rede«, hatte der Abt zu ihm gesagt.

»Laßt es mich auf den Punkt bringen. Wir sind in Gefahr, ein lebendes Museum zu werden. Nicht anders als die Indianer in ihren Reservaten. Nicht anders als die Ureinwohner in Australien, denen man auf kleinen Inseln ihre Schrulligkeiten läßt, um sie wenigstens noch studieren zu können. – Nein, doch anders.«

Thubtens Stimme wurde schärfer und etwas höher. »Wir leben ja nicht in unseren Reservaten. Unser Reservat, die sogenannte Autonome Region Tibet, ein Teil Chinas, ist überfremdet und zerstört worden. Oder soll ich sagen: modernisiert? Die Tibeter sind überall in die Neuzeit gefallen, gestürzt worden – in die chinesische Neuzeit in ihrer eigenen Heimat, in die schweizerische hier, in die deutsche in Hamburg, in die französische in Straßburg. Aber überall sollen wir die tibetische Kultur weitertragen. Was hätten die Indianer gesagt, hätte man sie nach Europa verfrachtet, ihnen ein paar Häuser in einem, sagen wir, deutschen Dorf überlassen, und sie nun aufgefordert, dort schön brav ihre indianische Tradition weiter zu leben? Sie hätten gelacht oder geweint oder beides.

Seht, es kommen Wissenschaftler, Theologen der anderen Religionen, Wundersüchtige und auch ernsthaft am Buddhismus Interessierte hierher und fragen uns nach Dingen, die für uns keine Fragen sind. Ja, kommt ihr euch nicht vor wie in einer Peep-Show?«

Der Abt rührte eine Spur zu heftig in seiner Espressotasse und sah mich über seine Brille hinweg an: »Stand das auch im Manuskript?«

»Die wissen doch gar nicht, was eine Peep-Show ist.« Tashi strich angespannt sein Gewand glatt.

»Wollt Ihr wirklich begafft werden bei dem Versuch, etwas Unmögliches zuwege zu bringen: Tibeter zu sein außerhalb Tibets?« Thubten machte eine Pause und fuhr dann leise, gefährlich leise, wie ich fand, fort: »Wir alle wissen, wer uns diesen Auftrag gegeben hat.« Wieder Pause. »Ja, es war Tenzin Gyatso.« Erneute Pause. Thubten schien zu überlegen, wie er fortfahren könnte. »Der hat doch ... Hat er wohl gewußt, daß Ihr hier im Ausland hart arbeiten müßt? Daß Ihr die abgetragenen Kleider und Schuhe großzügiger Schweizer tragen sollt? Daß Ihr eine teure Krankenversicherung bezahlen müßt? Daß Ihr hier, um Euch anzupassen, monströse technische Geräte für teures Geld kaufen müßt?«

»Du nutzt gerade ein solches monströses technisches Gerät«, murmelte der Abt und löffelte den Rest Zucker aus der Tasse.

»Fernsehgeräte ..., Waschmaschinen ..., Radios ... - ja, auch Radios - kann man damit tibetische Kultur aufrechterhalten? Wieviele von Euch haben mir erzählt, wie sie in den ersten Monaten in der Fabrik mit vor Angst trockener Kehle die Maschinen zu bedienen versucht haben. Manchen erschien die Maschine wie ein unberechenbares Tier, bösartig, unbezähmbar. Gut, inzwischen habt Ihr Euch daran gewöhnt. Aber ist das ein gutes Zeichen? Wärt Ihr nicht ganz anders, nämlich selbstbestimmt und auf unsere Art in den Gebrauch von Maschinen und technischen Geräten hineingewachsen, wenn wir auf eine friedvolle Weise die Neuzeit nach Tibet geholt hätten? - Brüder und Schwestern, ich denke manchmal, es war ein Fehler, daß sich unser Land so lange vor der Neuzeit verschlossen hat. Jetzt hat sie uns mit Gewalt überrollt, in China genauso wie hier. Wollen wir das jetzt generationenlang hinnehmen, solange bis wir nicht mehr wissen, was ›tibetisch‹ ist?«

»Vielleicht hätte ich doch das Manuskript vorher einsehen sollen.« Der Abt war äußerlich ganz ruhig, aber man sah, daß er inständig hoffte, daß Thubten noch zu einer aufbauenden Wendung finden würde.

»Was wäre, wenn wir zurückgingen? Stellt Euch vor, alle Exiltibeter aus Europa, aus Indien und Nepal würden aufbrechen und ihre Heimat wieder in Besitz nehmen. Eine eigene tibetische Neuzeit entwickeln. – Ein Traum, sagt Ihr?«

»Nicht einmal das.« Der Abt mußte seiner Anspannung Erleichterung verschaffen. Er stand auf, machte sich noch einen Espresso und holte umständlich eine Packung Kekse aus dem Schrank.

»Wieso Traum? Ihr wißt, weshalb es ein Traum ist.« Pause. »Seine Heiligkeit, Tenzin Gyatso, ist bekanntlich ein äußerst friedliebender Mensch. Das schätzen wir alle an ihm. Das schätzt auch die Weltöffentlichkeit, sofern sie sich überhaupt für unsere Belange interessiert.« Dann, mit schriller Stimme: »Das schätzen auch die Chinesen.«

Und wieder ruhiger: »Vielleicht ist eben dies das Problem: diese bedingungslose Friedfertigkeit unseres Führers und seiner Exilregierung. Ich sage ...«

»Vergaloppiere dich nicht«, sagte der Abt zum Radio hin.

« ... diese Friedfertigkeit ist das Hindernis. Sie hindert uns daran, unser Land wieder in Besitz zu nehmen und unsere eigene Neuzeit zu entwickeln. Jawohl ...« (Es gibt im Tibetischen kein Wort für »Jawohl«, Thubten sagte »Jajaja«, was im Tibetischen eher aufgeregt klingt als bestimmt.) »Die Staatskerle in Dharamsala beraten ihn falsch. Sie haben ihn schon immer falsch beraten, schon in Lhasa noch. Hatte er nicht noch als junges, gerade inthronisiertes Oberhaupt in Tibet die Reformen seines Vorgängers fortgesetzt? Hatte er nicht die Überschuldung der Bauern annulliert, die der beschämenden Abhängigkeit von einigen Adelsfamilien sonst nie mehr entronnen wären?

Aber er war noch jung. Er konnte sich schon damals nicht wirklich durchsetzen. Die Regierungsbeamten haben ihn gebremst. Sie haben ihn überredet, das 17-Punkte-Abkommen nicht anzuerkennen. Hätte der Dalai Lama damals das 17-Punkte-Abkommen anerkannt, hätten die Chinesen unser Land nicht mit Gewalt zu nehmen brauchen. Ist euch klar, was die Chinesen uns zugesagt haben in jenem Vertrag von 1951? Ich zitiere daraus: ›Punkt 4 – Die Zentralbehörden werden das bestehende politische System in Tibet unverändert lassen. Die Zentralbehörden werden außerdem den bestehenden Status, die Funktionen und Befugnisse des Dalai Lama nicht antasten.‹ Oder: ›Punkt 7 – Religion, Sitten und Gebräuche des tibetischen Volkes sollen respektiert und die Lamaklöster geschützt werden. Die Zentralbehörden werden den Klöstern unverändert ihre Einkünfte belassen.‹ Und so fort und so fort.«

»Er redet, als würde er von den Chinesen bezahlt«, dachte ich.

Und Teshe sagte: »Er müßte es besser wissen. Sie hatten nicht vor, sich an diesen Vertrag zu halten. Und Punkt 1 des Abkommens unterschlägt er: ›Das tibetische Volk soll in die große Familie des Mutterlandes – der Volksrepublik China – zurückkehren.‹«

»Warum macht er das?« Der Abt drückte damit mehr Verwunderung und eine gewisse Resignation aus als eine Frage.

Thubten endete mit einer merkwürdig kloßig und eng klingenden Stimme: »Aber so ist es. Der Dalai Lama ist geflohen. Er hat jedes Zusammentreffen mit den chinesischen Abgesandten vermieden. So konnten die Chinesen in Lhasa einfallen.

Dann haben sie getan, was sie tun mußten. Sie haben es nicht besser gewußt. Sie kannten unsere Kultur nicht. Sie konnten nicht wissen, was uns die Klöster bedeutet haben. Sie wollten einfach Platz schaffen für das Neue, für eine moderne Zivilisation, eine moderne Gesellschaft.

Aber wir sitzen jetzt hier, mitten in einer Neuzeit, die nicht die unsere ist und die man doch gerade vermeiden wollte, als man das Gespräch mit den Chinesen verweigerte.« Pause. Thubten schien nicht recht weiter zu wissen. Er hatte sich längst von seiner Vorlage entfernt. Wahrscheinlich überlegte er, wie er wieder zu ihr zurückfinden könnte. Dann schien er aufzugeben. Mit einem dünnen Stimmchen schloß er ab: »Seien wir also zufrieden mit dem, was wir haben. Seien wir zufrieden damit, daß wir unser Zentrum haben. Und wünschen wir Seiner Heiligkeit, daß sie unversehrt bleiben möge.«

Bei »unversehrt«, das er eigentlich nur noch, sich schon entziehend, hinhauchte, schauten Sherang und ich uns entgeistert an. Wie kommt er jetzt auf »unversehrt«?

Kein Mensch hätte es in Erwägung gezogen, daß dem Dalai Lama etwas zustoßen könnte. Es war ein eigenartig überflüssiger Wunsch. Teshe, Tashi und der Abt gingen ohne weiteren Kommentar aus der Bibliothek, als Thubten geendet hatte. Der Abt ließ sogar die halbvolle Espressotasse am Radio stehen. Ich blieb mit Sherang zurück.

»Ungewohnt temperamentvoll.« Sherang blickte immer noch auf das Radio, das inzwischen Werbung brachte.

Das Telefon klingelte. Ein aufgebrachtes Gemeindemitglied, ein alter Mann, verlangte mit bebender Stimme, Thubten zu sprechen.

»Thubten Phala ist noch in Winterthur im Studio.«

»Dann geben Sie mir einen der Mönche.«

Ich übergab an Sherang, der, sichtlich erregt, in den Hörer lauschte.

»Wenn Sie es wünschen, werde ich ihm das ausrichten. Ja. Auf Wiederhören.«

»Was wollte er?«

»Ich soll Thubten von diesem Mann ausrichten, daß er sich zum ersten Mal in seinem Leben für einen Lama geschämt habe.«

Als Thubten gegen 18 Uhr zurückkam, ging er sofort in sein Zimmer hinauf. Erst am Abend – wir hatten schon gegessen – kam er in die Bibliothek, geschäftig nach einem Buch suchend.

Sherang stand auf und führte ihn am Arm, wie einen Gast, an den großen Tisch. »Warst du aufgeregt? Bist du mit der Technik klargekommen?«

Thubten schien erleichtert und erzählte ausführlich und eine Spur zu laut von der Handhabung des Mikrofons, dem Mischpult und dem eigenartigen Gefühl in dem schalldichten Raum, sich nicht richtig zu spüren. Seine Frage, wie wir seine Rede fanden, lag in der Luft. Aber er sprach sie nicht aus.

»Jetzt ist es so.« Tashi unterbrach Thubtens weitschweifige und schnelle Erzählung.

»Du hast einiges gesagt, Thubten, was du vorher nicht überlegt hattest.« Sherang goß ihm Buttertee ein. »Ein alter Mann, der mit seinen Enkeln in Ehrikon wohnt, du erinnerst dich vielleicht, seine Frau ist auf der Flucht von den Chinesen erschlagen worden, hat angerufen und gebeten, dir auszurichten, daß er sich schämt.« Thubten senkte den Kopf und sah müde aus. Der Abt sagte gar nichts. Er sah Thubten forschend an, nicht so sehr aus kritischer Distanz, sondern interessiert, fragend.

»Einige könnten dich mißverstanden haben.« Sherang blickte auf Thubtens gesenkten Kopf.

»Seelsorge war es jedenfalls nicht«, sagte Tashi.

»Schmerzlich ist, wie du über Seine Heiligkeit gesprochen hast.« Sherang blickte immer noch geduldig auf den gesenkten Kopf.

Jetzt hob Thubten sein Gesicht. Er hatte Tränen in den Augen. »Es kam einfach aus mir heraus. Ich hatte es mir nicht so zurecht gelegt.«

Sherang stand auf und ging um den Tisch zu Thubten. Er beugte sich zu ihm hinunter und nahm ihn von der Seite in den Arm. »Das wissen wir, Thubten.«

»Es ist einfach so aus mir herausgebrochen. – Aber ich habe ja am Schluß auch gesagt, daß es in Ordnung ist, wie es ist.«

»Gesagt, ja. Wenn eine junge Frau zu mir sagt, daß sie mich interessant findet, und sich dann einem anderen am Tisch zuwendet – gut, dann hat sie es gesagt. Aber es ist nichts.«

Tashis ungewohnter, jedenfalls in dieser Runde ungewohnter Bekenntnisdrang wirkte entspannend. Schließlich hatte er noch nie von fehlgeschlagenen Abenteuern berichtet.

Selbst Thubten lächelte. »Mist. Ich bin zu weit gegangen. Ich weiß.«

»Zu weit? Thubten, was heißt zu weit? Das heißt ja, dennoch in die richtige Richtung.« Sherang behielt ihn im Arm, schien ihn sogar noch fester zu drücken, als ob er ihn davor bewahren wollte, sich noch einmal zu verrennen.

»Ich weiß nicht, was richtig ist. Manchmal beneide ich die Europäer. Sie haben alle einmal ihre Revolution gehabt, Aufstände, Aufruhr gegen eine fehlgeleitete Obrigkeit.«

»Das haben die Khampas 1954 auch getan. Und 56. Und 59. Sie sind niedergeschlagen worden.«

»Ja, die Khampas. Unsere Nomaden waren schon immer stolze Leute. Und wo sind sie jetzt? Sie sind jedenfalls nicht geflohen.«

»Die Region, die früher ihre Heimat war, gehört nicht einmal zur Autonomen Region Tibet. Es ist jetzt einfach eine chinesische Provinz. Das ist es, was sie erreicht haben«, wandte Tashi ein.

Thubten sah sehr traurig und müde aus. Er stand auf und nahm seinerseits Sherang in den Arm.

Der Abt räusperte sich. »Tsepa und Thubten, ihr holt jetzt eure Kegeloboen, damit wir das Abendgebet beginnen können.« In seiner Stimme lag eine unwiderstehliche Milde.

Nach der Zeremonie stand der Abt als erster auf. Er ging zur Tür. Die Klinke in der Hand drehte er sich noch einmal um. »Übrigens, in vier Wochen kommt Seine Heiligkeit Tenzin Gyatso auf der Durchreise zu einem kurzen Besuch hier vorbei. Ganz inoffiziell. Er will weiter nach Straßburg. Er ist im europäischen Parlament eingeladen. Also keine große Sache für uns hier. Die Straßburger Freunde werden sich seiner annehmen.« Und leise: »Habt keine Angst.«

Ich weiß nicht, wer mehr erschrak, Thubten oder ich.

»Habt keine Angst«, hatte er gesagt. Wovor? Daß man Thubten bei Seiner Heiligkeit anschwärzen würde? Das würde keiner von uns tun und auch unsere Landsleute nicht. Auch die nicht, die sich über seine Rede geärgert hatten. Wovor also hätten wir Angst haben sollen? – Mir fielen Thubtens letzte, klägliche Worte seiner Rundfunkrede wieder ein: »Und wünschen wir Seiner Heiligkeit, daß sie unversehrt bleiben möge.«

Der kupferrote Hund versöhnt uns

Hätte Thubten nicht den kleinen Mischlingsrüden aufgenommen, wären wir womöglich gar nicht mehr ins Gespräch gekommen, so kurz vor seinem Ende.

Sein Schritt war schwer geworden. Gemeindebesuche vermied er. Er achtete darauf, nicht ans Telefon gehen zu müssen. Wenn ich ihn ansprach, gab er, mich mit dem Blick nur streifend, irgend etwas Mürrisches von sich. Am Frühstückstisch saß er steif und schweigend. Scham und Trotz machten ihn unzugänglich.

Eine Woche nach Thubtens verunglückter Rede tauchte dann dieser kupferrote Hund auf. Trotz offensichtlicher Verwahrlosung und Verschmutzung strahlte er eine gewisse Eleganz aus. Ich kam zu Fuß von einem Gemeindebesuch oben in Ehrikon zurück, als sich dieses Tier mir anschloß. Wann er genau erschienen ist, habe ich gar nicht bemerkt. Ich hatte nur plötzlich das Gefühl, nicht allein zu sein. Mit federnden Schritten lief er fast neben mir her, höchstens eine Schrittlänge zurück. Er mußte vorher durch den Wald gestromert sein. Erst war mir seine Begleitung etwas ungemütlich, aber er schien harmlos. Trotzdem getraute ich mich nicht, ihn anzufassen.

Als wir uns dem Kloster näherten, blieb der Hund etwas weiter zurück. Zunächst dachte ich, er zögert, ob er weiter mitkommen soll. Aber er machte jetzt einen kranken Eindruck. Er blieb immer wieder stehen, die spitze Schnauze auf den Boden haltend, nicht schnüffelnd allerdings, sondern als warte er auf etwas. Dann zog er rhythmisch den Bauch ein und kotzte schließlich. Ich ging die paar Schritte zu ihm zurück, legte nun doch meinen Arm um seine dürre Schulter und streichelte seinen Bauch. Sofort kotzte er wieder. Ich sprach ihm gut zu, kraulte ihn am Hals, klopfte ihn leicht an der Flanke. Er sah mich unverwandt an, erbrach noch einmal.

»Wenn du ihn noch weiter streichelst, wird er nicht aufhören zu kotzen.« Thubtens Stimme schnitt herrisch durch die Stille. Er hatte mich vom Dach des Klosters aus beobachtet, wo er die neuen Gebetsfahnen aufhängte Der Hund ging einen Schritt in die Richtung des Klosters. Ich stand rasch auf. »Er scheint krank«, rief ich hinauf.

»Kann sein. Aber laß ihn in Ruhe.«

Der Hund und ich blickten uns aus zwei Schritt Entfernung etwas paralysiert an. Er wußte offenbar auch nicht, was er jetzt tun sollte. Ich hörte die Haustüre zuschlagen. Thubten kam mit energischen Schritten herüber.

»Wenn ein Hund kotzt, darf man ihn nicht anfassen«, rief er mir noch im Gehen zu.

»Woher soll ich das wissen?« Mein Ton dürfte etwas gereizt geklungen haben.

Als der Hund Thubten kommen sah, schnupperte

er an seinem Erbrochenen, leckte daran, sah wieder zu Thubten hin, legte die Ohren an und setzte sich schließlich daneben.

»Wahrscheinlich hat er sich mit etwas vergiftet. Man muß ihn in Ruhe lassen.«

»Das habe ich jetzt verstanden.«

Thubten war jetzt ganz der Hundefachmann. »Er hat schaumige Galle erbrochen. Und er ist halb verhungert. Da wirkt eine Beere, die er vielleicht gefressen hat, wie Gift.« Der Hund sah von Thubten zu mir und von mir zu Thubten. Er schien angespannt.

»Wir lassen ihn jetzt in Ruhe ...«

»Thubten ...«

»Er merkt, daß wir über ihn sprechen. Das regt ihn auf in seinem Zustand. Gehen wir einfach ein paar Schritte und beachten ihn gar nicht. Das wird ihn lösen.«

»Bitte sehr. Wenn ich dabei dich beachten darf ...«

»Was soll das?«

»Ich bin allen Schutzgöttern dankbar, daß du wieder ein paar Worte mit mir wechselst. Du hast mich ja ganz schön auf Entzug gesetzt.«

»Ach so. Das. Ich mußte mir allein darüber klar werden, wo ich stehe.«

Wir gingen langsam den Waldweg Richtung Ehrikon zurück.

»Du weißt, daß niemand von dir verlangt hat, dir allein darüber klar zu werden.«

»Nimm es nicht persönlich.«

»Oh nein. Dankenswerterweise hast du dich vor den anderen genauso abgeschottet wie vor mir.«

»Erzählst du immer alles, was dir durch den Kopf geht?«

»Nein. Aber ich mach auch keine Demonstration daraus.«

»Okay. Ein bißchen habe ich mich wohl auch geschämt. Die Rede war verunglückt.«

»Das weiß ich selbst.«

»Jedenfalls war sie unklar. Oder, sagen wir mal, wir hoffen alle, daß sie unklar war.«

Thubten sah mich mit irritiert hochgezogenen Augenbrauen an.

»Naja. Was du da im Radio über Seine Heiligkeit gesagt hast …«

Thubten schwieg. Er blickte unverwandt geradeaus und, wie mir schien, mit etwas barsch vorgestrecktem Kinn.

»Willst du nicht jetzt mit dem Abt oder Sherang darüber sprechen?«

Er antwortete ganz einfach nicht.

»Oder – würdest du mit Tenzin Gyatso sprechen wollen, wenn er zu Besuch kommt? Der Abt würde das sicher arrangieren können.«

Thubten senkte kurz den Kopf und erhob ihn sofort wieder, herrisch, entschlossen

»Eine Sphinx ist eine Gerüchteküche gegen dich, Thubten.«

Unvermittelt und, für mein Empfinden jedenfalls, etwas aufgesetzt fröhlich drehte Thubten sich nach dem Hund um. Er beugte sich zu ihm hinunter. »Na, mein Kleiner, geht es besser?« Er griff ein Aststück vom Boden und warf es die Straße entlang. Der

Hund rannte hin, schnupperte daran, sah Thubten an. Dann hob er den Hinterlauf und pinkelte auf das Holz. Thubten lachte. »Oho. Da mag sich einer nicht unterordnen. Ein stolzes Tier.«

»Vielleicht ein Revolutionär.« Das hätte ich nicht sagen sollen. Thubten war eben doch nicht zu Scherzen aufgelegt. Er sah mich bissig an, und es hätte mich nicht gewundert, wenn er noch zu knurren angefangen hätte. Er drehte sich auf dem Absatz um. Mit betonter Ruhe sagte er: »Vielleicht sollte man ihn füttern.«

»Nachdem er gerade gekotzt hat?«

»Wenn sie gekotzt haben, ist es vorbei.«

Weitere Worte vermeidend, weil wir wohl beide spürten, daß sie zum Streit geführt hätten, gingen wir zum Klostergebäude zurück. Der Hund kam neugierig mit, den zotteligen Schweif in hohem Bogen erhoben, die Ohren spitzig und nach vorne gestellt.

Thubten ging geradewegs auf den Holzverschlag zu, der am Rande des Parkplatzes, zum Wald hin, als Allzweckschuppen schon lange vor sich hin faulte. Thubten öffnete die quietschende Türe. Er räumte einige Kisten beiseite, zerrte einen halb verrosteten Dachgepäckständer heraus und die Ölkanister. Die alte Matratze, die einen Berg von Gerümpel bedeckte, zog er auf den Boden herunter und legte sie in eine Ecke.

»Hier kann er schlafen. Ich koche ihm Haferflokken auf. Etwas Hackfleisch von den Nomos müßte auch noch da sein. Ich bin gleich zurück.«

»Bitte schön«, sagte ich. Der Hund und ich standen jetzt auf dem Platz herum. Jeder sah in eine andere Richtung. Keiner wußte, ob und wie er jetzt auf den anderen zugehen sollte.

Nach ein paar langen Minuten kam Thubten mit Sherang heraus, zwei Näpfe im Arm.

»Natürlich, hier kann er fürs erste bleiben ...« Sherang ging ein paar Schritte von dem Hund entfernt in die Hocke und betrachtete ihn aufmerksam.

Thubten war ganz in seinem Element. Er stellte die beiden Schüsseln, Haferbrei und mit Brot vermischtes Hackfleisch unter das Vordach des Schuppens.

»Wenn er Besucher ankläfft, müßten wir ihn allerdings woanders unterbringen, Thubten«, sagte Sherang.

»Oder den Dalai Lama ...« Es rutschte mir heraus. Ich glaube, mir ist sofort die Röte ins Gesicht geschossen über meine Frechheit.

Daddy Sherang stand ernüchtert auf und sah mich lange an. Oder vielmehr, er sah durch mich hindurch in irgendeine Ferne.

»Keine Sorge«, sagte er dann langsam, immer noch sinnend, »wir werden ihn schützen.« Und es schien mir offen, ob er den Hund oder den Dalai Lama meinte.

Ich ging zum Schuppen hinüber, wo Thubten mit heftigen, eckigen Bewegungen Bretter und Kisten hin und her wuchtete.

»Entschuldige. Ich glaube, ich bin auch etwas angespannt.« Thubten nickte und schob mir mit dem Fuß einen Autoreifen hin.

»Kannst du den hinter den Schuppen rollen?«

Verschmiert an Händen und am Gewand kam ich wieder hinter dem Schuppen hervor. Sherang und Thubten lachten auf, als sie mich so sahen. Der Hund nahm es als Aufforderung zum Spiel. Er griff mit dem Maul einen Tannenzapfen und legte ihn vor Thubten ab. Thubten kickte den Tannenzapfen quer über den Platz. Der Hund rannte hinterher. Er biß hinein, warf den Tannenzapfen hoch mit dem Maul, schlug mit der Pfote dagegen und kugelte ihn mit der Schnauzspitze wieder vor Thubtens Füße.

Thubten war jetzt in gelösterer Stimmung. Vertieft in das Spiel mit dem Hund, schien er es nicht zu bemerken, als Sherang und ich wieder ins Haus gingen.

»Es wird ihm gut tun, daß der Hund da ist«, sagte Sherang. Der Abt kam uns entgegen. Er hatte sich eine Tafel Schokolade aus der Küche geholt.

»Ich bin froh, daß Thubten sich überhaupt von irgendjemand gut tun läßt«, murmelte er im Vorbeigehen.

Was sucht Tendé im Potala?

Ich vermute, es war der Todestag eines verstorbenen Dalai Lamas. Wahrscheinlich war ich zu Zeremonien hinaufbestellt worden. Einen anderen Anlaß, warum ich mich auf dem Dach des Potala hätte aufhalten sollen, wüßte ich nicht. Von dort oben hat man ja Zugang zu den Grabstätten der früheren Dalai Lamas. Optisch krönen diese Grabhäuser, wenn man von Lhasa oder von der westlichen Ebene herüberblickt, den gewaltigen Bau des Potala. Dabei sind es eigentlich nur nachträglich obenauf gesetzte kleine Grabhäuser mit jeweils allerdings wunderschönen stupaförmigen, mit Goldblatt belegten Dächern. Es sind einige Mönche eigens dafür abgestellt gewesen, täglich diese Dächer zu polieren. Da die Dalai Lamas als einzige Tibeter nach ihrem Tode nicht den Geiern vorgelegt, sondern einbalsamiert und bestattet werden, gibt es auch nur für sie diese Gedächtniszeremonien.

Jedenfalls hielt ich mich auf dem Dach des Potala auf. Die für mich seltene Gelegenheit nutzend, blickte ich auf Lhasa und das Kyi-Chu-Tal hinunter. Ich habe den breiten Anblick wieder deutlich vor Augen. Noch eindrucksvoller allerdings war der Blick nach Norden, vom hinteren Dachrand also auf den Lukhang-See hinunter mit dem kleinen Lu-Tempel auf einer winzigen Insel mittendrin. Der See ist ja entstanden, als man den Potala errichtete – immerhin durch einen Dalai Lama, der einer Nyingmapa-Familie entstammte; es war der Große Fünfte. Man grub einfach das Gestein aus dem felsigen Boden und schaffte es auf den Roten Berg, auf dem dieser Palast errichtet werden sollte. Die weiträumige aber flache Grube füllte sich mit Wasser und seitdem wird der Rote Berg rückseitig von diesem See begrenzt.

Ich stand also am übrigens unbewehrten Dachrand, als ich ein kleines Boot langsam über den See herübergleiten sah. Da die Nordseite schon im Abendschatten lag, war nur die Silhouette zu erkennen. Dann entschwand das Boot meinem Blick. Denn der Lukhang schließt sich direkt an den rückwärtigen Fuß des Roten Berges an. Der Potala aber ist oben etwas nach vorne, also südlich gesetzt, so daß das Potala-seitige Ufer vom Dach nicht eingesehen werden kann. Ich schickte meinen Blick wieder in die Ferne, zu den nördlichen Bergen hinüber, deren Silhouette in der flachen Abendsonne rötlich glänzte.

Als nächstes hörte ich Schritte auf Kies. Diese rückwärtige Rampe wurde wohl selten benutzt. Sie ist auch nicht ungefährlich. Sie ist unbefestigt, und bei Regen verrutscht sie. Heute ist sie bekanntlich zur komfortablen Schotterstraße aufgeschüttet. Wie ich gelesen habe, werden die Touristen in Jeeps über diese rückwärtige Straße zum hinteren, ganz oben gelegenen Eingang des Potala hinaufgefahren, während die Pilger, heute wie damals, die endlosen Treppen auf der Vorderseite hinaufsteigen.

Ich muß gestehen, daß ich mir zu diesem Zeitpunkt, wenn ich mich jedenfalls recht erinnere, noch keine Gedanken machte. Ich weiß nicht genau, was mir durch den Kopf ging. Aber es schien mir offenbar nicht weiter bedenklich, daß jemand von der Nordseite her den Zugang zum Potala wählte.

Erst als die Schritte sich zunächst wieder entfernten, sodann wieder näher heraufkamen, dann statt Schritte auf Kies nur das Rascheln von Buschwerk zu hören war, dann der dumpf knirschende Aufprall eines Körpers auf Geröll, war ich irritiert. Da kam jemand nicht geradewegs herauf. Vielmehr suchte diese Person augenscheinlich etwas, zögerte, ging zurück, wählte einen Gang durchs Gebüsch, lief dann wieder auf Kies hin und her.

Sehen konnte ich nichts. Die Abenddämmerung war schon angebrochen. Außerdem war, wie erwähnt, schon aus räumlichen Gründen der Hang vom Dach aus gar nicht in den Blick zu bekommen. Ich wollte nun doch der Sache nachgehen und stieg die Stufen hinunter, die vom Dach aus zwischen zwei Gebäudeteilen auf die Dächer der auf einen Hangrücken aufgesetzten kleinen Verwaltungstrakte führen. Diese rückwärtigen Gebäudevorsprünge liegen wie eine Treppe dreistufig dem eigentlichen Potala nachgeordnet zum See hin. Auf dem zweiten Dach angekommen, ging ich zur Westseite und versuchte von da aus, den Hang einzusehen. Tatsächlich erkannte ich eine Gestalt, die jetzt eine Klettermöglichkeit suchte, vom oberen Hangrand aus, wo eben dieses Gebäudeteil aus dem Berg ragt, über Buschwerk Zugang zum Gebäude zu finden. Äste knackten, die Person rutschte offenbar immer wieder zurück. Dann ein Sprung. Schuhe kratzten am Gemäuer. Stille.

Ich bin heute froh, daß ich geistesgegenwärtig sofort die Schlußfolgerung zog, daß da jemand durch das unterste Fenster eingedrungen sein mußte. So schnell ich konnte – wahrscheinlich hatte ich noch ein Zeremonialgewand an, auf jeden Fall weiß ich, daß ich Mühe hatte, mich behende zu bewegen –, betrat ich über die zu diesem Dach führende Türe des darüber liegenden Gebäudeteils den Verwaltungstrakt, auf dem ich gestanden hatte, und sprang nun über die Innentreppe zum Flur.

Tendé Phulojang! Dreckig, das Gesicht und die Hände zerkratzt, das Gewand mehrfach aufgerissen, den linken Schuh nur noch von einem einzigen Band am Fuß gehalten.

In solchen Momenten stellt man dumme Fragen. »Was machst du hier?« fragte ich. Natürlich kann man in einer so kompromittierenden Situation nicht mit einer ehrlichen oder auch nur vernünftigen Antwort rechnen. Er starrte mich mit weit aufgerissenen Augen an, die Arme etwas seitlich und nach vorne abgehalten vom Körper, so als wolle er sogleich losspringen.

»Ich habe hier gestern einige Amulette vergessen.«

»Warum kommst du nicht vorne die Treppen hoch?« Eine weitere dumme Frage.

»Ich hatte es eilig. Ich brauche die Amulette heute abend.«

Wir standen beide starr voreinander.

»Dann such sie«, sagte ich lauernd.

Tendé sah sich um. »Es ist schon dunkel.«

»Du wirst wissen, wo du sie vergessen hast.«

»Eben nicht. Ich hatte sie aus der alten Kammer oben geholt und sollte sie ins Ramoche-Kloster bringen. Ich hatte dann aber hier noch bei der Verwaltung zu tun, und jetzt weiß ich nicht mehr, wo ich sie abgelegt habe.«

Ich eigne mich nicht zum Detektiv, und auf einen Preis für intelligente Verhörtechnik würde ich vergeblich warten. Sonst hätte ich erstens nicht so dumme Fragen gestellt, die Tendé ja nur die Möglichkeit geboten haben auszuweichen, und zweitens hätte ich nicht an dieser Stelle aufgegeben.

Tendé entspannte sich bei den letzten Worten. Er muß meine Hilflosigkeit erkannt haben. Gelassen wandte er sich dem Treppenhaus zu. »Muß ich eben morgen suchen«, sagte er noch. Und unvermittelt stand ich alleine auf dem dunklen Flur. Schließlich gab es damals kein elektrisches Licht im Potala – ich weiß nicht, ob er heute überhaupt elektrifiziert ist –, sondern nur Butterlampen. Diese entzündete man aber nicht in den Verwaltungstrakten und den Fluren. Denn wahrscheinlich hielt sich am Abend dort niemand mehr auf. So hatte ich Mühe, den Rückweg zum Dach und dann hinauf zu den Grabhäusern zu finden. Vermutlich hatte ich dort noch Zeremonialgerät liegen, sonst hätte ich ja ebenfalls durch das innere Treppenhaus hinunter gehen können, das zum Haupteingang auf der Vorderseite führt.

Ich stand jetzt also wieder oben. Inzwischen war es Nacht geworden. Lhasa lag in einem rötlichbraunen Licht. Aus der Stadt aber auch von der westlichen Ebene her hörte ich die Hunde kläffen. Die kühle Abendluft erst machte mir den Kopf frei.

Tendé also! Hatte ich ihn direkt beim Versuch eines Anschlages auf den jugendlichen Dalai Lama ertappt? Nein. Auch Tendé mußte wissen, daß Seine Heiligkeit im Moment gar nicht im Palast weilte. Möglicherweise war er im Norbulinka drüben oder zu einer Debatte in Sera oder Drepung. Nein, Tendé schien etwas erkunden zu wollen. Er hatte offensichtlich einen verschwiegenen Zugang zum Potala gesucht.

Aber warum? Der rückwärtige Kiesweg war ihm nicht verschwiegen genug. Er suchte einen Weg durch Gebüsch und über Geröll, den Kiesweg nur kreuzend. Und er ist durch ein Fenster eingestiegen. Suchte er einen verborgenen Zugang oder umgekehrt einen Fluchtweg? Und für welchen Fall? Um selbst den Dalai Lama zu ermorden? Warum war er dann über den See gekommen? Er hätte von Lhasa aus an der Umgrenzungsmauer des unteren, vor dem Potala gelegenen Regierungsviertels entlang auf direktem Wege zur Rückseite des Roten Berges gelangen können.

Warum über den See?

Ein Pilger auf dem äußeren Umrundungsweg, den ich von hier oben aus, wohl weil er sich bewegte, gerade noch erkennen konnte, brachte mich darauf. Der nördliche Rand des Sees grenzt an den Lingkhor, den großen, Lhasa und den Potala und sogar den Medizinberg umgreifenden Pilgerrundweg. Dieser kreuzt am nord-östlichen Stadtrand die Ausfallstraße nach Osten, die wiederum nicht nur zu der Großbaustelle führt, wohin die Zwangsarbeiterinnen jeden Morgen gekarrt werden, sondern auch zu den Baracken der Chinesen. So also. Tendé wollte – ich denke, er *sollte* – für die Chinesen einen nächtlichen verborgenen Zugang zum Potala suchen. Und warum dies? Sie wollten ihn entweder beseitigen oder entführen. Das war es.

Tendé in chinesischen Diensten also! Würden sie von vorne in den Potala eindringen, müßten sie quer durch das nächtliche Lhasa, vorbei am Gutshof der Familie des Dalai Lama, durch das Regierungsviertel durch. Man würde sie natürlich entdecken und den Dalai Lama warnen oder rechtzeitig in Sicherheit bringen können.

Ich weiß, daß ich sehr wohl gefaßt geblieben bin über diesen Erkenntnissen. Ja, ich hatte die Ruhe, noch Einzelheiten zu schlußfolgern. Sie wollten offenbar mit einem Pferdewagen kommen. Mit einem Lastwagen nicht. Das hätte ganz Lhasa auf die Beine gebracht. Aber Pferdewagen fuhren öfter zu später Stunde durch das Tal – Händler, Mönchsabgeordnete, genau weiß ich es nicht. Jedenfalls brauchten die Verschwörer ein Gefährt. Das sprach für eine Entführungsabsicht. Wie ich darauf gekommen bin? Hätten sie zu Fuß oder nur mit Pferden kommen wollen, hätten sie ja den Lingkhor schon vor dem See verlassen können und hätten auf direktem Wege vom nördlichen Teil des Lingkhor aus den Potala ansteuern können. Nein, sie waren auf einen geebneten Weg angewiesen, ohne sumpfige Passagen, weil ein Wagen sonst steckengeblieben wäre. Sie mußten deshalb über den Lingkhor kommen und wollten augenscheinlich den Pferdewagen am Seeufer abstellen, um dann herüber zu rudern.

Den entführten Dalai Lama würden sie mit dem Boot und dann im Pferdewagen versteckt aus der Stadt bringen. – Und Tendé ihr Kundschafter und Handlanger!

Es war klar, daß ich nur wenig Zeit hatte. In wenigen Tagen, vielleicht schon morgen, könnte der Dalai Lama zurück sein. Tendé würde wahrscheinlich heute Nacht noch den Chinesen melden, daß er einen Weg ausgekundschaftet hatte. Ich mußte noch in derselben Nacht handeln.

Tendés notwendiges Ende

Leider stellt sich auch in diesem Zusammenhang keine Erinnerung an mein damaliges Zuhause ein. Gerade was den Gang der Ereignisse um Tendé betrifft, fehlt mir ein Zwischenglied – ausgerechnet eben dieses, welches mir zeigen könnte, wie und wo ich damals gelebt habe. Aber vielleicht ist das zu eigeninteressiert gedacht. Überhaupt fällt mir auf, daß sowohl die ersten Bilder, welche mich seinerzeit wie Fremdkörper überfielen, wie auch die fließenden, willentlich herbeigeholten Vergegenwärtigungen nach meinem »Fluchtversuch« nach Gailingen mir nichts über meine damalige Person sagen. Saihtam Tsering Rinpoche in seinem Alltag etwa. Nichts davon. Alle Bilder und Erinnerungen, so habe ich inzwischen erkannt, zentrieren sich um die Logik meiner damaligen Aufgabe, Tendé betreffend. – Wie folgerichtig oder sogar zielgenau die damaligen Abläufe sich vor mein inneres Auge stellten, das habe ich freilich erst vor zwei Wochen erfaßt.

Ich hatte keine Mühe, die aus jenem Abend auf dem Potala sich ergebenden Maßnahmen zu erinnern. Nur daß eben der besagte Zwischenschritt fehlt. Den kann ich nur erschließen.

Ich muß also, nachdem Tendés konkrete Absichten aufgedeckt waren, »nach Hause« geeilt sein, wo immer das auch gewesen sein mag. Ich muß dort das blaue Bön-Ritualgewand und das Knochenhemd angelegt haben. Ich muß den schwarzen Spitzhut und das Bardo Thödol-Buch für die Totenbegleitung in einen Umhängebeutel gepackt und die erforderlichen Ritualien in meiner Mantelbauch-Tasche verstaut haben. Und eben das lange Messer scheine ich von »zu Hause« mitgenommen zu haben. Über letzteres bin ich mir allerdings nicht ganz sicher. Es handelte sich ja um das lange, gezackte Messer, leicht gebogen, welches eigentlich nur die Schafmetzger und Leichenzerstückler besessen haben. Es könnte also sein, daß noch ein weiterer Schritt in der Erinnerung fehlt. Eventuell habe ich mir das lange Messer in der Baracken-Siedlung, wo diese Leute wohnten, am nördlichen Stadtrand, besorgt. Das hat sogar eine gewisse Wahrscheinlichkeit, denn das Weitere spielte sich dort ganz in der Nähe ab. Nicht auszuschließen ist aber auch, daß es doch mein eigenes Messer war. Meinesgleichen hat noch bis in die fünfziger Jahre hinein Tieropfer gebracht. Die Gelbmützen spotten noch heute darüber. Und diese Tieropfer wurden mit solchen Messern durchgeführt. – Wie dem auch sei, das Weitere ist mir dann wieder sehr plastisch vor Augen.

Ich eile also zu später Stunde zur östlichen Ausfallstraße, den Beutel geschultert. Der lange Mantel mit dem seidebesetzten Stehkragen verbirgt das Ritualgewand. Ich rechne fest damit, Tendé an der Ausfallstraße abfangen zu können, in der Gewißheit, daß er seine Auskundschaftung ohne Verzug den Chinesen hinterbracht hat. Am Rande des Platzes vor dem Gyümed-Kloster, auf dem abends die Zwangsarbeiterinnen abgeladen werden, halte ich ein. Ich vermeide, auf den offenen Platz zu treten. Vielmehr halte ich mich im schützenden Dunkel der den Platz südwärts begrenzenden Häuser.

Ich muß lange gewartet haben. Ich fühle Zweifel aufkommen über meine Schlußfolgerungen. Vielleicht ist er doch nicht sofort zu den Chinesen gegangen. Wie sollte ich ihn dann finden? Ich wußte wohl zunächst nicht, wo er wohnte.

Da fällt es mir wie Schuppen von den Augen. Tendé hatte das Ramoche-Kloster erwähnt. Zwar war es ganz offensichtlich eine dreiste Ausrede zu behaupten, Amulette für eine Zeremonie im Ramoche vergessen zu haben. Aber wieso hätte er, so schnell, diese konkrete Angabe – Ramoche – erfinden sollen? Ist es nicht vielmehr so, daß man gerade solche Einzelheiten in einer Lüge eben nicht erfindet? Jedenfalls war ich mir jetzt sicher, ihn im Ramoche finden zu können. Dieses lag ja – die Chinesen haben es 1965 vollständig niedergerissen – noch nördlicher. Es war sogar das nördlichste Gebäude in Lhasa. Dahinter führte der Lingkhor-Pilgerweg vorbei, und an der östlichen Ecke der Klosteranlage begann die Straße nach Sera hinauf. Westlich grenzen die Baracken der Schafmetzger und Leichenzerstückler an.

Im Ramoche lebten gut fünfhundert Gelbmützen. Wie sollte ich Tendé dort finden? Die jetzt erforderlichen Schritte erlaubten es nicht, direkt nach ihm zu fragen. Sein Verschwinden würde schließlich schon beim Morgengebet auffallen. Aber man mußte es ja nicht mit mir in Verbindung bringen. Offenbar habe ich schon damals keinen Wert darauf gelegt, mich persönlich zu exponieren. Selbstbezogene Gesichtspunkte stören beim Verfolgen einer solchen Aufgabe.

Man muß auch nicht denken, ich wäre nun voll Haß oder in persönlicher Animosität durch das Ramoche gestrichen, um Tendé unschädlich zu machen. So war es nicht. Es war der objektive Gang der Ereignisse, in deren Logik ich mich stellte. Das ist alles. Daß ich damit persönlich auch Schuld auf mich laden würde, war mir bewußt. Es hat mich aber keinen Moment bewogen, kleinlich davor zurückzuschrecken.

Übrigens war ich sicher, daß auch Tendé nicht aus kleinen privaten Motiven handelte. Er hatte keinen persönlichen Haß auf den Dalai Lama. Ich glaube sogar, daß er ihn ebenso verehrte wie jeder andere Tibeter auch. Ich halte es sogar für sehr wahrscheinlich, daß er geradezu betrübt war über seinen Plan, daß ihn dies aber auch nicht davon abhalten konnte, was er für das Richtige hielt, zu verfolgen. Überhaupt ist es mir sehr die Frage, ob das Böse weiß, daß es böse ist.

In geordneter Stimmung also und sachlich stellte ich meine Überlegungen an. Wie könnte ich ihn ausfindig machen. Und wie könnte ich ihn sodann, ohne ihm überflüssige Schmerzen zuzufügen und ohne größeres Aufheben, beseitigen? Daß ich keine privaten Motive verfolgte, mag man auch daran sehen, daß ich alles Dramatische unbedingt umgehen wollte. »Verräter, hier spüre den Dolch, der dir gebührt« oder etwas dergleichen. Nein. Sicher, in meinen Augen war er ein Verräter. Aber nicht deshalb, nicht um zu rächen oder um zu strafen, mußte ich ihn auslöschen.

So ging ich – fast hätte ich geschrieben, schlenderte ich – in aller Ruhe und mit einer gewissen Offenheit und gelassenen Bereitschaft aufzugreifen, was sich ergeben würde, zum Ramoche hinüber. Von Süden her auf die Außenmauer stoßend ergab sich, was sich ergeben mußte. Ich hörte jemand an der Innenseite der Mauer schwer scharren und klopfen. Hier muß ich daran erinnern, daß die ursprüngliche ellendicke Außenmauer ja längst verfallen war und daß bei der Restauration des Klosters im 15. Jahrhundert eine neue, wesentlich weniger wehrhafte Außenmauer errichtet worden war und zwar Reste des alten Mauerwerkes einbeziehend. Diese neue Mauer ist auch deutlich niedriger als die alte. An vielen Stellen kann man über die Mauerkrone hinweg das Klostergelände einsehen. Ich stellte mich also auf Zehenspitzen, um nach der Ursache des Scharrens Ausschau zu halten.

Wenn die Dinge unter günstigen Vorzeichen und untereinander in gutem Lot stehen, haben sie immer etwas Lapidares und Unspektakuläres. Es war Tendé, der am Fuß eines alten Mauerstückes sich grabend und hackend zu schaffen machte. Sofort erkannte ich den Sinn seines Tuns, mußte dabei allerdings einige Schlußfolgerungen, die ich noch wenige Stunden zuvor auf dem Dach des Potala gezogen hatte, korrigieren. Er gräbt ein Versteck, ein Verließ für den zu entführenden Dalai Lama.

Sie waren so raffiniert, ihn fürs erste gar nicht aus der Stadt zu bringen. Vielmehr sollte er unmittelbar nach seiner Entführung hier im Ramoche zur weiteren Verfügung gehalten werden. Mithin erfuhr meine Rekonstruktion des chinesischen Planes eine, wenn auch unerwartete, Bestätigung: Es leuchtete jetzt erst recht ein, daß sie über den Lingkhor und den See kommen mußten. Denn um den Dalai Lama im Ramoche zu verstecken, hätten sie ihn andernfalls quer durch die Nordstadt schleppen müssen. Ja, vielleicht hatten sie deswegen Tendé als ihren Helfershelfer ausgesucht, weil er im Ramoche lebte, die dortigen Verhältnisse gut kannte und kollaborationsbereit war. Jedes andere Kloster in Lhasa wäre kaum so unauffällig anzufahren gewesen.

Tendé grub nicht eigentlich ein Loch in die Erde. Er schachtete Geröll und ungewöhnlich lose Erdklumpen aus einem vorbestehenden Hohlraum direkt unter der Mauer. Es könnte sein, daß diese Grube einst Teil eines Fluchtweges war. Schließlich hatte man – Ironie des Schicksals – die dicke Einfriedung damals aus Angst vor chinesischer Usurpation aufgerichtet.

»Tendé.« Ich sprach seinen Namen freundlich, um ihn nicht zu erschrecken.

Auch mag ein gewisses vorauseilendes Mitleid

meine Stimme gewärmt haben. »Tendé. Es ist zu Ende.«

Vermutlich ob der Milde meiner Stimme erschrak Tendé offenbar auch gar nicht. Er sah mich eher an, wie man jemanden ansieht, der zum wiederholten Male stört. »Ich weiß, daß ich dich störe. Es tut mir leid«, sagte ich.

»Was willst du schon wieder? Glaubst du, ich lasse mich von einem senilen Zauberer aufhalten?«

»Vielleicht nicht von einem senilen Zauberer, aber von einem altehrwürdigen Zauber«, sagte ich ruhig. Sorgfältig band ich nun das weiße Tuch um meinen Mund, das ich in der Manteltasche ohnehin immer bei mir trage. Dann sprach ich, bevor Tendé sich besinnen konnte, die Worte, welche den persönlichen Schutzgott weglocken. Durch das Tuch war ich nicht in Gefahr, die Dämonen einzuatmen, die sich ja sofort einstellen, wenn der persönliche Schutzgott eines Menschen entweicht.

Tendé erfaßte sehr wohl, was ich tat. In großen Schritten eilte er durch die Anlage zu seiner Zelle. Das ist deshalb logisch und damit eben auch voraussehbar, weil er sich in dieser entblößten Situation nun unter den Schutz wenigstens seiner Hausgeister begeben wollte.

Ruhig und fest schritt ich hinterher. Ich war mir völlig sicher, daß Tendé nicht wegrennen würde, gar vom Klostergelände fortrennen würde. Niemand würde sich ohne seinen Schutzgott ins Freie wagen. Angespanntheit meinerseits wäre also auch schon deshalb unangebracht gewesen. Tendé würde mich unweigerlich dorthin führen, wo ich meine Mission zu Ende bringen konnte.

In seine Zelle stürzend, griff er sofort zur Geisterfalle, hielt sie zwischen sich und mich und sprach die Gebete, welche Dämonen abwehren. Es tat mir leid, sein angstverzerrtes Gesicht zu sehen, soweit ich in der brütenden Dämmerung dieses kleinen Raumes überhaupt etwas sehen konnte.

Wenn ich auch sicher war, daß er aus benanntem Grund nicht weglaufen würde, schien es mir dennoch sinnvoll, ihn ruhigzustellen. Ich zog mit dem Doppelzepter das Schlangenzeichen mehrfach durch die Luft und sprach die Formeln, mit denen man Tiere paralysiert, bevor man sie opfert. Es gelang. Tendés Bewegungen verlangsamten sich von Atemzug zu Atemzug. Eine steinerne Schwere oder besser Massigkeit ergriff seinen Leib. Die Augen allerdings waren blitzwach und suchten im Zimmer – nutzlos, denn er hätte sie nicht mehr ergreifen können – nach abwehrenden Hilfsmitteln.

Ich wies auf den Tisch und sagte in sachlichem Ton: »Und nun leg dich hin.«

Widerstrebend, wie gegen ein furchtbares Gewicht ankämpfend, das ihn schließlich doch überwältigte, schleppte Tendé sich nach hinten zum Tisch. Er stützte sich auf und knickte dann mit verzweifeltem Gesichtsausdruck seitlich und rückwärts ein, so daß er auf der Tischplatte zu liegen kam.

Hast wäre überflüssig gewesen. Ich holte den schwarzen Spitzhut, das gebogene Messer sowie das

Bardo-Buch aus meinem Schulterbeutel. Letzteres allerdings umsonst. Der Raum war zu dunkel, um zu lesen. Ich würde den Text, den ich ja ohnehin abwandeln wollte, aus dem Gedächtnis sprechen müssen. Man muß in so einer Situation eben auch improvisieren können.

Mit den zweimal gesprochenen Worten »Hunde zu Hunden« schnitt ich ihm beide Halsschlagern auf. Er lag in einer übel verzerrten Haltung vor mir. Solange die Schlangenbannung noch anhielt, konnte er sich nicht wirklich zur Wehr setzen. Daher mußte ich nun zügig handeln. Denn es war damit zu rechnen, daß die Schlangenbannung bei einem Menschen nicht so nachhaltig wirken würde wie bei einem Opfertier. Ich setzte saubere, undramatische Schnitte. Und während er ausblutete und dadurch seine letzte Widerstandskraft verlor, begann ich, den Bardo-Text zu sprechen: »Höre die Große Befreiung ...«, den Text da abwandelnd, wo es mir darauf ankam, ihn zu einem Wiederkommen unter Hunden zu geleiten. Die Situation erforderte einiges an Konzentration, mußte ich doch gleichzeitig seinen Leib zerlegen, um die Teile anschließend rasch nach nebenan zu den Schafmetzgern zu bringen.

»Nach nebenan« ist insofern eine ungenaue Angabe, als ich mir schon vorher vorgenommen hatte, die Einzelteile auf Umwegen durch die Stadt zu transportieren. Ich mußte schließlich dafür Sorge tragen, daß auch die Schafmetzger nicht wissen konnten, woher die Leichenteile kamen. Und mehrere Gänge würden erforderlich sein.

Ich mußte also jetzt doch zügig arbeiten. Während ich den Bardo-Text sprach und mich gleichzeitig um sachgerechte Schnitte bemühte, bog sich das linke Bein, von der Hüfte her, zur Tischkante hin und langsam wieder zurück. Das Knie war nach innen verrenkt, nachdem ich bereits begonnen hatte, das Bein aus der Hüfte zu lösen. In einem rührenden Rest von Fliehen-Wollen drehte sich der Unterleib nach hinten aber auch wieder zurück. Als ich den rechten Arm abtrennte, bog sich noch einmal die Hand, wie zum Abschied winkend aber sehr ruhig und zögerlich, auf und ab.

Tendé hatte inzwischen das Bewußtsein verloren. Ich war froh, daß er keine Schmerzen zu leiden brauchte. Und wie sicher war ich, daß er die Wegleitung durch das Bardo genau aufnehmen würde! Daß ich mich hierin getäuscht habe, weiß ich erst seit zwei Wochen.

Gut geklappt hat aber der Abtransport der Leichenteile. Fünf Gänge waren notwendig. Glück hatte ich auch beim Improvisieren der Umwege. Die Aktion zog sich bis in die Morgendämmerung hinein. Erste Passanten und vor allem die Straßenfeger waren schon unterwegs. Beim letzten Gang, schon unter den ersten, noch flachen Sonnenstrahlen, fand ich eine Passage zwischen zwei Häusern. Diese erlaubte es mir, von hinten her in ein großes Haus einzutreten, um dann, an einer anderen Straße, wieder ins Freie treten zu können. Die Straßenfeger, welche gerade dort in ihrer typischen rasch schwingenden Art die Reisigbesen über den Boden führten, müssen, wenn sie überhaupt etwas gedacht haben, angenommen haben, da tritt ein Mönch aus seinem Haus und geht zur Morgenzeremonie in den Jokhang. Und im Sinne eines Alibis vor den Schafmetzgern hatte ich auch Glück. Einer der Metzger, dem ich noch in der Nacht Arm und Bein übergeben hatte, hatte in eben dieser Straße bereits seinen Laden eröffnet. Zahnlos grinsend sah er mir zu, wie ich aus diesem Haus trat und zum Jokhang-Vorplatz strebte. Er mußte annehmen, die Leichenteile stammten aus diesem Haus.

Aber auch ohne diese glückliche Fügung hätte ich mir wegen der Schafmetzger keine Gedanken gemacht. Es sind verschwiegene Leute. Verschwiegen, weil man sie nicht achtet und ohnehin nichts darauf gibt, was sie den lieben langen Tag zu tratschen haben. Das wußten sie auch und zogen nun umgekehrt eine Art Selbstbewußtsein daraus, daß sie Geheimnisse kannten, welche die feinere Bevölkerung, die sie so verachtete, nicht einmal ahnte. Schon deshalb durfte ich damit rechnen, daß sie ihre Geheimnisse für sich behielten. Im übrigen haben sie ja auch ihren Gewinn.

Immerhin konnten sie Tendés Körperteile, gemischt unter das Schaffleisch, ohne Investitionen gehabt zu haben, mit Reingewinn verkaufen.

Lamas sollten keine Pizza essen, schon gar keine mit Salami

Samstag vor einer Woche der letzte Spaziergang mit Thubten. Er war endlich wieder einmal aufgeräumter Stimmung. Ein spätsommerlicher Tag. Vor uns her trippelnd, neugierig und unternehmungslustig, der Hund. Ich bin glücklich, daß wir diesen unbeschwerten Nachmittag noch gemeinsam genossen haben. Keine hitzigen Debatten. Kein Tiefsinn.

Ich fühlte mich Thubten sehr nahe. Ich glaube, ich war sogar etwas eifersüchtig. Zwischen Thubten und dem Hund war noch eine andere Nähe. Das Tier reagierte, auch in größerer Entfernung, auf jedes leise Wort von Thubten. Thubten war mir sehr zugewandt. Gleichwohl riß der innere Faden zu seinem Hund nicht ab. Und: Er hatte ein enormes Vertrauen zu dem Tier oder ein Gefühl, ein sicheres Gefühl dafür, was der Hund tun würde.

Ein älterer Schweizer mit einem aufgeregten Schäferhund an der Leine kam uns entgegen.

»Willst du ihn nicht anleinen?«

Der Schäferhund knurrte schon aus der Entfernung und zog gefährlich – jedenfalls wirkte es gefährlich auf mich – an der Leine. Der Besitzer mußte sein ganzes Körpergewicht einsetzen, um sein Tier zurückzuhalten.

»Er kann selbst entscheiden, ob er ihn begrüßen oder lieber einen Bogen um ihn machen will.«

»Und wenn der Gorilla da zuschnappt?« Ich sah Thubten mit Anerkennung an. »Du bist nicht risikofreudig, sondern deiner Sache einfach sicher, nicht wahr?«

Er lachte: »Seiner Sache.«

Thubtens kleiner Rothaariger – einen Namen hatte er übrigens nicht, vor zwei Wochen noch nicht – entschied sich offenbar dafür, den an Kräften natürlich überlegenen Schäferhund durch Ignorieren zu besänftigen. Er schnüffelte angelegentlich im Unterholz, pinkelte beiläufig auf einen Ast und lief, irgendwas höchst Wichtiges weit hinter dem Schäferhund fixierend, in nicht zu großem Abstand an diesem vorbei.

»Manchmal möchte ich ein Hund sein.« Thubten war ausgesprochen stolz auf den Kleinen. »Alles regelt sich durch Instinkte. Keine Zweifel im Kopf. Nichts ist fragwürdig.«

»Du müßtest Fleisch essen.«

»Wer sich nichts dabei denkt, kann auch Fleisch essen.«

»Sicher, du könntest die von unseren Besuchern regelmäßig hoch umjubelten Nomos kosten.«

»Und Pizza mit Salami.«

»Oh ja.«

Unsere Flachserei inspirierte mich. »Laß uns Pizza essen gehen.«

»Im Ernst?«

»Hast du Geld dabei?«

»Du fragst sicher, weil du mich einladen willst, wie?«

»Okay. Hinterher geb ich's dir wieder.«

»War nur ein Scherz. Du bist eingeladen.«

»Wenn ich den Hund einladen darf.«

»Abgemacht.«

Zur Verwunderung des Hundes drehten wir augenblicklich um und stapften quer durch den Wald Richtung Rikon hinunter. Der Hund hüpfte begeistert hinter uns her, sprang über umgefallene Baumstämme, über Zweige, wühlte im Unterholz.

»Er macht einfach alles mit, dein Hund. Schön.«

»Das ist es eben. Er fragt nicht.«

Es dauerte immerhin noch eine halbe Stunde bis wir die Pizzeria im Dorf unten erreicht hatten. Es war kurz nach sechs. Sie hatte eben geöffnet.

»Was darf ich Ihnen bringen?« fragte der Kellner, einer von unseren Tibetern übrigens, der hier aber ganz in seine Rolle eingetaucht war und uns auf Deutsch und mit »Sie« ansprach.

»Soll ich's wagen, Tsepa?«

»Wag's.«

»Ich wag's. – Also, Herr Ober«, und Thubten sprach den Kellner so würdig an, wie dieser das wohl auch wünschte, »bringen Sie mir doch bitte eine Salami-Pizza und eine Cola.«

»Salami-Pizza und Cola. Gern.« Der Kellner ließ sich nichts anmerken oder er registrierte gar nicht, ganz europäischer Kellner, wer hier eine Pizza mit Wurst bestellte.

»Und Sie?«

»Ich nehme eine Spinat-Pizza und auch eine Cola.«

»Bitte sehr.« Der Kellner hatte die Bestellung notiert und wandte sich ab.

»Ach, Herr Ober, und eine Schüssel mit Hackfleisch. Für unseren Mitarbeiter hier.«

»Kein Problem. Soll ich auch eine Schüssel mit Wasser bringen?«

»Das wäre natürlich sehr nett. Vielen Dank.«

Thubtens Wangen glühten vor Vorfreude auf die Pizza.

Nicht alle Erkenntnisse zucken wie Blitz und Donner durch die Seele. Manche schleichen sich in unsere Wahrnehmung wie eine Raupe am Weg. Plötzlich ist sie da, zwei Schritte vor dir. Wir wissen nicht, woher sie kam, und wir fragen uns, wieso wir sie nicht früher wahrgenommen haben. In meinem, heute endlich wieder gut gelaunten Freund Thubten Phala Tendé Phulojang wiederzuerkennen, hatte etwas von einer solchen Raupenbegegnung. Ich kann beim besten Willen nicht sagen, was diese Erkenntnis ausgelöst hatte. Sie war auf einmal da. Mit Selbstverständlichkeit. Unsensationell. Ohne jeden Aufruhr des Gemüts.

Thubten griff gerade das Besteck und die Servietten von einem großen Teller und legte sie uns zurecht.

»Hast du den Abt heute morgen gesehen?«, fragte er vergnügt.

– »Ich war zu einem Gemeindebesuch. Muß ich dir übrigens gleich erzählen. Was war mit dem Abt?«

»Er war nervös, wie ich ihn noch nie gesehen habe.«

»Er?«

»Der Zucker war alle.«

»Oh. Espresso ohne Zucker – da hätte er den Tag wohl streichen mögen.«

»Das Wochenende. Er rannte zu seiner Wohnung hinauf und schimpfte dabei auf den Koch. – Nach einer Stunde stürmte er wieder herunter und hinaus auf den Parkplatz. Er schwang sich in den Bus und jagte gen Supermarkt. Und mit was kam er wieder?«

»Einer Tüte Zucker.«

»Drei. Drei Tüten lagen wie Babys in seinem Arm.«

»So war das Wochenende gerettet.«

Wir plauderten weiter, erzählten. Ich verstellte mich nicht etwa. Die Raupe hält uns nicht ab von unserem Weg. Wir registrieren sie, lächeln vielleicht kurz, und gehen weiter. Es änderte sich überhaupt nichts. Keine Gefühlsstürme meinerseits. Ich kann sagen: kein Gedanke. Es war nichts, worüber ich im Augenblick nachzudenken gehabt hätte. In Thubten also ist Tendé Phulojang wiedergekommen. Das war alles fürs Erste. Business as usual.

Falls sich während unserem verschworenen kleinen Mahl überhaupt etwas bei mir änderte, so war es allenfalls eine Steigerung meiner freundschaftlichen Empfindungen.

Ich sah Thubten liebevoll – ich brauche mich nicht zu genieren, das festzuhalten – zu, wie er die Cola zum Mund führte, die Pizzastücke ausführlich kaute. Hörte ihm gespannt zu, wie er den neuesten Tratsch aus der Ehrikoner Tibeter-Gruppe zum Besten gab. Wie er seine ersten seelsorgerlichen Versuche selbstironisch schilderte. Ich fühlte Solidarität mit ihm, der ja in der Ausbildung immer ein paar Schritte voraus war, von der Ritualistik abgesehen. Eine Solidarität, wie man sie zum größeren Bruder empfinden mag. Ich weiß, daß ich es einmal mehr bedauerte, nie einen Bruder gehabt zu haben. Ich bin ja schon ein Spätkömmling gewesen, und meine Eltern wollten keine weiteren Kinder angesichts ihres Alters.

Es war einfach eine Freude mit anzusehen, wie Thubten zwischendrin immer wieder unter die Bank nach seinem Hund sah und wie dieser das spürte und seinerseits herauf blickte. So wohlig-gesprächig habe ich Thubten eigentlich nie erlebt. Er hatte ja auch sonst, auch bevor er sich politisch »geoutet« hatte, eher etwas Zurückhaltendes. Die Ironie war ihm näher als der Humor.

Es hat tatsächlich keinen Sinn, nachträglich zu spekulieren, was dieses Wiedererkennen ausgelöst hatte. Ich könnte hundert Gründe anführen und keinen. So bilde ich mir jetzt ein, Thubten hätte den gleichen kleinen Mund wie Tendé gehabt. Bestimmte Gesten beim engagierten Sprechen – ein Abspreizen des Daumens zum Beispiel – schienen mir jetzt beiden zugehörig. Ich weiß nicht, ob es nicht eine Einbildung ist. Im Licht einer neuen Erkenntnis »erklärt« man sich manches, was man ohne diese Erkenntnis nicht erklärungsbedürftig gefunden hätte.

Wenn ich jetzt auf diesen vorletzten Samstag zurückblicke, muß ich mich allerdings über meine Kurzsichtigkeit wundern. Ich habe erkannt – und doch nicht erkannt.

Bedeutung und Konsequenzen dieses Wiedererkennens zu erfassen, davon war ich an diesem Tag Meilen entfernt. Und das kann ich auch nicht erklären. Machte mich unsere heitere, wegen Thubtens kleinem Sündenfall knabenhaft-verschwörerische Stimmung so blind? Oder war es einfach der Pizzaduft? Ich sah und sah doch nicht.

Ausgelassen sind wir nach Hause geschlendert. Thubten versorgte den Hund in seinem Verschlag. Vor meinem Zimmer haben wir uns verabschiedet, und jeder ging den Vorbereitungen für den nächsten Tag nach, beschwingt und konzentriert.

Was weiß Thubten?

Ich hätte es vorgezogen, wenn die letzte Erinnerung an Thubten dieser unbeschwerte Nachmittag gewesen wäre. Aber Sonntag vormittag traf ich ihn im Treppenhaus. Sofort spürte ich, daß Thubten die Leichtigkeit des vorigen Tages nicht nur wieder verloren hatte. Seine Stimmung war sogar in ihr Gegenteil umgeschlagen. Mit harten und verschlossenen Gesichtszügen und einem knappen »Morgen« versuchte er, an mir vorbeizueilen.

Das wollte ich nicht durchgehen lassen und blieb stehen: »Was hast du da in der Hand?«

»Ein Zeckenhalsband.« Und schon war er zwei Stufen weiter unten.

»Er hat Zecken?«

»Er könnte welche bekommen.«

Ich konnte mir auf seine abweisende Haltung keinen Reim machen. Und ich kann es, mit letzter Sicherheit, bis heute nicht. Jedenfalls sah ich keinen Grund, mich abschütteln zu lassen

»Wird er es akzeptieren?«

»Was heißt akzeptieren? Er trägt es und fertig.«

»Das muß ich sehen.« Das war zwar etwas unehrlich von mir. Ich brauchte aber einen Anlaß, um an Thubten noch dranbleiben zu können. Vielleicht würde ich ja den Grund für seinen Stimmungsumschwung noch herausfinden. Ich lief ihm also einfach hinterher, hielt fürs erste aber meinen Mund.

Der kleine Rothaarige war auch nicht freundlicher. Aufgebracht kläffte er mich an. Jetzt war es Thubten, der sich offenbar wunderte: »Was soll das, mein Kleiner? Das ist doch ein alter Bekannter. Den kennen wir doch.«

Augenblicklich rutschte mir das Herz in die Hosentasche. Das sagt man so daher. Aber es war mir wirklich so, als ob etwas Halt-Gebendes in mir zusammensackte. Erstens – warum »ein Bekannter«? Waren wir denn nicht Freunde und Weggefährten seit sechzehn Jahren? War etwas aufgekommen, daß Thubten mir die Freundschaft gekündigt hatte? Und dann dieses »Den kennen wir doch«. War das der Grund für seine Kühle? Wäre es möglich, daß er mich wiedererkannt hat, wie ich ihn wiedererkannt habe? Und daß er folglich auch sich selbst wiedererkannt hatte?

Meine Zunge fühlte sich augenblicklich dick und schwer an. Mein Mund trocknete von einer Sekunde zur anderen aus. Ich mußte etwas sagen. Aber wie? Ich grinste erst nur, wahrscheinlich ziemlich dümmlich, und rang mir ein heiseres, hohles Lachen ab.

»Wie meinst du das?« konnte ich nach einer quälenden Verzögerung vorbringen.

»Wie – wie meine ich das? Ihr kennt euch doch.«

Also »ihr« kennt euch doch. Gut. »Ihr«, nicht »wir«. Für den Moment war ich wieder entspannter, spürte aber im nächsten Augenblick, wie mein Herz raste. Dennoch war ich wohl nicht bei Sinnen. Sonst hätte ich jetzt nicht die dümmste von allen Fragen gestellt, die in diesem Augenblick gestellt werden konnten: »Was geschieht eigentlich mit ihm, wenn du wirklich einmal nach Dharamsala fliegst?«

Wie konnte ich? Dharamsala war seit Wochen zum Reizthema geworden. Thubten hatte immer wieder darauf beharrt, daß er eines nicht mehr fernen Tages dorthin fliegen müsse. Immer wieder hatte er beansprucht, dort eine Wende der tibetischen politischen Haltung herbeiführen zu können. Immer wieder war es darüber zum Streit gekommen.

Welcher Dämon ritt mich, nun ausgerechnet in diesem angespannten Moment das Thema aufzubringen? Ich hatte doch einfach nur überhaupt etwas sagen wollen.

Thubten richtete sich blitzartig auf. Der Hund, dem er gerade das Zeckenhalsband anpaßte, blickte fragend zu ihm hoch.

»Wie meinst du das?« Thubten sprach so langsam und lauernd, daß ich, noch während er sprach, ein sicher dumm wirkendes Lächeln in meine hilflosen Gesichtszüge trieb. Ich hatte das Bedürfnis, Arglosigkeit zu signalisieren, bin mir aber sicher, daß ich nur ein Bild dummdreister Tollpatschigkeit abgab.

»Nun, du sprichst schon lange nicht mehr darüber.« Ein Fehler war nicht genug. Es ging mir schon seit Tagen durch den Kopf, daß Thubten nicht mehr über seine Ambitionen in Dharamsala sprach. Um genau zu sein: seit der Abt den Besuch Seiner Heiligkeit angekündigt hatte.

»Oh, der Herr beobachtet mich genau, wie?«

Also wußte er doch, unter welchen Umständen wir in Lhasa zusammengekommen waren. Und mit welchem Resultat. Ich hatte das dringende Bedürfnis, im Haus zu verschwinden, hätte aber einen Vorwand gebraucht. Nachdem ich nun aber dieses Problemthema mit traumhafter Sicherheit aufgerissen hatte, war kein schnelles Entrinnen denkbar.

Immerhin fand ich so weit wieder zu mir, daß ich eine Gegenfrage stellen konnte: »Thubten, was ist los mit dir?«

»Ich versuche, dem Hund ein Zeckenhalsband anzupassen. Das ist los.«

Anstatt dieses Angebot aufzugreifen, mußte ich den dritten Fehler machen: »Ich mache mir Sorgen um dich.« Das war ehrlich aber überflüssig.

»Und Sorgen um den Dalai Lama?«

Was jetzt? Nun hatte Thubten einen Fehler gemacht. Er erkannte es sofort und lachte aggressiv. Um von seinem Fehler abzulenken, setzte er sofort nach: »Oder um einen Salami vertilgenden Buddhisten?«

Ich war ihm geradezu dankbar, daß er nach dieser Richtung ablenkte. Da hatten wir ein handhabbares Problemchen. Wir wußten zwar beide, daß es zum wenigsten um dieses ging, aber so konnten wir uns beide wieder fangen.

»Du hast ein schlechtes Gewissen wegen gestern?« Ich bin sicher, daß meine Stimme unehrlich klang.

»Ach, weißt du« – das klang auch unecht, weil es

Nähe anzeigen sollte – »eigentlich nur ein klein wenig. Es ist alles relativ.«

Ja, ja. Mit solchen Floskeln stehlen wir uns davon. Aber ich war froh darum.

Er grinste. Aber es wirkte immer noch angespannt und höhnisch. »Vielleicht habe ich ja meine Großmutter vertilgt.«

»Oder einen hohen Regierungsbeamten.«

»Oder deinen Vorgänger.«

Das hätte nicht sein müssen. Wieso spielt er jetzt doch darauf an? War er doch im Bilde? Ich hätte es nicht geschafft, ihn zu fragen.

Inzwischen war er fertig mit dem Hund und wies ihn in den Verschlag zurück. Wir gingen ins Haus, nebeneinander her, aber mit großem Abstand. War ihm nun bewußt, daß wir diesen Anknüpfungspunkt in Lhasa gemeinsam hatten oder war es das nicht?

Im nachhinein denke ich: nein, zu diesem Zeitpunkt wohl noch nicht. Erst in seinen letzten Lebensaugenblicken – da ist es ihm wahrscheinlich aufgegangen. Aber hier noch nicht. Es basiert allerdings mehr auf einer Schlußfolgerung als auf den Beobachtungen in jener Situation. Thubten war inzwischen derart radikalisiert, er war besessen davon, unbequeme »Wahrheiten« auszusprechen, er war so rasend darin geworden, Konventionen und Rücksichten über Bord zu werfen, daß er es gesagt hätte, wenn er mich – und sich – damals schon erkannt hätte. Er hätte es mir an den Kopf geschleudert, mit einer unguten Lust an der Radikalität. Andererseits muß ich in Rechnung stellen, was ich auch in mir selbst erlebt hatte: daß Erkenntnisse sich unterschwellig vorbereiten können; daß man etwas weiß und es doch noch nicht weiß. Ich selbst war noch vor knapp zwei Wochen, und auch noch in dieser verkorksten Situation mit ihm und dem Hund, das beste Beispiel. Ich hatte ihn erkannt und doch noch längst nicht erkannt.

»Hilfe, noch ein Helfer.« Der Koch sah mich mehr bedrängt an als erfreut.

»Wieso Helfer und wieso noch einer? Ich wollte mir nur eben einen Tee aufgießen.«

»Mach das. Und dann würdest du mir einen großen Gefallen tun, wenn du wieder verschwindest.«

»Recht so. Wir Tibeter müssen zusammenhalten.«

»Entschuldige, Tsepa. Aber ich versuche hier, meine Küche auf Vordermann zu bringen für die Versorgung Seiner Heiligkeit, und dauernd kommt einer und fuckelt mir in den Regalen herum und stellt neugierige Fragen.«

»Und jetzt vielleicht noch ein Wort zur Erläuterung …?«

»Thubten war gerade eine ganze Stunde lang hier. Er scheint kurz vor seiner Berufung zum Küchenmanager zu stehen. Welches Mehl ich nehme? Wo ich es wohl aufbewahre? Woraus die Saucen zubereitet werden? Ob Seine Heiligkeit es wohl scharf mag? Er konnte nicht genug davon hören.«

»Schließlich sollte er ja Dölma fragen, ob sie uns wieder hilft. Vielleicht hat er sich deswegen erkundigt.«

»Kann sein. Jedenfalls ging er mir auf die Nerven. Keine Schublade, die er nicht aufgezogen hätte, kein Gewürzglas, in das er nicht seine Nase gehängt hätte. An allem hat er geschnüffelt wie ein Hund.«

»Genau. Vielleicht wollte er testen, ob für seinen Rothaarigen etwas abfällt.«

»Meinetwegen auch das. Aber nun laßt mich mit eurer Fragerei in Ruhe.«

Während ich wartete, bis das Wasser kochte, lag mein Blick, gedankenverloren zuerst, auf dem Regal mit den Gewürzgläsern. Ohne bewußte Absicht griff ich mir ein Glas, schraubte es auf, roch hinein, stellte es zurück, griff ein anderes.

»Siehst du, jetzt fängst du auch damit an. Und gleich willst du noch meinen Zeitplan wissen.«

»Wie – Zeitplan? Welchen Zeitplan?« fragte ich nebenbei und hielt meine Nase in das nächste Glas.

»Ich bitte sehr um Entschuldigung, aber ich habe noch nicht auf die Minute festgelegt, wann ich morgens anfangen werde, wann ich den Brotteig ansetze, den Festkuchen anrühre und wann ich den Teig zum Durchziehen in das Dampfbad stelle.«

»Das wollte er wissen?« Ich war wie angezogen von den Gewürzgläsern und nahm mir eins ums andere vor.

»Was ist das? Es riecht süß und bitter zugleich.«

»Sag ich doch. Ihr habt euch verschworen, mich hier zu kontrollieren, oder was ist los? Du fragst das Gleiche wie er.«

»Das Gleiche.« Ich höre mich langsam und eigentlich mehr zu mir sprechen. Ein Gedanke absorbierte mich, der aber nicht sogleich Form annahm. »Das gleiche Glas auch?«

»Wie ich es sage. Vielleicht sollte ich ein Kommuniqué herausgeben. Dann braucht mich nicht jeder einzeln zu fragen.«

»Und was ist es also?«

»Mandeln, lieber Mitbruder. Zerriebene Mandeln mit Anis gemischt. Und um dir deine nächste Frage zu ersparen: Es wird unter den Kuchenteig gerührt, dann läßt man das Ganze eine halbe Stunde ziehen.«

»Danke, das Rezept interessiert mich nicht.«

»Ach. Wie nachlässig. Thubten hat sich sehr dafür interessiert.«

Alles Unerlöste wiederholt sich. Ich schraubte das Glas zu und stellte es zurück auf das Regal. Er wird es also noch einmal versuchen. Diesmal mit Gift. Gift im Kuchenteig wahrscheinlich. Er braucht dabei keine Angst zu haben, andere in Mitleidenschaft zu ziehen. Wovon der Dalai Lama ißt, davon dürfen andere nicht essen. Es ist mir zwar unklar, wie er dachte, der Aufdeckung zu entgehen. Hätte er tatsächlich einen solchen Giftanschlag durchgeführt, mit »Erfolg« durchgeführt, die Schweizer Ermittlungsbehörden hätten auf einer Obduktion bestanden und Spuren des Giftes gefunden. Ein paar kurze Nachfragen hier, beim Koch zum Beispiel, hätten sie sofort zu Thubten geführt. Dachte er nicht so weit oder war es ihm egal? Hatte er Pläne unterzutauchen? Ich weiß es bis heute nicht.

Nun, ich schäme mich etwas, hier bekennen zu müssen, daß mich die Entdeckung von Thubtens

Vorhaben kaum erschütterte. Dagegen breitete sich in mir, wie ein Tintenfleck, rasch eine resignierte, traurige aber auch wütende Stimmung aus.

Ich goß meinen Tee auf. Im Hinausgehen sagte ich zum Koch: »Laß dich nicht weiter stören.«

»Hört, hört.«

Ich muß langsam und schweren Schrittes die Treppe hinaufgestiegen sein. Leichtfüßig sprang mir Tashi entgegen. Er blickte mich amüsiert an: »Sag mal, ist der Tee so schwer oder ...?«

»Es kann nicht jeder Luftballons unter den Füßen haben.«

»Oh, der Herr hat schlechte Laune. Macht nichts. Ich hab gute. Ich fahre nachher nach Zürich.«

»Viel Spaß.«

»Wie du das sagst, könnte es genau so gut bedeuten ›Herzliches Beileid‹.«

»Entschuldige, ich glaube, ich bin etwas müde.«

»Schade, ich hätte dich sonst gefragt, ob du auch mitkommst.«

»Wieso auch?«

»Thubten wollte mitkommen.«

»Verlockungen des Großstadtdschungels?«

»Glaube ich nicht. Er wollte in Zürich noch etwas besorgen. Wir wollen uns am Bahnhof trennen und später dann dort wieder treffen.« Ich muß Tashi wie aus großer Ferne angeblickt haben.

»Bist du jetzt beleidigt? Du kannst natürlich gern mitkommen.«

»Laß nur. Mir ist mehr nach ausruhen.«

»Krise – wie?« Tashi versuchte einfühlsam zu sein.

Das geht bei ihm aber immer daneben, da er innere Krisen nicht kennt.

»Einfach müde. Ich wünsch euch einen schönen Abend.«

»Ich mir auch.« Damit war er wieder bei sich selbst, wo er sich auch wohler fühlt, und hüpfte weiter die Treppe hinunter.

Ja, Trauer und auch so etwas wie Wut, eine gelähmte Wut lagen wie Blei auf meinem Brustkorb. Ich wußte, ich mußte mir noch heute abend klar werden darüber, wie alles zusammengehörte. Ich wollte gar nicht, aber ich mußte.

Es war eine lächerlich große Anstrengung, das alte lederbezogene Notizbuch herauszuholen, es auf den Tisch zu legen, aufzuschlagen und darin zu lesen. Ich mußte mit aller Kraft gegen den Sog einer Stimmung ankämpfen, die mich aufs Bett und in den Schlaf ziehen wollte.

Es war schiefgegangen

Der Sachverhalt war so einfach aber so schwer zu ertragen: Alles war umsonst gewesen. Ist es nachvollziehbar, daß ich Stunden brauchte, mir diese Erkenntnis in ihrem ganzen Umfang vor Augen zu führen? Während ich meine alten Aufzeichnungen las, immer wieder abschweifte in die jüngste Gegenwart, mir die Eskalation in Thubtens verbohrter Haltung vergegenwärtigte, schob sich, breit und schwer, lieber das Dunkel ersehnend als das Licht konsequenter Gedanken, jene Scham wieder in den Vordergrund, die mir in all den Jahren wirklich mehr zu schaffen gemacht hat, als ich es hier niedergelegt habe: die Scham über meine Haßaufwallung gegen Thubten während der Inthronisation damals. Ich hatte diesen Ausbruch von Erbitterung letztlich nie verstanden. Denn auch nachträglich war nie zu erkennen gewesen, an welches Verhalten, an welchen Charakterzug von Thubten, an welchen Aspekt unseres Verhältnisses er sich knüpfte. Jetzt aber, an diesem Abend, an dem mir die Scham die Klarheit der finalen Schlußfolgerung lange verweigerte, erfaßte ich, mit äußerster Mühe nur, worauf meine Wut bei der Inthronisation sich richtete: auf mich.

Versagt hatte ich, damals in Lhasa. Sicher, ich

hatte Tendé rein physisch daran gehindert, sich endgültig zum Erfüllungsgehilfen der Chinesen zu machen. Aber versagt hatte ich auf einem Feld, das seinerzeit wie heute mein ureigenstes Gebiet war: auf dem Feld der Ritualistik. Mein Bestreben, Tendé ein für allemal an seinen verblendeten Machenschaften zu hindern, war kläglich ins Leere gegangen. Thubtens intime Nähe zu Hunden – das war die lächerliche Frucht jahrzehntelanger Meditations-, Gebets- und Beschwörungspraxis. Tendé ist nicht als Hund wiedergekommen, sondern wieder als Lama, wieder in gefährlicher Nähe zur Realisation seiner Ziele. Wieder würde er Gelegenheit haben zu einem unmittelbaren Anschlag auf den Dalai Lama.

Es ist schiefgegangen, großer Rinpoche.

Was also hatte es auf sich mit deiner angeblichen Kompetenz in den archaischen Riten? Ausgerechnet an einer Stelle, wo, wie man im Westen sagt, der zeremoniale Erfolg »empirisch« geprüft werden konnte, da hast du versagt. War demnach alles Mummenschanz und zeremonialer Leerlauf?

Ein Aberglaube das Ganze? Ich muß doch auch damals Hunderte von Sterbebegleitungen durchgeführt haben. Warum ist ausgerechnet diese mißlungen? Mein irrationaler Versuch, nach Gailingen zu entkommen, fiel mir wieder ein. Ich war wieder in einer ähnlichen Stimmung. Wie konnte alles so sinnlos sein? So fremd und unnütz?

Nun, es dürfte unschwer zu erkennen sein, daß ich im Begriff war, in Selbstmitleid zu versinken. Irgendein guter Geist bewahrte mich aber davor. Ich dachte an Yüdrönla und ihre unerschrockene Haltung. Der Abt kam mir in den Sinn und sein ruhiger, jedem Detail Achtung erweisender Umgang mit den alten Zeremonien. Eine gewisse nüchterne Frische zog durch meinen Kopf und, wenn ich das so sagen darf, mein Herz. Also gut, sagte ich mir. Du hast eine zweite Chance. Du hast Fehler gemacht, und jetzt bekommst du eine zweite Chance. Wenn du sie demütig ergreifen willst, so untersuche schonungslos, worin deine Fehler bestanden haben, anstatt dich dunklen Gefühlen hinzugeben.

Ich versuchte, so detailliert wie möglich, noch einmal Tendés Ende zu überblicken. Zunächst durfte ich feststellen, daß nicht jeder rituelle Schritt fruchtlos gewesen war. Die Schlangenbannung, die Tendé paralysieren sollte – sie *hat* ihn paralysiert. Sie hat ihn seiner Verfügung über seine Leiblichkeit beraubt. Woran mag es sodann gelegen haben, daß die »Große Befreiung durch Hören« mißlungen ist? – Da ist zunächst zu berücksichtigen, daß Tendé, nachdem er in sein Zimmer gewankt war, die Geisterfalle erhoben hatte. Möglicherweise waren also die Dämonen nicht oder nur unzureichend zu ihm durchgedrungen, welche sich in das Vakuum zu stürzen pflegen, sobald der persönliche Schutzgott geflohen ist. Dieser Schritt war ja erfolgreich gewesen. Tendé hatte sich sofort als schutzlos empfunden.

Sodann hatte ich, strikt konservativ gesehen, einen Ritualfehler gemacht: Ich hatte den Text des Bardo da verändert, wo es um das Erkennen der furchterregenden Gestalten als selbstgeschaffene geht, und da, wo die hinscheidende Seele auf eine günstige Wiedergeburt hoher Bewußtheit hingelenkt wird. Ich hatte ihn ja in die Sphäre der Hundschaft führen wollen und mußte deshalb mehrere Textpassagen umfänglich abändern, ja, seien wir ehrlich, in ihr Gegenteil verkehren.

Hinzu kommt, daß ich den Text aus dem Gedächtnis gesprochen hatte wegen der gebotenen Eile einerseits und auch einfach, weil Licht fehlte. Es ist also möglich, daß ich Passagen vergessen oder unabsichtlich verkürzt oder auch da verändert habe, wo es gar nicht nötig gewesen wäre.

Kurzum, die Rekonstruktion meiner Fehler lief auf diesen Punkt hinaus: Ich war allein gewesen. Alles hatte von meiner eigenen Bewußtseinskraft abgehangen. Der ganze Vorgang war ausschließlich auf den Umfang, die Reichweite nur meines Bewußtseins angewiesen gewesen. Alles hatte darauf aufgebaut, daß mein Bewußtsein die erforderlichen Hilfsgeister und die entweichende Seele im Griff hatte. Für einen regulären rituellen Vorgang hätte dies gereicht. Aber hier hatte es sich um eine empfindliche Veränderung des Rituals gehandelt – was immer weitergehende Bewußtseinskräfte verlangt als die immer gleiche Wiederholung eingespielter Zeremonien.

Zweitens: Ich vollzog ja den Ritus des Bardo gegen den Willen des Adressaten. Auch dies war ein erschwerender Umstand. Im Regelfall sucht der Sterbende selbst die Orientierung durch das Hören des

Bardo. Hier konnte ich mit einer solchen Kooperation füglich nicht rechnen. Tendé, der sich zwar äußerlich nicht mehr hatte zur Wehr setzen können, wird sich innerlich um so mehr gesträubt haben. Zumindest in den ersten Minuten, solange er noch bei irdischem Bewußtsein gewesen war, dürfte er auch – bei aller Todesangst und Panik – die rituelle Textänderung erkannt und in ihrer Absicht durchschaut haben. Er wird in seinen letzten Augenblicken alles aufgeboten haben, was ihm bewußtseinsmäßig noch zur Verfügung stand, um meine Irreleitung zu neutralisieren. Womöglich hat er, was rituell gesehen das Vernünftigste gewesen wäre, den regulären Bardo-Text innerlich gesprochen – wie eine Art Schutzschild gegen meinen Angriff.

Jedenfalls erfordert ein solcher Widerstand von seiten eines Beteiligten vom Meister des Rituals ungleich mehr an Konzentration und Fokussierung geistiger Vollmacht als die Durchführung eines allseits gewollten und mitgetragenen Rituals.

Mein Fehler hatte damals also darin gelegen, daß ich meinte, die Verfügung über die sich zurückziehende Seele allein handhaben zu können. Hätten noch mehr Menschen den Ritus selbst oder jedenfalls die entsprechenden Gebete und Texte mit vollzogen, so wäre eine ganz andere Geistesmacht aufgetreten, eine Phalanx geistigen Wollens, welcher Tendé nichts mehr hätte entgegensetzen können. So aber war es ein Zweikampf gewesen, von dem ich mir nun eingestehen mußte, daß ich ihn verloren hatte.

Es gibt keinen Grund, warum ich es mir verzeihen sollte, dies damals in Lhasa nicht vorhergesehen zu haben. Mit der Geistesmacht des zwar berüchtigten, aber weithin anerkannten Saihtam Tsering Rinpoche war es also nicht so weit her gewesen. – An dieser Stelle meiner Überlegungen wäre ich erneut in selbstbezogenen Trübsinn abgeglitten, hätte ich nicht eisern den Blick darauf geheftet, daß es eine zweite Chance gab.

Ich glaube, es ist typisch für mich: Die unausweichliche Einsicht in die Notwendigkeit, Thubten erneut zu beseitigen, ergab sich mir über den Umweg dieser wirklich nicht sehr schmeichelhaften Selbsterkenntnis. Denn ich fragte mich sogleich: Wie also müßte ich bei einem zweiten Mal vorgehen? – Und es war ganz einfach: Schaffe dir Hilfe. Beziehe die Bewußtseinskraft anderer Menschen in die rituelle Seite ein. Genaueres hatte ich zu diesem Zeitpunkt noch nicht vor Augen. Aber das war die Lösung. Bei aller ärgerlichen Scham und übrigens auch Wut auf mich selbst: Sie hatte etwas Entlastendes. Du mußt es nicht alleine vollziehen. Du bist nicht allein.

Es gibt andere, die dir helfen. Es wird Menschen geben, die zu dir stehen.

Wo bekommt man angriffslustige Hunde her?

Von einer Telefonzelle aus rief ich in Bern bei der »Schweizer Kynologischen Gesellschaft« an.

»Hier Kynologische Gesellschaft. Guten Tag.«

»Guten Abend. Hürlimann hier. Ich wollte Sie gerne um Rat fragen wegen eines Wachhundes.«

»Gern. Was ist es denn für ein Hund?«

»Darum geht es eben. Ich bin auf der Suche nach ein oder zwei kräftigen Hunden, die das Gelände um meinen kleinen Betrieb sichern. Wir sind etwas abgelegen und ...«

»Wir vermitteln keine Hunde. Wir sind ein Züchterdachverband.«

»Eben. Ich würde gern Adressen von Züchtern haben, die Wachhunde ausbilden.«

»Sehen Sie, Züchter bilden im allgemeinen nicht aus. Da müssen Sie in einem Gebrauchshundeverein anfragen.«

»Würden Sie mir denn zu einer bestimmten Hunderasse raten?«

»Die meisten Hunde kann man zu Wachhunden ausbilden.«

»Schon. Aber es soll doch besonders scharfe Hunde ...«

»Nun, ein Wachhund braucht nicht scharf zu sein,

wenn sie damit bissig meinen. Er muß anschlagen. Der Wachhund soll den Eindringling warnen, vertreiben.«

»Man liest zum Beispiel von Deutschen Doggen, Rottweilern, die ...«

»Lassen Sie sich durch die Presse nicht irreführen. Man kann natürlich einen Rottweiler zu einem aggressiven Hund erziehen, genau so wie man einen Dackel zu einem aggressiven Hund erziehen kann. Rottweiler und Doggen sind nicht an sich scharf.«

»Gibt es keine Hunde, die ...«

»Also, wenn Sie eine Bestie suchen, sind Sie hier falsch.« Die Dame wurde merklich kühler.

»Nein, nein. Einfach ein Tier, das sein Territorium verteidigt.«

»Das tun alle.«

»Gibt es nicht Hunde, die von sich aus ...«

»... angreifen? Gott, ja. Die Doggen haben unter Umständen, das heißt bei lascher Führung, eine gewisse Angriffslust.«

»Könnten Sie mir da Züchteradressen nennen?«

»Ich schicke Ihnen eine Liste. Wollen Sie mir bitte Ihre Adresse geben?«

So ging es nicht.

»Sind es denn viele?«

»Also, da ist einer in St. Gallen, einer in Luzern, zwei bei Basel ...«

Das wäre zu weit gewesen.

»Näher nicht?«

»Wo wohnen Sie denn?«

»Bei Winterthur.«

»Nein, Doggenzüchter habe ich dort keine.«
»Vielleicht andere?«
»Warten Sie mal. Da gibt es das Ehepaar Stöckler in Winterthur. Die züchten diese brasilianischen Filas.«
»Filas? Nie gehört.«
»Dann würde ich Ihnen ohnehin davon abraten. Dieses Tier ist eine tödliche Waffe.«
Ich überlegte, wie ich sie veranlassen könnte, mir die Adresse zu geben.
»Hallo?«
»Ich bin noch hier. Geben Sie mir bitte die Adresse. Vielleicht kann ich dort nach Züchtern oder Ausbildern in der Nähe fragen.«
»Wie Sie wollen. Der Name ist Beat Stöckler, Schaffhauser Landstraße.«
»Vielen Dank. Vielleicht kann man mir dort weiterhelfen.«
Ich beschloß, sofort hinzufahren. Ich war in Zivil und brauchte nicht noch mal ins Kloster zurück.
Ich erkannte sofort, daß die Örtlichkeit gänzlich ungeeignet war. Eine Einfamilienhaus-Siedlung mit kleinen Gärten davor. Sehr belebt. Ich klingelte trotzdem. Kein Bellen, kein Kettenrasseln.
»Entschuldigen Sie die Störung. Ich habe Ihre Adresse von der Kynologischen Gesellschaft.«
»Ja – und?« Es war mir ungemütlich, wie mich dieser Herr Stöckler musterte.
»Ich suche ein oder zwei scharfe Wachhunde. – Ach, verzeihen Sie, Hürlimann ist mein Name. – Mir wurde gesagt, Sie züchten Wachhunde.«

»Wir züchten keine Wachhunde. Wir haben eine Fila-Aufzucht. Vier bis sechs Welpen pro Jahr. Aber die sind alle vorbestellt. Das ist nur was für Liebhaber.«

»Dürfte ich die Hunde einmal sehen?«

»Wieso? Ich verkaufe keine. Das sagte ich doch schon.«

»Aber einfach mal sehen? Ich habe noch nie Filas gesehen.«

»Dann sollten Sie ohnehin die Finger davon lassen. Und jetzt entschuldigen Sie mich.«

»Ist das Gehege auf der Rückseite?«

»Nein.«

»Sie ziehen Sie im Haus auf?«

»Natürlich nicht. Wir haben ein Gelände draußen im Gewerbegebiet. Und nun muß ich leider ...« Und er schloß die Tür.

Ich hatte jetzt doch den Eindruck, auf der richtigen Fährte zu sein. »Im Gewerbegebiet« hatte er gesagt. Ich ging zu einer Telefonzelle, um vielleicht die Adresse seines Zuchtgeländes zu finden. Aber unter »Stöckler, Beat« war nur seine Wohnadresse aufgeführt. Es war schon Abend, und ich konnte nicht damit rechnen, woanders noch Informationen zu bekommen. So fuhr ich in die Innenstadt zurück, noch ratlos, wie ich das Gehege finden könnte. Am Bahnhof stand ein Schild »Gewerbegebiet«. Ich fand es auch gleich. Es schien menschenleer. Nur in einer Kneipe war noch Licht. Ich hielt an und ging hinein.

Zwei ziemlich schräge Typen hingen mehr am

Tresen, als daß sie saßen. Die Wirtin musterte mich schweigend.

»Ich suche hier ein Hundezuchtgelände.«

»Haben wir hier nicht.«

»Es soll hier ein Gehege vom Züchter Stöckler sein.«

»Ha.« Einer der beiden über den Tresen gegossenen Gestalten wurde so etwas wie wach. »Der Stöckler?« Er grinste breit. »Das ist doch jetzt verboten. Seine Kampfmaschinen sind jetzt draußen am Wald.«

»Ist das in einem anderen Stadtteil?«

»Was sagst?«

»Ist das hier irgendwo?«

»Nein. Draußen. Immer geradeaus.«

»Einfach gradaus, verstehst?« murmelte der andere in sein Glas.

»Einfach die Straße hier weiter?«

»Bist schwerhörig, hä?«

»Gut. Vielen Dank.«

Ich war froh, wieder herauszukommen. Es hätte mich nicht gewundert, wenn noch ein übellauniger Hund hinter dem Tresen hervorgekommen wäre. Ich stieg ein und fuhr weiter.

Im Scheinwerferlicht sah ich einen Drahtzaun, nicht sehr hoch. Ich hielt an und ging langsam am Zaun entlang. Kein Knurren, kein Bellen. Eine niedrige Hütte am Rand. Ich blieb stehen. Schweres Schnaufen. Ich versuchte, in der Dunkelheit Hunde zu erkennen. Aber alles, was ich ausmachen konnte, war ein Wasserrohr mit Hahn, das senkrecht aus dem Grasboden kam. Darunter eine Schüssel. Ich griff ein Stück Holz vom Straßenrand und warf es über den Zaun. Es ist nicht übertrieben, wenn ich sage, daß die Erde bebte. Ohne Kläffen rasten vier massige Hunde, gut siebzig Zentimeter hoch, auf das Holzstück zu. Erschrocken rannte ich zum Auto. Nach wenigen Augenblicken war wieder alles still. Ich fuhr die paar Meter weiter bis zu der Stelle, wo ich das Holz über den Zaun geworfen hatte. Ich kurbelte das Fenster herunter und spähte durch den Maschendraht. Es ist wiederum nicht übertrieben: Von dem Holz war nichts mehr zu sehen. Sie konnten es ja nicht gefressen haben. Sie mußten es in Späne zerlegt haben. Rasch, still, effizient und ohne ein Zögern.

Auch die Hunde waren nicht mehr zu sehen.

So konnte es also gehen. Meine Fehleranalyse hatte mir gezeigt, daß ich unter allen Umständen die Hände frei haben mußte für die rituellen Gesten. Diese waren eben doch unverzichtbar.

Nun war zunächst die spirituelle Seite vorzubereiten. Es war mir klar, daß der Text für die »Große Befreiung durch Hören« aus verschiedenen Gründen nicht mehr in Frage kam. Nicht nur wegen der Veränderungen des rituellen Textes, die sich ja als kaum wirksam herausgestellt hatten, sondern auch wegen des Zeitfaktors. Ich wählte deshalb den Ritus der »Zähmung der Toten« aus dem Kodex über die »360 Arten des Sterbens«. Dieses altehrwürdige Ritualienbuch der Bön-Priester war natürlich, wie viele Bön-Texte, bei den Gelbmützen nicht nur Gegenstand des Spottes, sondern auch ihrer typischen, etwas intellektuellen Kritik: Sie behaupten, es sei nicht authentisch. Aber wie auch immer. Ich habe den Text sorgfältig studiert und verglichen, auch mit dem Bardo-Text und anderen Totenriten. Selbst wenn er nicht auf Shenrab zurückging, wie die Bönpos sagen, sondern erst im 13. oder 14. Jahrhundert verfaßt wurde, so war er doch weitläufig im Gebrauch gewesen. Er war gesättigt mit der Konzentration von Generationen von Bön-Priestern. Gerade sie waren immer wieder gebeten worden, die Rückkehr eines Toten zu verhindern anhand dieses Rituals der »Zähmung der Toten«.

Er würde wirken und jede Wiedergeburt von Thubten ausschließen. Er ist ja, in gewisser Weise, das Gegenstück oder besser Gegenteil des Bardo-Textes.

Ich schrieb diesen Text also ab und lernte ihn in drei Tagen auswendig. Er hatte gegenüber dem Bardo-Text auch den Vorteil, daß sogar seine vollständige Fassung nur ungefähr zwanzig Minuten in Anspruch nahm.

Nun war zu bedenken, wie ich Thubten zu jenem Gelände dirigieren könnte. Mir schwebte ein Brief, eine Art Einladung vor. Nach mehreren Entwürfen entschied ich mich für folgenden Wortlaut. Der Text gibt vor, von der »Satyagraha-Gruppe« zu stammen, die seit einigen Jahren eine Art Untergrundbewegung unter den Exiltibetern bildet. Ganz genau weiß ich es nicht. Sie lehnen jedenfalls auch die abwartende Haltung des Dalai Lama ab. Da die Schreibmaschine mit dem tibetischen Schriftzeichenrad furchterregend klappert, habe ich sie am Mittwoch abend ins Auto gebracht, um Donnerstag, bei der Einkaufsfahrt, auf einem Parkplatz den Text abtippen zu können.

»Tibeter. Am 31. 10. trifft sich die Satyagraha-Gruppe wieder. Wir laden alle Tibeter zur Mitarbeit ein, die das fruchtlose Abwarten des Dalai Lama nicht mehr hinnehmen wollen. Der Dalai Lama spricht seit über fünfundzwanzig Jahren vom ›gewaltlosen Weg‹. Er hat nicht nur nichts damit erreicht. Vielmehr hat er damit zugelassen, daß die Chinesen unser Land nach ihren Vorstellungen modernisieren. Und ihre Vorstellungen kennen unsere Tradition nicht.

Die internationale Völkergemeinschaft zollt unserem Oberhaupt bekanntlich große Achtung. Eine billige Achtung! Denn sie tun nichts für unsere Sache. Gewaltlosigkeit bedeutet nicht, passiv abzuwarten. Gewaltloser Widerstand – das sind Demonstrationen und Hungerstreiks, das ist offensive Öffentlichkeitsarbeit und offenes, freies Gespräch – auch über unsere Exilregierung. Wenn diese unser Schicksal nicht in die Hand nimmt, tun wir es!

Auch wir wollen den Fortschritt in Tibet – aber nur, wenn es unser eigener ist.

Wir treffen uns diesmal in Winterthur. Und, wie es sich für die Söhne der Khampas gehört, im Freien. Unser Treffpunkt ist am Ende des Gewerbegebiets, in der Adlikofer Straße, am Zaun links vor dem Wald. 21 Uhr. Satyagraha, Gruppe Nordschweiz.«

Dieses Schreiben konnte ich allerdings nicht direkt an Thubten adressieren. Es wäre ihm seltsam vorgekommen. Sinnvoller schien es mir, den Text als Flugblatt unverschlossen zwischen die Post zu legen. Auch Thubten würde, wie jeder von uns, den täglichen Briefeingang durchsehen, der jeden Mittag auf der Kommode im Flur liegt. Es sind da oft Reklamezettel, Prospekte und Versammlungsaufrufe von Bürgerinitiativen dabei. Sicherheitshalber kopierte ich den Text aber noch nach dem Einkauf – falls Thubten ihn doch nicht zur Kenntnis nehmen würde, hätte ich noch einen anderen Weg wählen müssen. Aber es verlief wie gewünscht. Nach einer halben Stunde war der Zettel weg. Und nur der Abt und Thubten waren durchs Haus gegangen. Daß der Abt ihn an sich genommen hatte, war unwahrscheinlich. Er ist kurzsichtig und nimmt immer nur Briefe auf und hält sie dicht an seine Augen.

Meine Überlegung war ja eigentlich ein Analogieschluß: Ich baute darauf, daß Thubten, genau so wie ich, es vorziehen würde, das, was er als seinen Auftrag empfand, nicht alleine tragen zu müssen. Zumindest würde er froh sein, um eine moralische Unterstützung, einen sympathisierenden Kreis zu wissen.

Nun blieb mir nur noch, das blaue Ritualgewand und das Knochenhemd, das Doppelzepter und die Glocke sowie das weiße Mundtuch in einen Stoffbeutel zu packen. Obenauf legte ich einen ebenfalls mit der Maschine getippten Zettel: »Wir treffen uns an der Waldlichtung, 100 Meter von hier. Steigt über den Zaun und geht immer geradeaus.« Zum Schluß legte ich die getrocknete Zunge, die ich von Dölma erhalten hatte, hinein. Sie würde ein Teil der Hilfe sein, die ich mir verspreche.

Ich tue das Meine ...

Ich habe keinerlei persönliche Befriedigung an dramatischen Abläufen. Auch bin ich mir bis zuletzt gewiß gewesen, daß ich weder aus persönlichem Haß noch aus der Anmaßung, Thubten bestrafen zu wollen, gehandelt habe. Im Gegenteil, es war ein Nebenmotiv meiner Handlungsweise, ihn zu bewahren vor dem ewiglichen Fluch, der über ihn gekommen wäre, wenn er sich an Seiner Heiligkeit vergangen hätte.

Es kam nun einfach – ich sage bewußt »einfach« – darauf an, mit zeremonialer Sammlung Thubtens Ende so zu begleiten, daß seine Wiederkunft ausgeschlossen war. In Zivil war ich mit dem öffentlichen Bus nach Winterthur gefahren. Die priesterlichen Gewänder hatte ich in einem großen Leinenbeutel bei mir. Lediglich die getrocknete Zunge, die Dölma mir geschenkt hatte, hatte ich mir an einem Lederbändchen unter dem Pullover um den Hals gehängt. Ich war schon kurz vor zwanzig Uhr angekommen und bin zunächst zum Zaun des Zuchtgeländes gelaufen. Dort habe ich den fingierten Zettel der Satyagraha-Gruppe befestigt. Im Wald, der auf der gegenüber liegenden Straßenseite beginnt, zog ich mich um und begann umgehend mit den erforderlichen Gebeten und rituellen Gesten, die den Vorgang vorzubereiten hatten. Zweifellos würde Thubten auch mit dem Bus kommen. Er konnte ebenso wie ich kein Interesse daran haben, daß die anderen Mönche seine Abwesenheit bemerkten. Wenn er pünktlich um 21 Uhr hier sein wollte, mußte er mit dem Bus um 20 Uhr 42 ankommen.

Die Endhaltestelle liegt etwa auf der Höhe der Kneipe, in der ich nach Stöcklers Gelände gefragt hatte. Kurz vor 21 Uhr hörte ich Thubten mit kräftigen, raschen Schritten heraufkommen. Sehen konnte ich ihn erst, als er das umzäunte Areal erreichte. In diesem Moment wurde mir bewußt, daß meine Planung eine Schwachstelle enthielt. Da Thubten jetzt unmittelbar vor dem angegebenen Termin ankam, konnte er damit rechnen, am Zaun auf andere Interessierte zu treffen. Würde es ihm verdächtig vorkommen, würde er gar umkehren, wenn es ihm auffallen sollte, daß außer ihm überhaupt keiner kam? Thubten ging langsam an der Umzäunung entlang, die Gegend absuchend. Dummerweise hatte ich in dem Flugblatt geschrieben, man treffe sich »am« Zaun. Da sonst aber keiner hier war, könnte er doch eine Falle oder zumindest ein Mißverständnis vermuten.

Er nahm dann den Zettel wahr, den ich am Zaun befestigt hatte, und las die Aufforderung, über den Zaun zu klettern. Daraufhin ging er weiter! Er spähte und schien zu horchen, ob er in dem umzäunten Gelände von der Gruppe etwas erkennen konnte. Je länger er zögerte, um so genauer würde er nachdenken können. Ich mußte deshalb irgend etwas unternehmen, was ihn veranlassen würde, die Satyagraha-Gruppe umgehend jenseits des Zaunes zu suchen.

Es war ein Risiko. Es hätte schief gehen können. Ich hob einen schweren Ast auf und warf ihn gegen einen Baum. Thubten erschrak. Mit nervösen Kopfbewegungen versuchte er, in der Waldtraufe, in der ich mich verborgen hielt, etwas zu erkennen. Ich konnte mir sicher sein, daß er mich nicht entdecken würde. Dennoch war es ein gefährlicher Moment. Es war ganz offensichtlich, daß er kurz schwankte, ob er herüberkommen und nachsehen sollte. Ich meine, er machte sogar einen halben Schritt in meine Richtung. Dann muß ihm aber das Konspirative des Treffens wieder bewußt geworden sein. Er wird sich gedacht haben, daß entweder ein anderer Interessierter hier durch den Wald kam oder ein Spaziergänger. So oder so. In beiden Fällen konnte ihm nichts an einer Begegnung vor dem Zaun liegen. Jedenfalls schwang er sich sofort über den Zaun.

Mit tastenden Schritten entfernte er sich langsam vom Zaun. Fünf Schritte, zehn Schritte, fünfzehn. Nichts geschah. Waren die Hunde gar nicht da? Thubten blieb stehen. Er sah sich um. Überlegte er umzukehren? Obwohl meine Augen genügend Zeit gehabt hatten, sich an die Dunkelheit zu gewöhnen, sah ich erst jetzt, daß die Hunde bereits vor der Hütte standen und ihn beobachteten, den Kopf vom Hals her flach am Boden. Sein Zögern war für sie das Signal. Während sie auf das Holzstück alle vier direkt zugedonnert waren, wählten sie jetzt eine andere Strategie: In gestraffter Haltung, quälend langsam, wie ich empfand, liefen sie jeder in einem anderen Bogen auf Thubten zu, so daß dieser von vornherein eingekreist war.

Ob Thubten in diesem Moment die Hunde auch schon gesehen hat, weiß ich nicht. Ich bin jetzt jedenfalls aus dem Wald getreten und bin über die Straße zum Zaun gegangen. Thubten mußte das gehört haben. Er drehte sich um und rief, etwas hoch in der Stimme »Satyagraha?« – fragend und hoffend, daß hier noch jemand zum Treffen kam. Ich glaube nicht, daß er mich zu diesem Zeitpunkt schon erkannte. Vielmehr muß er gerade in diesem Moment die Hunde gesehen haben, denn eine Straffung ging plötzlich durch seinen Körper.

Dies war der Moment, die Schlangenbannung einzusetzen. Hätte ich ihm hier freie Hand gelassen, so hätte er womöglich die Hunde noch irgendwie beeindruckt. Ich nahm also die Glocke in die Linke und läutete sie zweimal, die Hilfe der Götter für den Ritus aufrufend. Thubten drehte sich wie elektrisiert einmal um sich selbst. Nun erhob ich das Doppelzepter und schrieb damit das Schlangenzeichen dreifach in die Luft.

In demselben Moment, als die paralysierende Wirkung einsetzte, muß Thubten mich erkannt haben. Sein Körper erstarrte nicht eigentlich, sondern bebte und erzitterte. Angst, Verblüffung und ein Fluchtimpuls wollten ihn zwingen, die Arme abwehrend hochzureißen. Der Lähmung schon erlegen, kam es aber, von seinen Schultern her, nur zu einem grotesken Wackeln des Oberkörpers. Er muß in dieser Sekunde erfaßt, ja verstanden haben, wie alles zusammenhing. In den höchstens zwei oder drei Sekunden, in denen sein Körper von einem lächerlichen Zittern und Schütteln geschlagen war, muß er wie aus großer Höhe und in entsetzter Gewißheit überblickt haben, was zu verstehen mich diese Niederschrift kostet. Ich bin sicher, er erkannte mich nicht nur, sondern er erkannte mich wieder. Und damit muß er auch sich selbst und sein letztes Sterben in der Mönchszelle im Ramoche-Kloster in Lhasa vor Augen gehabt haben. Er versuchte offenbar zu schreien, aber die gelähmte Kehle ließ nur ein verzerrtes, gequetschtes Stöhnen zu, in dem ich das Wort »Saihtam« zu erkennen meinte.

So war ihm in seinen letzten Lebensaugenblicken ein Verständnis für seinen Tod gegeben.

Die Hunde, die zunächst verblüfft innehielten, als sie die Glocke hörten, erfaßten andererseits sofort seine Hilflosigkeit und ließen nun zügig, aber gelassen ihren Instinkten freien Lauf. Ich hörte, wie Kleider rissen, hörte wie Zähne sich fetzend in Fleisch verbissen, hörte Knochen brechen.

Nun lag mir nicht daran, Thubten Schmerzen leiden zu lassen. Ich hatte deshalb die »Dreifache Bewußtseinsglocke« (drilbu-pho) vorbereitet. In den alten Zeiten wurde diese kurze Zeremonie anhand eines Menschenschädels ausgeführt, der an den Öffnungen mit Yakleder zugeklebt wurde und in den drei kleine Steinkugeln eingeschlossen waren.

Durch Schütteln entsteht, je nachdem, wo die Kugeln aufstoßen, ein heller, aber nicht nachschwingender Klang oder ein dumpfer, aber weicher Aufschlag. Der dunkle Klang spricht unser irdisches Bewußtsein an, der hellere unser Schlafbewußtsein. Beide Klänge hörend, streben wir dem helleren zu, lösen uns aus dem dumpferen Alltagsbewußtsein und schlafen hinein in einen leibfreien Bewußtseinszustand. – Seit der Neuzeit setzen auch die Bön-Priester die reguläre Ritualglocke hierfür ein, mit der Variante allerdings, daß der Glockeninnenraum nach unten hin mit der Hand geschlossen wird.

Ich sprach also rasch die entsprechenden Formeln und läutete dreimal. Augenblicklich erlosch Thubtens Wimmern.

Damit war es höchste Zeit, dem eigentlichen Zweck meiner Handlungsweise näherzutreten und die »Zähmung der Toten« zu intonieren. Ich schreibe hier nur die Passagen nieder, welche die geistige Sammlung und Vollmacht des Betenden in intimster Weise aufrufen, und lasse die formelhaften Beschreibungen des unmittelbar nachtodlichen Erlebens weg, welche ja ähnlich dem Bardo-Text sind.

> »Die Furcht erregenden Wesen, welche dir jetzt das Tor verstellen, durch das du soeben getreten bist, sie verbieten dir jeden Rückweg. Das weit aufgerissene Maul der schwarzen Göttin verschlingt, wer nach der Erde heimweh-krank ist, und bespeit seine Zaghaftigkeit. Beende den ewi-

gen Kreislauf. Wähle deinen Weg mutig geradeaus. Erinnere nicht deine irdischen Versäumnisse. Sehne dich nicht, Unerlöstes zu erlösen durch Rückkehr. Giere nicht nach den alten Sinneseindrücken, sondern gib deine Seele (pho) den Sternen für immer. Verlange nicht zu kennen, den du nicht gekannt hast. Versage dir den Wunsch zu lieben, die du nicht geliebt hast. Sammle deine Kraft im Verzicht. Dir hilft der weiße Reiter, der dich auf deinem Weg verfolgt. Gehst du langsam, reitet er langsam. Gehst du schnell, reitet er schnell. Anerkenne ihn als deinen dir nachfolgenden Führer ins Nicht-Sein. Zage nicht, sondern befreie dich von irdischer Lust und Sehnsucht und richte dein Trachten auf das Nicht-Sein. Du bist für immer erlöst. Geselle dich zu den Seelen, die weder Wurm noch Tiger, weder Yak noch Hirte kennen. Befreie dich von allem irdischen Wissen und gehe ein in den Weltenberg.«

Dies ist zweimal hintereinander zu sprechen. Sodann:

»Alles Leben auf Erden erkennt dich nicht. Kein Wurm, kein Tiger, kein Yak, kein Hirte würden dich empfangen. Nicht einmal die Käfer wollen dich in ihre Mitte nehmen. Alles, was lebt, hat dich vergessen.

Alles, was lebt, wird deiner nicht erinnern. Alles, was lebt, erkennt dich nicht. Heute nicht und morgen nicht. Hier ist keine Heimat.«

Dies ebenfalls zweimal. Schließlich die Schlußsequenz, die nur einmal intoniert wird:

»Richte deinen Blick zu den Sternen. Siehst du das Licht, das heller ist als 900 Sonnen, heller als das Licht irdischer Liebe, heller als der Strahl deiner Gebete, die du einst heraufgesandt hast. Hörst du die Stimme der schönen grünhäutigen Göttin, welche dich mit ausgebreiteten Armen erwartet und sehnsüchtig nach dir ruft? Erkenne, daß dich nichts mehr blenden kann. Ewige Weisheit ist dein, wenn du ins Nicht-Sein eintrittst. Ewig wirst du baden in ewigem Licht. Ewig wirst du hören die ewige Stimme der grünhäutigen Göttin. Erkenne den Sieg. Erkenne, daß du endgültig angekommen bist.«

Ich darf sagen, daß ich in diesen Minuten zu äußerster Konzentration gefunden habe. So habe ich das Meine getan.

... und der Leser half mir dabei

Wer bis hierher gelesen hat, hat mir geholfen.

Wie sich alles entwickelt hat und wie alles zusammenhängt, liegt nun ausgebreitet vor mir. Die eigentliche Entlastung aber besteht darin, für den Erfolg meiner Handlungsweise nicht wieder alleine verantwortlich zu sein. Jeder, der die Rückkehr verhindernden Gebete für Thubten gelesen und damit mit seiner Geisteskraft durchdrungen hat, trägt das Seine dazu bei, daß Thubten tatsächlich im Nicht-Sein verbleibt. So bin ich allen dankbar, die sich die Mühe gemacht haben, meine Aufzeichnungen zu lesen.

Es bleibt mir jetzt noch, diese Aufzeichnungen ausklingen zu lassen mit einem kurzen Bericht über die Tage nach Thubtens Tod. Die Tibeter-Gemeinde war natürlich zutiefst erschüttert über sein tragisches Ende. Das fingierte Satyagraha-Flugblatt wurde nur in kleinsten Fetzen gefunden, verschmiert und verklebt mit Blut und Fleischfasern. Es war nicht mehr zusammenhängend zu entziffern. Niemand konnte sich einen Reim darauf machen. Vereinzelt wurden Stimmen laut, Thubten sei von einem exiltibetischen Geheimdienst in jenen Hinterhalt in Winterthur gelockt worden. Andere sprachen von Selbstmord und meinen, Thubten habe seine verquere Haltung als Sackgasse erkannt und keinen Ausweg mehr gefunden.

Daddy Sherang sprach gestern nach dem Morgengebet sehr liebevoll von ihm, sprach aber gleichzeitig und ebenso liebevoll von Seiner Heiligkeit.

Saihtam Tsering Rinpoche

Nachbemerkung

Gestern abend habe ich nun dem Abt diese Aufzeichnungen vorgelegt. Ich bin zu ihm in seine Wohnung im Attika-Geschoß hinaufgegangen und habe gesagt: »Dies sind meine Erinnerungen an Thubten.«

»Leg sie da hin«, sagte er, offenbar wenig interessiert. Er zeigte auf die Kommode neben seinem Schreibtisch. Er sah mich lange an und leckte dabei den zuckrigen Kaffeerest vom Löffel.

»Wirst du es lesen?« fragte ich.

Er legte den Löffel auf der Untertasse ab, entschloß sich nach kurzem Zögern aufzustehen und ging zu der Kommode, wo ich das Manuskript abgelegt hatte. Mehr von der Seite her, mit dem Körper mir zugewandt, blätterte er nachlässig in dem Papierstapel. Dann ließ er die Fingerspitzen obenauf ruhen und wandte mir auch sein Gesicht zu.

»Satyagraha«, sagte er, ebenso freundlich wie lässig, und in einem Ton, der besagen wollte, daß er noch nicht recht sehe, was er mit diesem Text zu tun habe. »Die Wahrheit wird siegen, meinen die Inder damit. So oder so.«

Er setzte sich in seinen schweren Sessel und nahm das Buch wieder auf, das er in der Hand gehalten hatte, als ich hereingekommen war. Ich stand noch immer an der Tür.

»Geht in Ordnung, Tsepa.« Damit hatte er die Nase schon wieder im Buch.

»Aber wirst du ...?«

»Wir werden sehen. Es hat Zeit. Vielleicht ergibt sich ja auch einmal ein größerer Leserkreis. Warten wir's ab.«

»Ein größerer Leserkreis?«

»Mal sehen.«

Es war deutlich, daß er im Moment nicht weiter darüber diskutieren wollte. So wandte ich mich um, aus dem Zimmer zu gehen. Als ich schon auf der Türschwelle stand, sagte er noch: »Ja, mal sehen. Ich kenne da einen kleinen, aber feinen Verlag in Stuttgart. Du weißt ja – Satyagraha. Was richtig ist, wird geschehen.«

LEONARD W. MORRISON

Feldmann und der Erzähler

Eine Art Kriminalroman

258 Seiten, gebunden

»Was ist passiert? Verhaftet wird ein bis dato unbescholtener Nachbar, den man bezichtigt, ein Mädchen mißbraucht zu haben, weil ihr Tagebuch mit entsprechenden Hinweisen gefunden wurde. Langsam formiert sich etwas Unfaßbares: Morrison macht auf erschreckende Weise klar, wie manipulierbar die Wahrheit ist. Und wir legen das Buch verstört aus der Hand. Denn der Autor hat ja, wie gesagt, nichts erfunden.« KULTUR NEWS

»›Eine Art Kriminalroman‹ nennt Leonard W. Morrison sein Erstlingswerk im Untertitel. Diese ›Art‹ ist eine von den besonders guten. Die Sprache ist klinisch kühl, sie besteht aus lapidaren Mitteilungen über Geschehnisse, über Gedanken, über Pläne. Und sie fesselt den Leser. Und zum Schluß, bei der Identifizierung des Täters, verwendet Morrison einen schriftstellerisch-handwerklichen Kunstgriff aus dem Repertoire der Agatha Christie. Mehr darf man hier allerdings nicht verraten.« HAMBURGER ABENDBLATT

»Die Rolle des Erzählers entwickelt sich von der eines reinen Beobachters – mit Hitchcockscher Spannungsqualität im Stil von ›Fenster zum Hof‹ – zu der eines aktiv Involvierten! Ein perfekt inszenierter Psychokrimi mit haarsträubendem Ausgang!« UNSER BREMEN

»Gegen Ende des Buches konstatiert der Täter: ›Wo sonst, wenn nicht an den Kindern, soll man sich Leben aneignen.‹ Starker Tobak. Der Leser wird Mühe haben, sich immer wieder klarzumachen, wer der Autor ist und daß er die Romanhandlung in ihren Einzelheiten der Wirklichkeit entnommen hat.« NÜRNBERGER ZEITUNG